中国书籍文学馆·小说林

赵宏兴 著

父亲和他的兄弟

中国书籍出版社
China Book Press

图书在版编目（CIP）数据

父亲和他的兄弟 / 赵宏兴著 . —北京：中国书籍出版社 , 2017.7
ISBN 978-7-5068-6309-4

Ⅰ . ①父… Ⅱ . ①赵… Ⅲ . ①长篇小说—中国—当代
Ⅳ . ① I247.5

中国版本图书馆 CIP 数据核字（2017）第 171214 号

父亲和他的兄弟

赵宏兴　著

图书策划	牛　超　崔付建
责任编辑	成晓春
责任印制	孙马飞　马　芝
出版发行	中国书籍出版社
地　　址	北京市丰台区三路居路 97 号（邮编：100073）
电　　话	（010）52257143（总编室）（010）52257140（发行部）
电子邮箱	eo@chinabp.com.cn
经　　销	全国新华书店
印　　刷	三河市华东印刷有限公司
开　　本	650 毫米 ×940 毫米　1/16
字　　数	285 千字
印　　张	16.75
版　　次	2018 年 1 月第 1 版　 2018 年 1 月第 1 次印刷
书　　号	ISBN 978-7-5068-6309-4
定　　价	56.00 元

版权所有　翻印必究

目录

第一章　父　亲 / 001

第二章　兄　弟 / 012

第三章　供销社 / 025

第四章　苦鸹命 / 071

第五章　伙　牛 / 104

第六章　挂　面 / 141

第七章　借　钱 / 192

第八章　土　地 / 211

第九章　下杜村 / 246

后记：天下父亲 / 255

附：生存焦虑下的亲情旨归 / 258

第一章　父亲

这次父亲在我这儿住下，是为了来看病的。

父亲和母亲住在乡下老家下杜村，到了年老，身体就有了这样那样的毛病。这次父亲进城，是想好好看看的，父亲相信城里的大医生。

父亲住在家里，但这两天我心里老是在想着一篇小说，和父亲很少说话，偶尔在吃饭时说上几句，也是简短的。城里的话父亲说不好，总是把厨房叫成锅房，把客厅叫成堂屋，把汤、稀饭叫成粥，把所有面做的馍、饼子、馍头等，都叫成粑粑，听起来觉得十分别扭，我每次纠正后，他又照自己的说。

有一次，看到父亲坐在阳台上，凝固似的，臃肿的身子一动不动，我就走过去想看父亲在看什么。父亲可能是受到了惊扰，他嘿嘿地笑着。我顺着父亲的眼光看去，远处是公园里茂盛的树木，一个个硕大的树冠，像一把把巨大的伞，公园的围墙外面是车水马龙的马路，再远处就是错错落落的楼群，无边无际。在这些熟视无睹的风景里，父亲能看到什么？

今天下班回来，看到父亲捧着一本书看得入神。我走了过去站在父亲的面前，父亲才发觉，从书中抬起头来。我问父亲看的是啥书？父亲递给我一看，原来是我的小说集，这让我吃了一惊。

父亲喜欢看书，但都是一些故事类或文史类的书，没想到他什么时候找了我的一本小说在家看。我的小说大多写人性的挣扎，不是通俗小说，父亲能看下去，是不是因为我是他的儿子呢？我决定与他交流一下。

我问："我的书能看下去吗？"

父亲说："能看下去。"

我问："你喜欢这里面的哪篇？"

父亲说："第一篇写你二舅的，那里面的大多是真实的，还有那篇去城里找人的，写出了乡下人的善良。"

看来父亲是真的看了，而且还有自己的见解，这出乎我的意料。

我问："这本书你看了多长时间？"

父亲说："一个星期吧，现在的眼睛不行了，看书累。"

父亲坐在门口的一个小板凳上，穿着臃肿的棉衣，慈祥而温和，我知道，父亲是孤独的。

在我年幼的记忆里，我家堂屋里，有一张破旧的桌子，桌面黑黝黝的不平而且裂着长长的缝隙，四条腿也是细细的，不像别人家的八仙桌那么气派。因为地面不平整，桌子的腿下，总是用瓦片垫着。吃饭了，桌子上一般放一盘蒸咸菜，一盘蒸鸡蛋。咸菜黄黄的，可以随便挟，鸡蛋算是高贵的菜，盘子里放着一只瓷勺子，一般每个人只可以舀两勺。然后就端着碗，各自找地方坐下吃饭了。父亲可以一直趴在桌子上吃饭，两个盘子里的菜可以随便吃（现在想来，父亲也吃不了多少，盘子里的鸡蛋每人舀过两勺后，所剩无几了）。有时，父亲就在桌子上说我们学习的事，说我们不听话的事，父亲说话多是训斥，有时气愤了，就用筷子把碗敲得当当的响。我们坐在一边不敢作声。这是父亲至高无上的地位，是家里权威的象征。

现在父亲的到来，起初我感到有些不适应，因为从小父亲在我们的心里就是高大的，有着威严，父亲住在家里，就像多了一个入侵者。

有时，我想陪父亲坐坐，但我与父亲总是没有多少话说，两个男人常常坐在沙发上沉默着。父亲的头发花白了，面孔上多的是安详沉静，像一条经过了大风大浪的船，现在晒在海滩上。而我坐在沙发上，心里总会有一些事冒出来，有时，也想对父亲讲讲，又觉得没什么必要，父亲是一位老农民，他对我的事又能理解多少呢。

坐的时间长了，有时我们就端起茶杯喝口茶。父亲喝茶总是发出深深的响声。有几次我想对父亲讲，改掉这个毛病，但我还是没有讲，他一个农民身上总是有许多与现代文明不相适应的地方，这是一种距离，也是一种根本。

曾经有一次，我和父亲谈到写作，父亲说这是他的遗传，这又让我吃了一惊，生命可以遗传，文化还能遗传？在我的记忆里，父亲可从没教过我如何写作、看书什么的。父亲见我不信，笑着说，我年轻时写过诗，说着背了几句，原来这是"文革"时期写大批评的打油诗，听着我不禁哑然。

今天下午，我和父亲聊着聊着，不知道就聊起了小叔。

父亲长叹了一声，问我："现在谈他干啥。"父亲的叹息往往是突然的，有着金属的质地，声音消失了很久，仿佛还在地上能够捡起。

我说："从小就听你们和小叔不和，有许多事我不明白，现在想知道当年到底是怎么回事。"

父亲平静地坐在沙发上，喃喃自语着："他走过的路草都不长。"

我不止一次听父亲说过这句话，这在乡下是形容一个坏人，最常说的一句话。我知道父亲的心中隐藏着太多的沉重和伤痕。

父亲说:"哪个兄弟不想和睦相处?但他把我的心伤透了。"

我说:"你们从一懂事时,难道就水火不容了?"

父亲想了想说:"那也不是,年轻时我们在一起还是不错的,后来就不行了。"

我沉思了一下,问:"那小叔像谁呢?"

我总想把小叔的个性往上追溯,找到所谓的遗传基因,或者说原罪。在我的印象里,父亲的形象像奶奶,身体单薄,甚至还有点文艺范(当然父亲是一个老农,用这句话形容有点矫情)。父亲的老照片我看过,头发梳向一边,脖子下是白色的棉衬衣领子,外面是一件深色的西服。父亲的眼睛炯炯有神,憧憬着远方,脸庞没有一丝皱纹,洋溢着青春的微笑。而小叔的形象我也熟悉,横眉下有着一双黑洞洞的眼睛,很难望穿。小叔身材不高,但孔武有力,他的双手只要相互一握,关节就能发出"叭叭"的声响,是一个典型的农民形象。

父亲说:"他像你爷爷。"

奶奶是在我成年时去世的,我有着深刻的印象,奶奶是一个慈祥善良的农妇。我的爷爷在我还没出生时就去世了,我不知道他的形象,但我听村里人说过,小叔和爷爷简直就是一个模子刻的,现在父亲也证实了这点。

"那爷爷的脾气是不是也像小叔这么坏呢?"

"你爷爷不像他,你爷爷的性格可好了,在村里的人缘好着哩。"父亲说,接着父亲给我说起我爷爷来。

我爷爷是打长工到了下杜村的,土改时,政府要把地主家的砖瓦房分几间给我爷爷住,我爷爷坚决不要,因为这个地主当年待他不薄,他不能要人家的房子,最后自己盖了几间茅草棚住。

我们家虽然姓赵,在百家姓里排第一位,但在下杜村只我们一户人家,村子里的人常说是大姓小户。村子有杜和谈两大姓组成,谈姓家族有一个大户人家叫谈二，家里富裕，兄弟多。有一次，我爷爷与他家发生了矛盾，谈二仗势欺人，我爷爷虽然身单力薄，但性格刚强，与谈二打了起来。我爷爷当然打不过人家，这激起了村子里的公愤。先有杜姓的人帮我爷爷打谈二，接着谈姓的人也起来帮我爷爷打谈二，最后全村人都来帮我爷爷打谈二，谈二没有想到形势会发生逆转，败在了我爷爷的手里。

"从这个事件可以想想你爷爷在村里的人缘多好。"父亲说完又摇摇头，"要是你小叔与谈二打架，肯定没有一个人帮上。"

父亲说了许多我爷爷的故事，慢慢复活了一个淳朴、仁者的形象，这与小叔的邪恶相去甚远。

关于小叔，在少年时我与他有过直接的接触。

小叔只有高小文化，但好读书。在寒冷的冬天里，每天，小叔坐在被窝里，看那些发黄的书页，吃饭的时候，奶奶将饭菜送到他的手边。童年的我，在一旁往往用笔将书中插图的男女画上胡子，吊上树枝等。小叔看了，不但不恼，反而吃吃地笑，慷慨地将这张插图撕下给我。

小叔结婚后，奶奶便把家分了，有了田地，日出而作，日落而息，小叔读书再没有往日的那种清闲了，但他还是要挤时间读书的。

我与小叔读书直接打交道，是在上了中学以后，那时，我往往省下点菜钱去买几本书，渐渐地，也存上了几十本，看作宝贝一样。

小叔来我这儿借书，还不如说是拿书，从不征求我任何意见的。往往新买的一本书，忽然不翼而飞了，我便毫不犹豫地去他家翻找，不是找到一本翻卷成圆形的书，便是一本残缺不全的书，让我气愤不已。

一次，我又去小叔家找书，翻遍了所有可能藏书的地方，仍不见书的影子，等小叔回来，我一问，他坦诚地说："是我拿的，是我拿的。"然后在家里找了一遍仍没找着，小叔抓着粗短的乱发，想了一会儿，恍然大悟地说："哦，想起来了，可能是丢在茅坑里了，对，是我解手时带去看的。"我随小叔飞奔到茅坑里，小叔从茅坑土墙的裂缝里抠出了那本书，我拍了拍书上的土屑，怒火万丈。

小叔也买过书。一次，他带我去城里办事，路过一家新华书店，我们进去转了一圈，小叔花了16元买了一本小说。晚上，住在旅社里没事，我和他都想先睹为快，正左右为难之时，小叔拿过书来，从中间一撕，给我一半，小叔说："你看前一半，我看后一半，看完后我俩再交换。"

我拿着小叔递过来的半本书，说："小叔，你怎舍得把这么好的书撕了呢？"小叔哈哈大笑地说："书读到后面，前面就没用了，一本书读完，就是一堆废纸罢了，有什么舍不得的。"

小叔的形象在我心中打了折扣，是在一个冬天的早晨。

那年的冬天，特别的冷，老北风整天整夜地呼啸着从光秃的树梢上一阵阵刮过，人都躲在屋里，很少出来。连阴的雨天，地上下得湿透了，结了一层硬硬的冰碴，人走在上面，一不小心，坚硬的冰碴破了，下面就溅出一摊泥水。屋檐下，挂着一长串臃肿的冰凌，阳光弱弱地照着，多少天不得融化。

小叔家的后院有一个猪圈，猪圈里养了一头老母猪。老母猪下过崽后，就不带料了，喂的都是草料。老母猪有一个庞大的身架，但瘦得皮包骨头。

连阴的雨天，猪圈里漏满了水，加上老母猪在圈里屙屎撒尿，踩来踩去，干爽的地方越来越小，渐渐地泥土的圈里成为一个泥坑了。老母猪没有睡觉的地方，每天夜里，都能听到老母猪被冻得嗷嗷地尖叫。老母猪的叫声，一会是急急的凄厉的，老母猪粗大的喉咙里充满了呐喊和愤怒。有时，老母猪的叫声弱下来，是疲惫和绝望。老母猪的叫声，在黑夜里听起来，使得寒冷透彻心扉。我常常捂着被子想，老母猪肯定冻死了，可第二天醒来，看到那头老母猪还活着，一身黑毛站在泥泞里颤抖。

小婶就催小叔把猪圈里的烂泥挖掉，换上干土，但小叔整天懒在床上，不出家门。

终于有一天夜里听不见老母猪的叫了，第二天看到老母猪冻死在猪圈里，老母猪的四条腿还站在泥坑里和冰冻的泥块冻结在一起。

小叔拿着一把锹懒懒地从家里过来，把老母猪的四条腿从泥冻里挖出来，老母猪全身铁硬得像一块钢板。

我站在一边看，心里对小叔产生了巨大的疑问，小叔的心怎么能这么狠？让一头老母猪活活地冻死，这是一条活的生命啊！一向温和的小叔形象在我的心里形成了巨大的反差。难道天使和魔鬼在他的身上同时存在？

我与小叔的接触停留在少年时期，后来上到初二，我就到城里上学了，住在学校了，后来的接触就越来越少了。

在先辈的身上找不到小叔的影子，那么小叔的邪恶是不是后天形成的？

在我的追问下，父亲无意中给我说起了这样一件事。

上世纪六十年代，三年困难时期，我爷爷和我大伯相继去世，父亲远在张集镇的供销社上班，原本一个大家庭，现在只剩下奶奶和小叔两个人了。奶奶长年体弱多病，经常卧床不起。小叔年幼，有一天饿得实在不行了，就去地里挖地头果吃。地头果是一种野菜，根是块茎，长在土里，挖出来洗洗可以直接吃，但地里早被别人梳过多少遍了，田埂上光秃秃的。小叔饿得头昏眼花地顺着田埂找着，眼前突然出现了一颗地头果来，地头果锯齿状的叶子匍匐在地面上，生机勃勃，这样的叶子下，肯定是一颗大的地头果。小叔兴奋地跑上前去，但地头果又在他的前面了，小叔就这样一步步地跟着，不久就昏过去了。等他醒来，站在眼前的是一位挖野菜的妇人，她小心地蹲下身来，说："孩子，我以为你死了，你又活过来了。"善良的妇人把小叔领回了家，放在大食堂里吃一些残羹剩饭。饥饿和体弱，使得小叔寸步难行，只剩下一丝游气连着。小叔渴望家里有人来找到他，把他领回去，但几天过去了，没有一个人来。小叔失望极了，愤恨极了，觉得自己是一个被遗弃的人了。直到有一天，村里的人路过，发现小叔，把他领了回来。

小叔见到奶奶大哭，第一句话就问奶奶为什么不去找他。

奶奶感到惭愧，说："自己都饿得病倒了，怎么去找你？"

好多年过去了，奶奶晚年的时候，轮着在我家和小叔家过。有一次奶奶在小叔家住，不小心拉肚子把床单弄脏了，小叔打了奶奶一巴掌，说当年他丢了，找都不找，现在就害他。奶奶又气又恨，说："我虽然没去找你，但你回来后还是个伢子，还不是我养活你，给你成家立业了。"这是奶奶活着时，亲口对父亲讲的。奶奶没想到小叔心眼这么深，她老了，他难道要报复吗？奶奶说起来，就感到寒心。

饥荒那年的事难道在小叔年幼的心灵上投下了阴影，导致了他以后的性格分裂，仇恨家庭，仇恨亲人？这是不是有点牵强附会了？我找不到小叔为何和父亲仇恨的理由，可生活中有些现象是无解的，无解往往就是事实的真相。我想小叔的心里肯定有他不为人知的世界，如果有机会，我想了解一下。

父亲对这个家庭是有贡献的，年轻时，父亲在张集供销社工作，风华正茂，憧憬着未来，可我爷爷和我大伯相继去世，为了拯救这个家，父亲把工作辞了，回家来劳动，把这个濒临崩溃的家庭拯救了过来。但父亲没想到，小叔会反目成仇兄弟相残，这是父亲一辈子的痛。

我说："你们兄弟两个就没在一起说过一次话，谈过一次心？"

父亲想了很长时间，说："几乎没有过，我们家的事，都是队长跑前跑后的。队长是一个不错的人，没少操心。"

父亲说的队长我熟悉，自记事时起，我就知道这个队长了。队长高大的个子，走路躬着腰，肩上扛着锹，嘴里衔着烟。他每次到我家来，父亲都让我递上一支烟给他。队长接过去，把烟屁股在大拇指甲盖上蹾蹾，然后从口袋里掏出装扁了的火柴，叭地点燃，面前的空气中飘起一股磷燃烧的味道，短暂刺激。队长用手指夹着烟，缓慢地送到嘴上，深深地吸上一口，享受无比。

队长讲话爱笑，有时话语的尾音在笑声里结束。队长的笑并不是那种狂笑、狞笑，而是慈祥的笑，在他的笑语里，你能感到多大的事情都不会害怕。

我和父亲的谈话，是在平静中开始的，随着话题越谈越多，我们谈话的方式也变了。有时，我们是激烈的争论，有时我追问得急了，父亲显得不耐烦，声音便显得很高，只有我们谈到队长时，父亲的脸上才开始有笑容。

时间已是傍晚，屋内的光线慢慢暗了一下，我打开灯，灯光一下子就使屋子里变得明亮起来。我看到父亲有了褐色老人斑的面庞，还沉浸在往事里，纠结、僵硬。我倒了一杯水送到父亲的面前，父亲端起来喝了一口，接着长叹了一声。

这几天，我与父亲长谈着，谈得更多的是家庭的事，我对这个家庭有许多不理解的事，少年时不敢问，现在我都敢问了。如果父亲不说，这些我都不知道的。人们说，一个老人就是一部历史，是的，这些老人所经历的生活，比任何课本上的历史都真实生动，尽管他们是底层的、细小的，但却是历史中最鲜活的一部分。

还有一个谜团，我一直想问父亲，但一直没有启齿。年少时，我听小朋友们说过父亲与村里的一位妇女有关系，这位妇女也是我小伙伴的妈妈，我们在一起玩得很好。我多次偷偷地打量过这位妇女，在我年少的目光里，她的脸蛋并不漂亮，只是比父亲年轻，苗条的身材上，有一对鼓起的乳房，十分诱人。如果这件事是真的，依我母亲的个性，他们肯定要为此吵架，甚至小伙伴的父亲会和我父亲PK的，但这些一直没有发生过；如果不是真的，那怎么会有这个传言呢？就让这个谜团埋在我的心里吧。

静下来时，我常思索父亲和小叔的关系。

我好像在哪本上看过，说，邪恶是人的天性，邪恶才是某些人唯一的快乐。

邪恶，是一个古老的话题，我在许多书中都看过，邪恶的是一条蛇，无时无刻不在吞噬着人的灵魂。但我不想在父亲与小叔的关系上，用邪恶与善良来划分。父亲和小叔都是生活在底层的农人，两个人一辈子的争斗，在我看来，他们没有谁胜谁负，他们都是悲剧性的人物，都是中国农耕社会里底层的人性。邪恶与善良是两根古老的藤，它们纠缠着往上生长，眼睛能看到的，只是生命，而邪恶的隐蔽性和残忍性是眼睛不能看到的，只有划破它的皮肤，才能看到邪恶的颜色，只有伸出舌头去舔拭，才可以知道邪恶的味道。

几天后，陪父亲看完病回来，我开始做饭。家里平时都是妻子做饭，现在妻子上班去了，要到下午才能回来，由于天冷我也懒得下楼去买菜，我觉得父亲是自己家的人，也不需要客套的，就这样随便做了吃吧。吃饭时，父亲吃得很快，盘里的菜几乎没动就吃完了，也就是说，他吃的只是白米饭。

吃完饭，父亲就要回去了，我说："不睡一会儿。"父亲有午睡的习惯，在我记忆里，他睡觉时总要把枕头垫得像小山一样高，有时，枕头不够高，就在底下放一摞书。

父亲说："不睡了，走吧。"

我便同意了。

车站离我住的地方不远，父亲也熟悉，我把他的东西收拾好后，说："这是老熟路，我就不下楼送了。"

父亲说："你不要下楼了。"

父亲两只手提着东西，缓慢地下楼了，拐过楼角，就是马路，我站在阳台上，看着父亲慢慢地在阳光下走远了，消逝了。我开始对父亲的一生有了考证的愿望。

第二章　兄弟

1

四十多年前的一个春天的早晨,少年的父亲还在熟睡的迷糊中,就听到堂屋里传来一阵嗦嗦的声音,那是奶奶起床了。瘦弱的奶奶,精干而贤惠,她总是家里第一个起床的人。

父亲躺在床上,枕着双手,望着茅草的屋梁。

屋顶上,有了几个小洞漏出了一星星的光亮,这个贫困的家,给了他太多的温暖。现在,父亲已是一个高小毕业生了,一个月前参加了县里的招工考试,被县供销社录取,分配到张集镇供销社上班,今天父亲将去几十里外的张集供销社报到了,这意味着,父亲是一个有工作的人了。张集,在几十里外,那还是一片陌生的地方,在父亲的脑子里却充满了幻想。

昨晚,奶奶和爷爷一遍遍地教导父亲一个人在外面应注意什么,怎么待人接物等。听得父亲都有点腻了,一遍遍地回答知道了。

奶奶起来做的第一件事是煮早饭，在米下锅的同时，奶奶还洗了四个鸡蛋放到锅里煮，这是给父亲路上吃的。灶就安在堂屋的一角，不一会就听到拉风箱的声音。风箱是村里的小木匠做的，一个柱子上钉几只铁片子，轴的上下是安在酒盅里，四周用土坯砌成一个半圆形的箱子，长长的绳子一拉，发出哗啦啦的噪声，风吹到灶里，火头就伸得老长，狂舔着锅底，红红的火光映着奶奶经过一夜歇息后焕发着新的生机的脸，有时，风箱的柱子滑出来了，就要停下来，用手伸进风箱里面，把柱子再放进酒盅里去，继续拉。

奶奶把早饭烧好，天色已一片赤白了，爷爷也开始起床。爷爷起床的第一件就是把他的烟锅点上，蹲在门前狠狠地吸上几口，然后，把烟灰磕掉，再起身去下地。

接着是大伯起床，青春的大伯像一棵杨树，笔挺好看，浑身充满活力。大伯一干活，嘴里就会哼起黄梅调，仿佛生活永远是在一场锣鼓声中快乐地开场。

奶奶开始喊父亲和小叔起床，床是用土坯砌的墩子，上面铺着密密的树棍，再在上面铺了一层稻草，稻草上铺着被子，床上睡着父亲和小叔两个。

父亲不能睡了，父亲把脚伸到被窝的那头去找小叔的屁股，看他昨晚尿床了没有，这已成为父亲和小叔的一场游戏。两个人一个是进攻，一个防守。尽管小叔躬着身体，紧紧地护着屁股。但父亲的脚好像是长眼睛的，一下子就找到了小叔的屁股，父亲一使劲，脚就伸进去了。父亲感到小叔的屁股底下有点湿湿的，大概昨夜尿的床已被他用身体捂得快干了，父亲用脚轻轻地蹬了他一下，小叔紧躬着光滑的身子没有反抗。

这就是一个农家的早晨。蔚蓝的天空，一丝儿云彩也没有，初升的红日照彻着大地。

奶奶已烧好了稀饭，但还要再做一道饭，是炒饭。张集离家有十几里的路程，没有车可乘，全靠两条腿走，要走半天的，走路是体力活，因此，肚子要吃一些结实的饭。奶奶把灶上的小锅涮了，从饭篮里把昨天剩的一点米饭倒进锅里炒。

奶奶先是放了油，烧热了，从鸡窝里拿了两只鸡蛋打进去，锅里发出噔啦的声音，奶奶翻炒了几下，再把饭倒进来，立马屋里就有了一股浓浓的香味。炒米饭在家里是高贵的了，家里是很少炒米饭的，只有在农忙时，男人要下地去挑担子，才会炒米饭给他吃的。现在，炒米饭的香味在屋子里飘散，让小叔咽了长长的涎水。

奶奶盛了一铲饭，放到硕大的粗瓷碗里，递给小叔，说："这饭是给你哥吃的，他要赶路。"小叔接过碗点点头，然后，兴奋地坐到门槛上，大口大口地吃起来，炒饭黄灿灿的，不时有一两块不规则的鸡蛋片从饭里冒出来，小叔吃得很幸福，腮帮子不时鼓出一个小包，然后又迅速消失，偶尔，筷子扒在碗上，发出欢快的声响。

奶奶开始给父亲准备行李，春天的气温慢慢升高了，冬天的厚被子已用不上了。奶奶便给父亲准备了一床薄被子，被子的头打着两块补丁。奶奶打补丁的功夫在村里是有名的，针脚细，布缝工整，没有一点粗糙。还有一双布鞋，这双布鞋是奶奶做的，崭新的。奶奶每年冬闲都要做几双布鞋，奶奶纳的鞋底针脚细密，鞋底厚实，禁得穿。这鞋奶奶原来准备是留给父亲过年时穿的，但过年时，奶奶没有拿出来，现在父亲去上班了，正好穿。父亲到了单位，也要穿得整齐干净一点，不能像在家下地干活。奶奶还给父亲准备了两套单衣和一件厚棉衣，虽然是春天了，也怕哪天来个倒春寒，穿单薄了，受不了。

奶奶是个细心的人。奶奶把这些东西一件一件叠好，父亲把几本喜欢看的书也拿过来，塞了进去。奶奶把这些东西捆绑在一起，四方四正结结实实像一个行军包。然后，把煮好的鸡蛋，从锅里捞出来，放到冷水里冰凉，装进父亲的口袋里，叮嘱路上饿了时吃。

出门了,奶奶和小叔跟在后面送父亲。父亲走在前面,奶奶第一次发现,父亲长大成人了,父亲的个子虽然瘦了一点,但身材挺拔。奶奶上前把父亲的衣服抻抻,拍打了一下。

小叔要背父亲的行李,父亲怕他背不动,把行李拿在手里不放,但小叔还是趁父亲和奶奶说话的工夫,把行李抢过来背在了身上。

出了村头,就是往外的一条大路了,走到村头的大塘埂上,父亲就让奶奶不要送了,三个人站了下来。塘水清清的,泛着波浪,塘埂底下就是层层的农田,眼下正是春季,一望无际的绿,像水一样展开在眼前,无边无际。家里的那几间草房子就在村头,几扇窗子黑洞洞的就像睁着的几只眼睛。

奶奶说:"儿啊,今天是你奔前程的好日子,你的路越走越亮堂。"

父亲说:"妈,你放心,休息天我就回来。"

奶奶说:"我回去了,让你弟弟送你一程吧。"

父亲说:"我一个人会走的。"

小叔也懂事地拉着父亲的手说:"哥,我送你去吧。"

奶奶说:"你弟弟说得对,就让他送你去吧,现在正是春闲的时候,家里没事。哪天村里有人去赶集,就让他跟回来。"

父亲犹豫了一下,就同意了。

小叔很开心地跑到前头去了,行李在背上随着他跑动的脚步,一颠一颠地晃动。走了好远,父亲停下来,看到奶奶还站在原地没有动,他用力地挥了挥手。小叔尖着嗓子喊着:"妈,你回去。"

奶奶也在那边挥了挥手,直到两个人的身影在田野越来越远。

2

这一趟愉快的行程,是父亲去打开新生活的大门,父亲对远方充满着无限的向往。

向南就是一片平坦而广阔的田野,春天的田野里到处是金黄色的油菜花,天边的小砚山连绵着像一艘艘巨轮浮在水面上,一条细细的田埂伸在田野里,走过后,就迅速被油菜花的金黄淹没。田埂窄时,两边的油菜花就要挤到一起来了,父亲的衣服上很快就擦上了点点黄色的花粉,像泥巴溅的一样。父亲和小叔在油菜地里快步地走着,小叔背着父亲的行李,跟在他的身后像只欢快的小狗。

一个高的田埂上有一个缺口,这是去年冬天农人放水时留下的,小叔朝后退了两步,一用力跑动起来,嗖的一下跨了过去,然后蹲下来,喘着气,看着父亲。父亲也学着他的样子,朝后退了两步,加力助跑,嗖的一下跳了过去。父亲为了显示自己的本事比小叔大,在落地时,还做了一个跃动的姿势,这是在学校上体育课学会的。

路的前面出现了一口池塘,塘里的水清清的,倒映着天空,岸边有两棵老柳树,扭曲得像龙一样,现在,柳树的枝条上已抽出满枝的嫩芽,像一挂小鞭炮,水的边上还有枯萎的蒿草没有倒下,黄黄的叶子向上伸展着,一只惊起的小鸟从枯草中飞出,急急地飞向远处不见了。

小叔连蹦带跳地走着,很快就热得淌汗了,父亲紧走了几步,追上他,要他把行李拿下来,父亲说:"你看你热的,脸上都是汗,快歇歇。"

小叔夺不过父亲,就只好让父亲把行李从他的身上卸了下来。

两人坐在田埂上,青草的地皮铺在屁股下,软软的,像一块棉垫子。蒲公英开花了，白色的，圆圆的，球状的花朵，小叔起身折了一朵，拿在手上，鼓起腮帮用力一吹，蒲公英的花穗，就开始在风中飘了起来，一会，手中就剩下了根紫红的茎了。

休息了一会，两人继续赶路。再走了一会，就是一条河沟了，上游的村子拦了坝，水蓄在里面，汪汪的一河，但到了下游这儿，河床里没有了水，现出深深的河沟，像一条大峡谷。两个人沿着坡上一条细细的小路下去，人马上就从田野上消失了，河沟的底下，流着浅浅的一线水，水不深但很宽，两人显然跳不过去了，父亲和小叔在水边徘徊，没有其他办法可以过到对岸去，父亲脱了鞋子，把裤子卷到膝盖上，准备赤脚下水。

小叔也要脱鞋下水，父亲说："你不要脱鞋了，我背你过去。"

小叔说："我能过去的，不要你背。"

父亲说："我们两个只要一个人赤脚就行了，为何要两个人赤脚呢？这不是浪费吗？"

小叔把鞋重新穿好，父亲弯下腰去，小叔伏在他的背上，两人开始过河。父亲感到小叔沉沉的，看不出来，他还有这么重。小叔的身子紧贴在自己的背上，有着一股温热在后背氤氲。小叔的两条腿长长地垂在父亲身子的两旁，父亲紧紧地抓住。

父亲的双腿浸到水里，一阵冰凉刺进他的肉里，他打了一下寒战，但还是继续朝前走着。脚下的泥是板结的，脚踩在上面没有一点陷入，浅浅的水清亮亮地从腿上流过，打着小小的漩涡，红润的脚面在水下像在镜子里一样清晰可见。

父亲的脚下一滑，小叔在背上晃动了一下，父亲的双脚紧紧地抓住地面，牢牢地站住，稳住了下来。但父亲一只卷起的裤子滑了下来，浸在水里，父亲也顾不得这些了。

小叔紧紧地趴在父亲的背上，脸都吓得煞白，如果父亲滑倒了，两个人就要倒在水里，那全身就湿透了。

小叔说：“哥你要小心，不行就放下我。”

父亲对背上的小叔说：“别怕，没事的。”

父亲终于走到了对岸，找一块干爽的地方把小叔放下来，但父亲的一个裤脚已湿透了，坐下来，父亲把裤子脱下来，两个人使劲地拧着，一缕水从衣服里流了下来，看来父亲要穿湿裤子了。

小叔说：“这怎么办？”

父亲说：“不要紧，现在天也不冷了，走走路风会把裤子刮干的。”

父亲再回去，把行李取来，两个人继续赶路。

美好的风光浸透了两位少年的心，暖风吹在脸面上，如小姑娘口里吹出的气息，撩得人心花怒放。天空上，一片片白云静止着，与蔚蓝的天空融在一起和谐而轻松。

父亲说：“我们唱歌吧。”

小叔说：“唱啥歌？”

父亲想了一下，说：“《让我们荡起双桨》。”

小叔说：“好。”

"让我们荡起双桨，小船儿推开波浪，海面倒映着美丽的白塔，四周环绕着绿树红墙，小船儿轻轻，漂荡在水中，迎面吹来了凉爽的风……"

小叔在前面走着，昂着头，张大嘴巴唱着，声音尖细，两只胳膊甩动着，像燕子的两只欲飞的翅膀。父亲跟在身后，用变声期的嗓音唱着，他的嘴张得圆圆的，气流从他的喉咙里流过。有时没有了曲调，就是呐喊，有时两个人忘了歌词，歌声停了下来，还是父亲先想起来，接着又唱。两个人合唱着，越唱劲头越大，高高的声音，带着少年的稚气，在春天寂静的田野上清脆地响着。

前面要穿过一个村庄了，一路上要经过五个村庄，这是第一个。村子的周边是一片杂树，这些树都是野生的，一片杂乱，树梢高高低低，树干曲曲弯弯，有几棵树高高的枝头上，还顶着硕大的喜鹊窝，黑黑的一团，像一块石头。两人沿着小路从北面进入村子的，村子里都是低矮的土墙草房，空旷的地上，有几条狗在追逐，有一条四眼狗躺在地上，一动不动。父亲最怕遇到狗，狗是认得生人的，一条狗咬，马上会招一群狗来咬，父亲有点紧张起来。父亲停了下来，小叔明白了父亲的意思，小叔说："我不怕狗，你上前走，我跟在后面。"跟在后边，这样既是断后，也好保护前面的人。

父亲说："你不怕狗？"

小叔说："我打过的狗多了。"

父亲知道小叔有点调皮，平时打狗撵鸡的，也没少挨骂，现在还管用了。

父亲走到前面，但两只腿还是有点发软，小叔鼓励他："狗咬屁人，你越不怕它，它越不敢咬你。"

父亲挺起了胸，迈出的腿有了劲，终于走过去了。就在这时，他的身后传来汪的一声，父亲回头一看，那条躺着的花斑眼狗已扑到身后，嘴差点就要咬到裤子了，父亲吓了一跳。小叔大声地喊斥道："狗！"狗退了一下，接着汪汪地叫了起来，原来那几条追逐的闲狗也跑了过来，跟着汪汪地叫起来。小叔迅速拾了一块土坷垃，朝领头的四眼狗掷去，四眼狗狂叫着倒退了几步，小叔用眼睛睥睨着狗，狗后退着狂叫着，围着小叔进攻起来。父亲紧张地看着小叔，怕狗真的咬着了他，那可不得了，父亲大叫着狗狗狗！父亲希望有人来赶走狗，但村子里没有一个人。小叔迅速转身从一户人家门前的柴火堆上，抽了一根棍拿在手里，狗见此情景，猖猖地散去了。

村子不大，父亲和小叔很快穿了过去，到了村子的外面，走过高高的塘坝了。刚才两人与狗大战，全身紧张无比，现在松了一口气。前面是一个小山丘了，它平缓光秃，露着红色的砂礓岩土，像烧过的一样，这儿的人都叫葫芦山头。路从半山坡上经过，父亲站在高处朝回望去，可以看见油菜花的金黄色铺展到天边，一览无余。远处的几个村子，本来有着很远的距离，现在，扯扯拉拉地快要连到一起了。父亲很快就在自己的村子里，找到了自家的位置，那几间草房子，现在像土坷垃一样小，近处的农田里，晃动着几个黑色的人影，那是农人在干农活吧。

父亲问小叔："你能找到我们村子吗？"

小叔望了一会儿，用手指着说："那个就是的。"

父亲顺着小叔的手指望去，他是真的找到了。

就这样，两个人穿过了几个村子。

终于有点累了，两人想歇息一会儿，路边有一个平缓的土岗子，上面有几棵老树，两人走了过去，在树荫下坐下来。这时，他们的腿才感到有点酸酸的。走了这么长时间，早晨又吃的炒米饭，此刻，两人感到喉咙干渴起来，仿佛嗓子眼在冒烟了，旁边有一个小池塘，清清的水倒映着蔚蓝的天空，水面漂着几片绿色的水草。父亲捡了一个干净处，蹲下身去，水面模糊地映着他的面孔，父亲用手划拉了几下，水中的倒影立刻破碎了，父亲用手捧起来，喝了几口，清亮亮的水带着一股淡淡的泥土味和甜味，滑进喉咙的深处，仿佛浇灭了一缕火苗，他的喉头一下清润起来。小叔站在旁边看，见父亲喝了，也蹲下身子，捧起来，喝了两口。父亲这才发现，刚才过河时弄湿的裤管，不知什么时候已干了。父亲喊小叔过来看，小叔蹲下身子，用手摸了摸，裤管果然是干爽的。

3

中午的时候，两人走到了张集镇上。

进镇子的是一条长长的石子路，路的两旁是高高的白杨树，就像两排仪仗队，人走在里面很有气势。附近有一个小学校，里面是几排砖瓦房子，高高的屋顶，飞檐峭壁，这里以前是一座祠堂，后来改为学校了。

进入镇子了，张集是一个老镇，一条小溪从镇子的中间穿过，上面铺了许多青石板的小桥，溪水就在沟里潺潺地流着，许多妇女就在溪里洗衣服，手中的棒槌起起落落发出"叭叭"的声音。沿着小溪的两边是一些古老的房子，黑色的砖墙上，有一块一块红色的毛主席语录，墙壁上偶尔有一个花格子窗户，高高的，透着幽深无限，小黑瓦的房顶起起伏伏，像一群鸟在天空上展开的翅膀。街道上有几个小孩子在玩耍，他们举着纸做的风车，在青石板的街道上迎着风跑，风车的叶子转动着，形成漂亮的圆圈。

小叔还没见过这样的古镇，被这里的风光吸引得张大了嘴，眼睛东张西望不够用了。拐了一个弯，迎面飘来一股臭味，小叔掩了一下鼻子，但又觉得这臭味里有点特别。两人走过去，一位老太太戴着老花镜，门口摆着一个油锅在炸东西，老太太把一块块黑色的豆干放进锅里，锅里响起一阵哗哗的沸腾声，一股臭的气味就从油锅里飘出，臭味之后，又是扑鼻的香味。过了一会，老太太又用铁丝编的网罩，把这些干子捞出来。父亲一看就明白了，老太太这是在卖油炸臭干子。父亲看到小叔馋涎欲滴的样子，就买了几块，他和小叔吃了起来。小叔从来没吃过油炸臭干，用嘴咬一下，黑的皮下，露出白色的豆腐。在口里一嚼，满口生香。小叔慢慢地吃着，生怕这美味两口就吃完了。

父亲说："我以后上班了，有了工资请你吃个饱。"

小叔说："真的。"

父亲说："真的。"

两人吃完的油炸臭干，又把奶奶带来的鸡蛋吃了，走走逛逛，时间已是下午了，估计供销社的人也上班了，父亲就领着小叔就去找供销社报到。

供销社是一排红砖瓦房，宽大的房屋，与镇上的老房子有了明显的区别。院门是一副钢筋焊的铁门，铁门的旁边还有一个供人进出的小铁门。从铁门的外面，可以看见院子里的几排红砖平房。

两人从小铁门进去，那排红砖的平房，门上都钉着牌子，父亲找到了供销社的办公室，办公室里坐着一位胖胖的男子，小叔站在门外，父亲走了进去。胖胖的男子肤色白净，他正起身拿起一个开水瓶，往杯子里倒水。他的身后，是一排柜子，上面挂着钥匙，桌子上堆满了报纸和账簿，还有一个黑色的手摇电话机。

父亲知道胖子可能是一个干部了，父亲向他打了一声招呼。胖子抬起头来，问有啥事，父亲说是来报到的。胖子哦了一下，把水杯放到桌子上，然后，让父亲把报到证拿出来。父亲从包里拿出那张盖着大红印章的报到证，递了过去。胖子认真地看了一下，站起来热情地说："新来的员工啊，欢迎你啊。"

胖子姓彭，是供销社的主任。他把父亲的手续收下去，把父亲让在长条椅子上坐下来，问了一些父亲的情况，然后，又把供销社的情况向父亲做了介绍。彭主任说，张集镇位于肥东的中部，因坐落在岗脊上，居民又姓张而得名。张集镇有十三个自然村，人口三万一千多人。张集镇供销社有职工二十多名，分日杂门市部，农副产品门市部，日用百货门市部等。

父亲坐在板凳上双手紧张地插在两腿中间，听着他介绍完，然后，彭主任起来出门去喊来一位年轻人，年轻人瘦瘦的，身材颀长，两只眼睛很大，他一进来，就看到坐在长条椅上的父亲了。

彭主任对他说："这是我们供销社新来的人，你带他去宿舍，把他安排住下来，再带他去领一点日用品。"

彭主任又对父亲说："你跟他去，先把房间领一下，岗位我们研究后，再安排。"

父亲跟在青年的后面，青年看到父亲后面还跟着一个人，就问这是谁,父亲说:"这是我弟弟,他送我来的。"他哦了一声。青年比父亲大不了多少,个头也差不多高,人精精神神的。几个人来到一处红砖房子前,这是职工宿舍了,每间房子都是一扇门一扇窗。青年打开一间房子,对父亲说:"你就住这吧,这房子是新的,你自己收拾下。"然后,从一串钥匙上,卸了一把钥匙给了父亲。父亲接过钥匙,一把不大的钥匙,明亮地躺在父亲的掌心里,父亲像抓住了一个希望,紧紧地攥住。

青年带父亲去领日用品。来到仓库前,他掏出钥匙打开仓库的门,里面都是一些杂七杂八的东西,按秩序放着。青年给父亲拿了一个脸盆,一把笤帚,一个水桶,然后,让父亲在本子上签了名。

拿着新的日用品,父亲高兴地回来了。

小叔见父亲一会拿了这么多东西回来,问:"要不少钱吧。"

父亲说:"一分钱没要。"

小叔睁大了眼睛,不相信地重复了一句:"一分钱不要?"

父亲说:"一分钱不要,这是发的,不是买的。"

小叔明白了,喃喃自语:"做个公家人真好。"

父亲和小叔站在这间房子里,房子高大,四面的墙壁刷得雪白。阳光从窗户照进来,房子里一片明亮。房子的里面放着一张小木床,床头拖着一根细长的绳子,小叔用手一拽,发出"叭"的一声,头顶的一盏灯泡亮了,小叔感到很新奇,反复拉了几次,每拉一次都发出"叭"的声音。外面是一张写字台,写字台前是一张椅子,父亲一屁股坐上去,趴在桌子上,很是舒适。后墙的窗户外,是一排高大的梧桐树,新生的叶子,在阳光下嫩绿得似乎透明,风吹过翩翩起舞。一只鸟在叫,它似乎离小叔子很近,就像一只熟透了的果子,一伸手就可以摘下。父亲打开窗户,想看看这只鸟的身影,但看了好久,仍然没有看到这只鸟,但它还在叫。

小叔在房子里走来走去,他太喜欢哥哥这间房子了,比家里的房子要好得太多了。他这边望望那边摸摸，觉得如幻觉一般。两人开始在房里打扫卫生，父亲在扫地，小叔擦床、擦窗。半天下来，房子里就窗明几净了，两个人都有点累了。父亲把行李打开，把被子往床上一铺，一个温馨的家就有了模样，父亲躺上去，全身放松极了。小叔也躺上去，两个人就在这张床上躺着。

4

两天后，村里的队长来赶集买老母猪，父亲就让小叔跟着队长回家去。

小叔要走了，父亲有点舍不下。父亲从奶奶给他的零花钱里，拿出几毛钱，买了一摞油炸臭干子，用光连纸包好，让小叔在路上吃。臭干在纸中热热的，那股臭中带香的味道，让小叔禁不住流下了口水。父亲把臭干子装进小叔的口袋里，交代几句，就带小叔去找队长。

队长已赶着一头精瘦的老母猪等在街头了。见到父亲和小叔后，老远就热情地招呼起来。父亲和小叔小跑了几步来得跟前。队长说："我正担心一个人走路着急哩，你来陪我正好。"

小叔和队长上路了，队长手里拿着一根棍子，小叔跟在身后。老母猪哼哼着，摇着尾巴在前面走得一点也不比人慢。

小叔和队长边走边说着话，直到走远了，话语声也消失了，父亲才起身回去。

第三章　供销社

1

这是一个新生的空间，父亲开始了全新的生活。

供销社是一个大院子，院子里面有两排平房，一排是仓库和领导办公的，一排是职工宿舍，旁边好像还有几座独立的小房子，可能是带家属住的，门口有一间小厨房和鸡圈什么的。门口还栽着两根水泥条，上面拉着铁丝，晒着几件衣服，那衣服与乡下的衣服也不一样了，女人的衣服色彩鲜艳，小孩的衣服十分洋气。另一座大一点的红房子，是食堂，屋顶上有一个高高的烟囱，门口有一块宽大的水泥场地，上面有一口井，井口旁还有一个打水用的辘轳。辘轳上缠绕着粗粗的井绳，有一个黑黝黝的铁把。这东西老家的井上没有，父亲感到稀奇，觉得打水一定很省力的。

院子里有一条煤渣铺的小路，路面黑黑的，路的两边是一排矮矮的经过修剪的冬青树。院子里有一棵老树，树太老了，已长成了铁。纷乱的枝头都是秃的，仿佛是老铁铁匠一不小心，把铁条敲断了的样子。树干太粗大了，已不像是圆形的，而是一块扁平的钢砣，往上一米高的时候，分成了几个叉，有的枝干已空了。树已没有其他颜色了，从枝到干全是黑的颜色，枝头稀疏的叶子是圆圆的，点点的绿色和树全身的黑相比，还是掩饰不了黑的主体。

院子的外面，是一排长长的灰砖灰瓦房子，这就是供销社的门市部了。门头上都做着一个红色的五角星，两旁有两块水泥面，上面写着"发展经济，保障供给"。走进去，屋里敞亮，一排玻璃柜台，呈凹字形摆在屋子中间，柜台后面，或站着或坐着几位售货员，因为没有顾客，他们显得很悠闲，说着话。货架上，货物琳琅满目，令人眼花缭乱。空气中混合着糖的味道，油的味道，还有酒的味道，这就是供销社特殊的空气味道。

门市部的外面，就是街道了。街道不宽，是光亮亮的青石块。两旁的房子都挂着幌子，有饭店的，有理发的，有打油的，远远望过去，一片繁荣。

夜里，父亲一觉醒来，就再也睡不着了，父亲睁大着眼睛。今天就要上班了，上班，对一个农家的孩子来说，是一件十分重要的事，父亲心里满是激动。夜是寂静的，但这寂静与过去睡在老家的寂静，又有点区别了，这寂静总是有着异乡的味道，父亲似乎能闻到这里面的陌生。

不久，远处有了鸡的叫声，鸡的第一声叫，雄壮，悠扬，过了一会儿，鸡叫声彼此起伏。窗外有了朦胧的光线，这光是乳白色的，轻轻的。这光在父亲的等待中，慢慢地变化着，越来越亮，倦意袭来，父亲裹着被子又睡去了。

父亲再醒来时，天已大亮，外面已是一片轰轰的声音，这轰轰的声音，使新的一天充满了生命。父亲一骨碌爬了起来，穿衣，刷牙，然后拿着搪瓷缸去食堂打早饭吃。

食堂里已有许多人在打饭了，父亲跟在后面排队。有的人就回过头来看他，猜测这是单位新来的人了。食堂里热热闹闹的，打饭的声音，逗趣的声音，有几个人开着玩笑，在大声地笑着，父亲对这种生活充满了兴趣。

临到父亲了，父亲伸出缸子，给了饭票，师傅接了过去，然后，把舀子伸进桶里，舀了一舀稀饭，正好把父亲的搪瓷缸装满，然后，又给父亲两个馒头，和一点盐菜，这就是父亲的早餐了。父亲把饭端回来，喝着缸子里的稀饭，咬着蓬松的馒头，巨大的幸福感，把父亲的心头盛得满满的。

2

吃过早饭，父亲就去上班了，彭主任已告诉他，他在副食品门市部上班。

父亲穿着奶奶给他做的一身新衣服，怯生生地走进来，一迈进大门，那股漾在空气里的烟酒的味道，布匹的味道就扑面而来了。这种味道不是在老家时，清晨散发出来的猪圈的尿臊味，奶奶做早饭时的烟熏味了。这种陌生的味道，唤起父亲内心里的新奇和渴望，他的理想，他的奋斗，似乎都是为了这一天。那个年代还不流行什么叫跳农门，父亲只有一个朴素的愿望，就是再也不愁吃饭了。

父亲朝着柜台走去，他看到彭主任站在柜台后面。彭主任一张脸笑眯眯地望着他，招呼他："过来，从这边进。"说着，走到柜台的另一头，把钳在柜台上的门板打开，露过一个接口，让父亲走了进去。

这时，其他的几个人，趴在柜台上，向彭主任招呼说："哎，彭主任，小伙子是新来的吧。"

彭主任说："是的。"

"哦,这下你可轻松了,你那边一个人手也确实忙不过来。"

原来,供销社里人手紧张,彭主任既当领导,又站柜台。现在,父亲来了,彭主任可以松开手了。

柜台与背后的货架之间是一条窄窄的长长的走道,时间还早,还没有顾客上门。父亲站在柜台前,还有点手足无措。彭主任看出了父亲的情绪,递给他一支鸡毛掸子,说:"你去把货架的灰掸掸。"

父亲接过鸡毛掸子,长长的鸡毛掸子上,是红红的公鸡毛,到了尖头变成了绛紫色的,可见这只大公鸡活着的时候是多么漂亮。鸡毛掸子用的时间长了,把儿已被磨得光滑滑的了。父亲握着鸡毛掸子,在货架上轻轻地扫着,货架彭主任每天也扫,并没有多少灰尘,上面的货品干净整洁,每个商品的下面,贴着一张纸条,上面用毛笔写着价格。彭主任站在一边,给父亲讲解这些商品,以及货架上商品的归类。

第一位顾客上门了,这是一位妇女,她来到柜台前,彭主任迎上前去,说:"上集来啦。"

妇女头上扎着一条花毛巾,胳膊上挎着一个竹篮子,她说:"上集来了,买点东西。"

他们可能熟悉,相互寒暄着。

妇女买了几样东西,彭主任熟练地从货架上,从柜台里分别拿出来,再给妇女讲解每个东西的用法、特性。妇女拿在手里看看,然后一一放到篮子里。父亲站在旁边看着,他看出了彭主任对商品的熟悉,看到了彭主任对顾客的热情。

顾客陆续地上门来,每个柜台前都围着几个人,每个人都在忙碌起来。宽大的房子里,充满了男男女女的说话声,有大声的,有低声的,还有笑声,门市部里热闹起来。

彭主任的面前也围了一群顾客,他对父亲说:"小赵,你给这位大姐拿下东西。"

父亲主动走到一位妇女的面前,女子扎着两只大辫子,穿着红格子的衣服,脸庞红红的,她用手指着货架,说:"把那盒饼干拿来我看看。"

父亲取下这盒饼干,她拿在手里看着,黄色的盒子上印着"丰收"两个字,上面是一个女拖拉机手驾驶着拖拉机在一片麦地里收割麦子。

女子认真地看了看上面的文字,说:"买两盒。"

父亲又拿了一盒给她,接着,女子买了一些其他东西,面前堆了一堆。父亲看得眼睛都直了,这些都是好东西,不是一般人能买的。女子说:"好了,就买这些。"父亲一看,就知道,这个女子是公家人,不是农民。

要算账了,父亲拿过玻璃柜台上的算盘,把乱的算盘珠子划拉整齐,然后打了起来。父亲只看商品,不看算盘,只听手下里叭啦地响,这种声音连续着,没有一丝犹豫,瞬间就把钱算出来了。

彭主任被父亲打算盘的声音吸引了,他愣了一下,停下手中的活看着。父亲打算盘如此地熟练,是他没有想到的。门市部里也有人打算盘,但那是断断续续,从没有这样顺畅连续,像流水,像蛙鸣。

女子从包里拿出一个红色的皮夹,细长的手指从里面拿出几张拾元钞票,递给父亲。父亲还是第一次看见皮夹,看见这么优雅的女子。父亲接过钱,放到彭主任面前的匣子里,父亲这才看到彭主任在看他,不好意思地脸一红。

一上午的忙碌,父亲接待了几拨顾客。

直到下午,顾客少了起来,彭主任和父亲才清闲下来。他们去食堂打了饭,在柜台里吃了,接着下午继续站柜台。

傍晚,门市部关门,大家才下班。父亲和彭主任分手时,彭主任拍了一下他的肩膀说:"小赵,干得不错,马上就可以顶替我了。"

半个月干下来，父亲可以单独当班了，彭主任就放开手，专门做管理工作了。

3

父亲每天下班回来，就坐在桌子前。

桌子上放着父亲的几本书籍，崭新的桌面上，可以看到杨树木板花一样的木纹，轻松流畅。父亲想，杨树在成长的时候，内心里也充满着欣喜的，不像家里的树，锯开后，木纹是一疙瘩一疙瘩的乱。窗外的阳光，照在桌面上，明亮而干净。父亲打开桌前的窗子，一阵轻风迎面吹来，他的心里一爽。窗外一片农田，油菜花正在盛开，一片金黄，再远处是一脉青山，蜿蜒起伏。

新的生活，在父亲面前打开了。他眼前的一草一木都是笑着的，连阳光，风，摇动的树影，在他的心里都有了生命，他从抽屉里拿出本子，写下了第一行字。

父亲在桌子前写了好久，密密麻麻地写下了两页纸，写他的所见所思，写他一颗青春激动的心情。

春天在父亲的心里充满了全新的意义。

天黑下来时，父亲拉亮灯，灯的光亮把屋内照得一片明亮，这不同于家里的那盏煤油灯，只照着眼前的一小片，电灯的光把屋内照得透亮。父亲在灯光下看书，很久，当他从书中抬起头来，夜已经很深了，他打开门，开门发出的吱呀声，在夜里还是很响。父亲走出屋长长地伸了一下腰，整个大院一片寂静，只有他的屋里亮着灯光。

第二天一早，父亲就醒来了，窗外，一只鸟在叫，声音婉转，清脆，流畅，仿佛可以看到它在枝头跳跃的身影，不，它们是两只鸟在对话，时而是长长的一句，时而是短促的一句，声音在它们细小的喉咙里滚动,充满了欢乐。人可以清晰地听出它们在歌唱自由、幸福和爱情。它们的声音使清晨刚刚到来的薄薄的光变得透明,甚至在舌尖上能品尝到甜蜜。开始有了赶早的人,他们喁喁说话,时而有着一两声咳嗽,渐渐的远处有狗的吠声,鸟的叫声也慢慢被嘈杂所淹没。光线开始变大变得浓厚起来,这新的一天是一池宁静的水,心间的事是一朵刚刚诞生的莲花亭亭玉立在水面上。

父亲起床沿着一条石子路跑步,田野里有着薄薄的雾气,马路的两边是高大的杨树,树冠浓郁硕大。父亲跑了一会,就大口喘气了,小腹部的肌肉酸疼,但父亲瞄准了不远处的一个村庄,他坚持跑到村子前,然后再掉头跑回来。他越过了极限,反而轻松起来,他的背上已渗出了一层湿湿的汗水。父亲打开门进到屋内坐下来,一阵轻松让他无比舒坦。

父亲的心里有着一股激情,和对新生活的向往。

张集镇的周围是绵延的群山,叫小砚山,在家乡,父亲一抬头便可看见了。在雨后晴朗的天气里遥望,可以看到山体的一抹黛青色和山沟深深的凹处,它柔美的曲线,使平坦的土地不再单调和空旷,那时,山在他的前面,是那么的遥远,现在,父亲决定用一个星期天去攀登。

在张集镇乘上农用中巴车,经过一个多小时的颠簸,农用中巴车把父亲带到了一个叫阚集的小镇。一下车,一条绵延的山峦就蜿蜒在父亲的眼前,他向一位在地里劳动的老人打听上山的路,老人用手指着前方说,那个山顶就是小砚山哩。父亲抬头望去,约一公里外,两座山夹峙着一座山峰。父亲伫立着,仰望着,这座魂牵梦绕的山啊,今天我终于和你进行切肤的交流和拥抱。

父亲沿着一个向阳的山坡向上攀登,山上树木葱茏,再往上,茂盛的草叶和裸露的岩石在阳光下呈现出一种富贵的颜色。选择一个坡度,父亲兴奋地爬上去,由于很少有人攀登,脚步常被一蓬棘刺或一块巨石阻拦，只得返身，头顶也被树木遮挡着，看不清方向，但父亲一点也不怕，觉得此刻身在庞大的山体中，好像身处在温暖的襁褓里。终于走了出来，已到了主峰的侧峰了，这里视野开阔，可以看见蝶的翻飞，花的艳丽。父亲坐在一块巨石上歇息了一会，然后，一鼓作气向主峰冲去。山顶上，许多巨大的石块组成的峰尖，标示着绝对的权威，阳光自头顶直射下来，风从背后轻轻地抚过。

父亲站在山峰上是如此的满足，他向故乡的方向望去，山脚下，田畴由近及远地铺展向远方，再远处，茫茫苍苍，成一条褐色的地平线，尽头处，天地相连。父亲的目光穿不透那一层神秘，但那里肯定有家乡的父老乡亲、河流和庄稼。此刻，他朝着故乡的方向大声地吆喝着，巨大的快乐冲击着他，父亲的心灵是如此的轻盈，快乐得要像云一样升起在天空飘向远方！

父亲经常看书看到深夜，父亲明白深夜里的风声，深夜里偶然的狗吠，还有夜行者孤独的灯光。

有一天夜里，忽然刮起了大风。风的尖啸声一声比一声紧，一声比一声急，逼得人喘不过气来。

父亲打开门，狂风呼啸着扑了上来，门前的几棵树在风中拼命摇晃着。父亲抬起头，天空黑沉沉的如倒扣的锅底，偶尔有一两点雨滴打到脸上冰凉的，父亲想起临下班时，黄疃村代销点打的几袋盐当时放在仓库门口，代销点的人说去找车子，不知道可拉走了，如果没拉走，下雨一淋就坏了。

父亲关上门，紧跑几步赶到仓库门前，看到两只黑乎乎的盐袋子，那个代销点的人果然粗心大意没有拉走。父亲弯下腰双手抓起一只盐袋子，盐袋子死沉。但雨点更密集了，狂风把父亲刮得一个趔趄。父亲顾不得许多，他蹲下身去，一用力把一只盐袋子背在背上，背到走廊下放下，然后又赶回去背第二袋。这时，只见一个黑色的人影匆匆跑来，到了父亲身边，愣了一下，父亲一看这是供销社的彭主任，父亲喊了一声，彭主任问父亲在干啥，父亲说在搬盐。父亲张口说话时，喉咙被狂风呛了几下，大声说出的话，在狂风中变得很弱，就像一张纸片瞬间就被刮得无影无踪。彭主任明白了，两个人冲进狂风中，把剩下的一袋盐抬回到走廊下。

雨开始下大了，风开始变小，黑夜里满是雨点的哗哗声。父亲打开门，两个人又把盐从走廊搬进屋里。彭主任坐在凳子上，怒气冲冲地骂着黄疃代销点的人，工作不负责任，粗心大意。说下雨了，才想起来打电话，他赶紧从家赶了过来。

彭主任骂了一会，才歇息下来，父亲倒了一杯水端过来。彭主任接了，说："今晚好亏你抢了一袋，要不肯定淋湿了。"

父亲坐在床沿上，他还是第一次和领导坐在一起说话，不免有点紧张。他搓着手，不好意思地笑着说："没啥，我没睡觉，看到天色不对，出去看看的。"

彭主任喝了一口水，问："这么晚了你还没睡？"

父亲说："我晚上喜欢看看书，睡得晚。"父亲就把经过说了一遍，刚才父亲搬盐袋子的身影，就让彭主任感动了一下，他发现这个乡下青年质朴，有责任心。

彭主任关心地说："你过来工作已有不少时间了，工作都熟悉了吧。"

父亲说："都熟悉了，感谢彭主任关心。"

彭主任站起身打量着父亲的屋里。屋里基本上分为两个部分，外面的是生活区，洗漱的盆，吃饭的碗筷，一条铁丝上挂着几条毛巾，扫帚簸箕放在门后，收拾得整整齐齐。里面的部分是卧室了，一张小木床，被子叠得整齐，枕边散放着几本打开的书，窗户下是一张写字桌，上面整整齐齐地码着一摞书，他对这个青年有了良好的印象，刻苦，勤奋。

彭主任也喜欢文学，他认真地瞅了父亲的书，有些书也是他喜欢看的。两个人开始谈起了文学，谈起了鲁迅。父亲说："鲁迅的文章我喜欢看，特别是《野草》我背过哩。"

彭主任的眼里就发出了亮光，说他也曾经背过整本的《野草》。他站起来，大声地背诵着："当我沉默的时候，我觉得充实，我将开口，同时感到空虚……"

父亲也站了起来，跟着一起背诵："但我坦然，欣然，我将大笑，我将歌唱。天地有如此静穆，我不能大笑而且歌唱。天地即不如此静穆，我或者也将不能……"

彭主任浑厚的声音在父亲的房子里响着，伴着外面的风雨，听起来更加有了力量。父亲张着嘴愣愣地看着彭主任，过了一会，彭主任卡了壳，这才停了一下来。彭主任不好意思地笑笑，走到屋外，外面的雨水小了下来。彭主任说："我走了。"披着雨衣，一头扎进黑夜里，随着一阵踩着泥泞的叭啦声迅速消失了。

父亲关上门坐了下来，彭主任的热情还在这间屋子里弥漫。外面的雨还在下着，雨水的声音听起来已不再是狂暴，而是温柔的呢喃，黑夜也不再是风雨，而是一片晴朗。父亲还是第一次接触到内心世界如此丰富的人，这和老家在地里耕作的农民是不一样的，父亲的心里也受到了感染，他觉得有股激情在内心里激荡。

到了年底，县供销社要举办一次珠算比赛，彭主任决定安排父亲去参加。

那天吃中饭时，父亲坐在食堂的长条凳上，正在埋头吃饭，彭主任端着碗过来坐在父亲的对面。父亲一抬头看到了彭主任，客气地笑了笑，彭主任停下筷子，也笑了一下，说："小赵，县供销社要举办珠算比赛，我们决定让你去参加。"自从上次夜里和父亲搬盐袋子后，彭主任已喜欢上了这个好学上进的青年，他早见识过父亲打算盘，便决定让他去参加。

父亲听了，拿在手中的筷子停住了。对珠算，父亲是熟练的，但参加全县比赛，他心里还是没有底。

父亲说："这么大的比赛，我行吗？"

彭主任说："行，时间还有一个月，你多练练。"

父亲说："供销社里那么多的老师，让他们去吧。"

彭主任说："这是比赛，是比真本事，不是去赴宴，带张嘴都能吃喝。我们都研究过了，让你去，你肯定行。"

彭主任这样一说，父亲便不好推辞了，决定领下这个任务。

父亲回到房间，把珠算书打开来看，一会，父亲房间的门被敲响，父亲打开门，是彭主任，父亲忙把彭主任让进屋内。彭主任站在屋内，背着手，他的腋下夹着一个四方四正的布包。

彭主任说："小赵啊，让你参加珠算比赛的事，你要练啊。"

父亲说："我在练哩。"

彭主任从腋下拿出布包，笑着对父亲说："我给你送一个宝贝！"

彭主任说完，解开蓝布包着的包，里面是一个算盘，这是一只袖珍算盘，只有一本书大小，有十三排珠子，枣木色，盘珠精巧，大小均匀，玲珑精致。父亲一看就张大了嘴巴，父亲见过不少算盘，都是些粗笨的大家伙，还是第一次见到这么精致的算盘。

彭主任说："这个算盘是我自己买的，跟随了我十几年了，我也用它参加过不少比赛，大大小小的奖拿下几十个，你拿去练习，肯定能获奖。"

父亲接过算盘，用手抚摸了一下，算盘的珠子在他的手心里光滑滚动，父亲又翻过来看了一下，算盘的框架细致工整。父亲爱不释手地嘿嘿地笑着，对彭主任说："这算盘好，顺手。"

彭主任说："你们年轻人，要多学点知识。有机会你就要参加，一是锻炼自己，一是崭露头角。我们供销社这次就进你一个新人，将来你是我们的栋梁哩。"

父亲不好意思地说:"彭主任夸奖了,我哪能当栋梁。"父亲能感受到彭主任对自己的爱心,这种爱心,使一个少年在一个新的天地里,伸展了身子。

彭主任走后,父亲就情不自禁地拿起算盘放到桌子上端详起来,算盘珠子圆润光滑,父亲用手拨拉了一下,珠子在杆子间滑动,顺畅流利。彭主任几十年的汗水浸透着每一枚珠子,把它们滋养活了。父亲打了起来,珠子撞击出一串悦耳的脆响,父亲觉得是如此地享受。

从此,父亲的房间,每个夜晚都会响起算盘的啪叭声,这种声音细听,是水稻拔节的声音,在夏季的阳光下,走在一望无际的庄稼地里,常能听到。或者是一阵马蹄声,它是在奔腾,远方有着目标在召唤着它。偶尔,声音停下来,父亲直起腰来,灯光下的父亲静默,孤单,但他的内心里已有了一片世界。

每当父亲练习完珠算躺下时,眼睛里满是算盘珠上下拨动的影子,耳朵里满是算盘珠子碰击的声音。

一个月后,到了比赛的前一天。

上班时,彭主任到父亲的柜台前,问父亲准备得怎么样了。父亲说:"准备好了,没有问题。"

彭主任把算盘拿过来,自己边演算,边给父亲讲解了几个注意问题:"拨算盘珠子时,指尖要果断利索,不要拖泥带水,这样才能缩短时间,保证准确。"

彭主任交代父亲说:"上场不要慌,要沉住气,看题要细心,不要大意。拨算盘时,要又快又准。"

彭主任把这些年来的比赛经验都对父亲说了,父亲认真地听着。临走,彭主任用力握了一下父亲的手,祝父亲凯旋归来。

下午,父亲乘上了去县城的班车。

父亲是第一次去县城,车子在石子路上颠簸地走了半天才到。

一下车，天就黑下来了，县城里满街都是灯火，让父亲感到眼花缭乱，父亲裹着寒冷在马路上寻找住处。在一个小巷口，父亲看到炽亮的灯光下，竖着一块住宿吃饭的牌子，白底红字，已经陈旧了，后面是几张桌子和板凳，父亲就走了过去。

小吃摊子前，一位年轻女人，头上包着一条蓝色的围巾，露着两只明亮的大眼睛，她招呼父亲坐下，父亲的肚子饿了，他要了一碗饭。女人是一个动作麻利的人，很快就把饭端上来了。碗是乡下的粗碗，大而且深，盛着满满的热饭。菜是几只大丸子下面铺着一盘新鲜的青菜，由于疲劳和饥饿，父亲埋头吃了起来。

父亲吃过饭，就去找县供销社招待所住宿。

县供销社招待所在一个大院子里，道路两旁都是低矮的树木。这树与乡下的树不一样，现在已是冬天了，枝头还是浓郁的叶子，乡下的树已是光秃秃的了。

登记完后，一个男子带父亲去房间，男子长得胖胖的，手里拿着一串钥匙，脸上有着结实的红光。他把父亲领到房间，打开灯，房间里是两张单人床，两张床中间放着一个小方桌，上面放着两只杯子和一个开水瓶，床上的被子是花格子的，枕头是扁的，房间里干净整洁。男子说，另一个人去他亲戚家了，这个房间今晚就你一个人住了，嘱咐父亲晚上早点休息，不要冻着了，明天好比赛。

父亲坐在被窝里，看了一会书，虽然是深夜了，但感到一点也不寒冷。

第二天，珠算比赛就在县供销社的招待所里进行。

在两棵大树上拉着一条红色的条幅，上面写着"肥东县供销社珠算比赛会场"。比赛会场设在两个大会议室里，一人一个桌子，摆放得整整齐齐。一群人早就来到了，拿着算盘站在门口等待，有相识的人，就站在一起聊天，发出愉快的笑声。一会，比赛的领导来了，打开门，大家鱼贯而入，找到自己的座位坐下来。屋内安静下来，监考的老师发下试卷，随着一声哨响，比赛开始了，教室里响起一阵打算盘的声音，声音密集得像一场雨水落下。父亲打着算盘，他觉得每个珠子就是彭主任期待的眼睛，每次珠子碰撞的声音就是彭主任叮嘱的声音。父亲积攒了信心，算盘珠子在父亲的手中像水一样流动，每个手指都像翻飞的蝴蝶。

父亲很快计算完了，他重新核对了一下，看看有没有忽视的地方，一切都是对的。父亲交了卷子，父亲是整个考场第一个交卷子的人。

下午，经过专家的评比，父亲在这次珠算比赛中获得了第一名。颁奖是在主席台上进行的。父亲走向铺着红地毯的主席台，朝台下看时，台下是一片黑亮亮的眼睛，他从没见过这阵势，父亲又开始紧张起来，他收回目光看着脚面。直到县供销社主任走上台，把鲜红的证书递过来，主任握了握他的手，向父亲表示祝贺。父亲捧着奖状走下台时，他的心情忽然激动起来，刚才在台上时，他却是如此地木然。

父亲回到张集镇供销社时，供销社的人已都知道父亲在县里比赛获了一等奖。彭主任赶来祝贺，彭主任一见父亲，老远就兴奋地竖起大拇指说："小赵，祝贺你啊，祝贺你啊，给我们供销社争了光！"

父亲把证书递给彭主任，彭主任拿在手里看了一下，又还给了父亲，说："干得不错。"然后，用力地拍了拍父亲的肩膀，那种力量进入到父亲的身体里，在父亲的内心里涌起了一阵波涛。

4

第二年春天，形势有了变化。

农村开始了大办食堂，一个队里的人，统一在大食堂吃饭，不准私自在家里生火做饭。农村有了饥荒，父亲站在柜台里，看到来赶集的人，脸上普遍是浮肿的菜黄色，和饿得走形的身体，拖沓的脚步，买东西的人也少了。

同时到来的，还有大炼钢铁。在种庄稼的土地上，到处竖立起了小高炉，冒起了滚滚的浓烟。因为小高炉需要大量的柴火，农村里能烧的东西很快就烧完了，政府便安排供销社收购木材，为小高炉提供燃料。

彭主任就安排父亲收购柴火。

收购柴火就在供销社的大院里。才开始的时候，来卖的有树木，有的树木有一抱粗，被锯成了几段，皮上还有着粗壮的藤，看着这样的树木，父亲的心里就难过，这肯定是村头生长的古树了。渐渐的，树木没有了，有的社员就从自家房子上抽桁条来卖，这些桁条黑黝黝的，有些年头了，都是老房子上的木料。大家都在为活命奔波，能卖就卖，有了钱就能买到一星点吃的，解决饥饿问题。

接着，又有来卖柜子、箱子、桌子的。

有些柜子，做工精致，上面画着花朵或凤凰，都是一些吉祥如意的东西。有的八仙桌子，四周围都雕刻着花朵，或人物，栩栩如生。

父亲是一个有文化的人，他仔细地欣赏着这些工艺品般的家具，心头就涌起莫名的忧伤。他想象着，当年这些家具来到这户人家时，这户人家是多么的欢欣。一个站柜，每个柜门上都是一朵盛开的花朵，艳丽的色彩，热烈而喜庆。父亲凝视着想，这个柜子肯定是新婚的家具，当初的新婚夫妇是多么的幸福灿烂，它们也是多么的有生命，可现在，它们就要变成一堆火，成为一堆冰冷的灰烬了。父亲打开柜门，柜子里散发出轻轻的松木香味，父亲轻轻地拉开一个抽屉，抽屉的底板上垫着一张白纸，父亲拿起来一看，那上面用钢笔写着几行诗句："窗外的声音。激荡着我的心。我爱的人就陪在我的身旁。"父亲的心里动了一下，柜子的主人肯定也是一个爱好文学的人，他正沉浸在新婚的爱情里。但现在，文学又怎么能救他饥饿的肚子呢？他只有抛下它们，去救他的生命。父亲把纸装进口袋里，和助手把柜子抬到柴火堆里。

过几天，院子里的柴火就堆积如山，东西五花八门。拉柴火的车子来了，工人们可不欣赏这些，在他们的眼里，这就是烧火用的。他们一顿乒乒乓乓地乱砸，把这些桌椅板凳全砸成一堆木材，然后，哗哗啦啦地搬到车上。车子轰鸣了几下，就开出院子，院子里空空荡荡了。但过不了多久，又会堆积如山。

有一天，一位老人来卖一只卧柜，柜子不高，四周没有一根铁钉，都是榫和卯做成，没有一丝缝隙，打开上面的盖子，里面还暗藏着一个抽屉。盖子上用毛笔写着："清光绪十七年制。"柜子黄油油，门板沉沉的，父亲一看就喜欢上了，正好屋里也缺少一个放衣服的东西，就掏钱买了下来。

一边是轰轰烈烈如火如荼的大好形势，一边是人们心底里的惶恐不安，父亲觉得这个社会可能像人一样生病了。一天，来了一位面孔清癯的中年人，他背着一把古琴踉跄地走过来，到了跟前，他把琴往父亲面前的桌子上一放。

父亲问："是卖的吗？"

中年人说："是卖的。"

父亲拿起来看了一下，古琴呈一只凤凰形，黑黝黝的，父亲知道这是包浆。上面有几根紧绷的弦，父亲用手指划拉了一下，琴弦发出一阵清脆的声音。父亲还没见过古琴，但知道这是一个不平常的东西。父亲说："我们这儿是收柴火的，你这东西卖不了几个钱。"

中年男子说："你试试，我这东西多沉，别看它小，它可比一捆柴火禁烧。"

父亲试了一下，沉甸甸的，说："我们收柴火只能按斤称，不能按东西收。"

中年男子说："按斤也行，能不能给贵点。"

父亲感到很为难，说："只能按柴火价，给你多了，我就要贴的。"

中年男子叹息了一声，两个人站立着，都没有了动静。

中年男子踱着步，他的胡须长长的，面孔清瘦得可以看见突出的颧骨，他瘦弱的身体像一根杆子，衣服穿在身上，显得空荡飘动。父亲看出他内心的煎熬，父亲劝他说："你还缺这点钱？不如拿回去算了。"

中年男子一转身果断地说："我已经几天没吃饭了，小命都要没了，还要这身外之物干啥！卖！"

父亲把琴放到磅秤上称了一下，付钱时父亲实在不好意思，又稍稍地多加了几毛钱。

中年男子拿了钱，揣到口袋里，转身踉跄着走了。父亲叹息了一声，这点钱够他吃两顿饭了吧。

父亲把这把古琴放到柴火堆里，古琴在柴火堆里显得十分突出，不合群。

父亲继续忙碌着，这时，拉柴火的车子来了，那些工人又是一阵乒乒乓乓地乱砸。父亲刚想到那只古琴，只听古琴咚的一声响，琴弦已被摔落，琴身已被摔得伤痕累累，扔在柴火堆里了，父亲心里一阵痛疼。

好多天，父亲的耳朵里都还响着古琴那咚的一声，在父亲听来，是那么的震撼。

饥荒的形势越来越严峻了。父亲被抽调到公社，下乡去抓粮食生产。

父亲蹲点的村子叫王大清，这是一个大村子，上千口人都姓王。村子里四周都是河，土地肥沃，是种庄稼的好地，过去这个村子一直是丰衣足食的，是公社里缴公粮的模范村，多次受到表彰。现在，村里也出现了饥荒，队里的食堂也没有多少粮食了，做的饭有一半要掺杂着野菜或麸皮。

这天，父亲和公社里的两位领导到村里开会，主要是动员社员向队里捐"救灾粮"，帮助队里渡过难关。

主席台就在村子的小学校里，学校就是几排草房子，操场上坐满了人，人们都没精打采的，黄的泥土墙和人们脸上的菜黄色辉映着，虽然有着阳光照着，但阳光也显得营养不良的黄。

几张破旧的老师办公桌拼了一个讲台，桌子上还有粉笔灰，红墨水和黑墨水留下的陈旧痕迹。

村里的书记讲了一通大道理，说队里也像家里过日子一样，遇到了难关，但只要坚持一下，秋季队里的粮食打下来了，我们就会过上了好日子。接着是乡里的干部讲，讲眼下形势大好。乡干部的水平高，讲话声音高亢，挥动手臂，有鼓动性，然后，号召社员们把家里多余的粮食捐上来，大家一起渡过这个难关。

会场上一片沉闷，人人心头都笼罩着一片阴云，父亲知道，这个季节正是青黄不接的时候，社员们能把命保住就行了，哪还有多余的粮食来捐哩。

这时，人群里忽然响起了一个声音："我捐。"

父亲吃了一惊，往底下看去，是老麦。

领导在台上动员了半天，没人响应，父亲坐在旁边也感到难堪，毕竟这是自己蹲点的村子，不能落后了。现在，老麦冲出来了，父亲虽然舒了一口气，但父亲不想在这件事上，让老麦冲在前面，父亲明白村子里比老麦好的人家多的是。

老麦父亲认识，他是一位寡汉条，已五十多岁了，还没结婚。父亲刚来村子蹲点时，就听人说过他的笑话。土改那年，县里把被镇压的几个地主老婆分给了贫雇农，让他们组织家庭，投入到集体生产中去。老麦听说了，就去县里找，也要分一个老婆。信访办的人拿他没有办法，就对他说，领老婆是要凭票的，你们乡里的老婆票已发下去了，你要到乡里去找。老麦跑回乡里找领导要老婆票，乡里的领导觉得好笑，就说，乡里分到的老婆票少，不能人人都有，只有那些思想先进的人，才能领到。老麦说，我回去好好生产，明年能领到老婆票吗？领导说，如果能被评上先进，就能领到。领导的这句话，是搪塞他的，老麦回来后，就一心要做一个思想先进的人，这次老麦又要出风头了。

领导说："老麦就是一个先进社员，我们要向他学习。"说完，领导就带头鼓起掌来，接着底下也稀稀拉拉地鼓起了掌。

老麦身边的几个人狠狠地瞪了他一眼，意思是就他穷正经，假积极，到时你饿死了也没人救你。

老麦看到了，翘着嘴，不满地说："各人管好各人的事，我不用你们管。"

老麦转身离开了会场，老麦的两间草房子就在村头，离学校不远，过了一会儿，老麦提着一个布袋子来了，往主席台上一撂，大声地说："他们不捐，我捐，这是我一冬从老鼠洞里挖出来的，虽然不多，但是一个心意。"说完，老麦转身钢钢地回到了人群中。

父亲看了一眼老麦的布口袋，这是粗布做的，灰扑扑的，上面还打着几块补丁。父亲用手提了一下，沉甸甸的，有七八斤重。粮食在袋子里松软了一下，像一个受惊的小动物。

会开完后，大家陆续地散去了，父亲到老麦家去了一下。

老麦把父亲让进屋，父亲低着头走进去，老麦的家里一贫如洗，贴墙是一张土坯垒的床，破烂的衣服和破旧的被子窝在床上。有一股浓浓的汗腥味道，迎面的墙上，贴着一张年画。老麦虽然是单身，但屋里很整洁，干活的农具都归拢在门后的背角里，椅子上没有到处乱扔的脏衣服，床前也没有乱七八糟的鞋子。

父亲朝他家的锅里瞄了一眼,铁锅的底里还残留着几缕麸子,父亲明白了一切。

门口有一个小板凳,父亲坐下来,老麦就圪蹴在一旁。

父亲说:"老麦,你怎么想到把粮捐了,你的粮也不多。"

老麦用筋骨暴露的大手抹了一下嘴,说:"我老麦是从旧社会过来的,是穷大农,如果没有共产党,我在解放前就饿死了,现在骨头都能打鼓了。眼下集体有了困难,我看不过,捐点粮怕啥。"

父亲看了老麦一眼,老麦面孔浮肿,用手一按就能按出一个凹来,嘴唇苍白,没有一点血色,这是严重的营养不良造成的。父亲委婉地说:"你要把吃饭的事安排好。"

老麦说:"不要紧,村里大食堂好得很。"老麦又说,"你一个年轻娃就当上干部了,了不起。"

父亲说:"这没有啥,你有什么要求可以提,我们尽量给你办。"

老麦嘿嘿地笑了笑,又用筋骨暴露的大手抹了一下嘴唇,说:"今年上面如果有老婆票下来,一定给我分一张,你看看,没有个老婆还像个家么。"

真是哪壶不开提哪壶,父亲扑哧一笑,说:"那是人家逗你的,你怎么能信哩。"

老麦说:"你这个干部说着说着就走线了,去年县里开大会分老婆谁不知道,怎么到我这,就说谎了,你年轻娃要公平啊。"

父亲没有和他再说下去,知道他的一根筋已不通了,就起身去另一家走访了。

5

因为饥荒,供销社食堂的伙食也不断下降。职工往往打一份米饭,就要搭一份粗粮,这粗粮是山芋粉或高粱粉做的馍头。虽然这样，但大家还能吃饱肚子，比起乡下的饥荒，心里也能接受。

父亲惦记着乡下的家，每次父亲打饭回来，都是先吃粗粮做的馍头，粗渣渣的，父亲每咽一口，都压得脖子一伸，然后，再夹点白菜下咽，白菜也没有什么油了，干糙糙的，父亲的脖子同样压得一伸一伸的。

吃完了馍头，父亲开始吃米饭，米饭白白的，卧在瓷缸的底部。因为刚吃过粗食，现在吃起来，却是如此的舒畅，柔软的米饭经过喉咙时，有一种油滑喷香的味道。父亲可以一口气把缸里的饭吃完，但他划了几筷子就停了下来，他把剩下的米饭，倒到一块木板上，用筷子划开，放到太阳下晒，米饭晒干后，再用手搓搓，就成了米粒，放到水里烧开就能吃了。父亲把这些饭干装到袋子里，每过一段时间，就送回家接济奶奶他们。

父亲正在长身体，也是能吃的时候，但父亲坚持省饭。饥饿在父亲的身体里像小偷一样，偷着他的体力，偷着他的精神，悄悄地来，悄悄地走，让父亲防不胜防。有时饥饿袭来，父亲只能用手紧紧地抵着肚子，舒缓一下，或大口大口地喝水充饥，反正水是喝不完的，不像粮食那么紧张。

就在这年春天，父亲的爱情悄悄地降临了。

这天下午下班早，父亲把几天来换下的衣服拿到井台上去洗。

父亲从井里打上一桶清亮亮的水，倒进大木盆里，坐在小板凳上，把衣服打上肥皂，然后放在搓衣板上搓。

搓衣板是在一块木板上，锯了许多锯齿样的沟，一头放在盆底，一头放在盆沿，成为一个坡度。在老家奶奶洗衣都是用手直接搓的，在镇上，家家都用搓衣板搓衣服。父亲对搓衣板总是充满了浓厚的兴趣，想哪次回去，给奶奶也带上一块。

父亲在搓衣板上刷刷地搓着，饥饿袭来，父亲的身体一阵颤抖，脸上渗出一层细细的汗水。父亲停下来，用湿的手掌紧按着肚子，过了一会，饥饿退去，父亲继续洗衣服，父亲抓着一团衣服在搓衣板上搓着，衣服在他的手里像石头一样沉重。

这时，一个声音传过来，说："哎，洗衣服要用劲，不用劲洗不干净。"

父亲转过眼睛，只见一双黑色的皮鞋站在身边，皮鞋擦得光亮亮的，鞋带系着蝴蝶结。父亲往上一看，是一张白色的瓜子脸，一双眼睛弯弯地笑着，两只长长的辫子黑油油地垂在胸前，原来是仓库保管员安子。安子啥时候站在跟前，父亲只顾埋头洗衣服，一点也不知道。

供销社里有几位姑娘，她们穿着时尚，趾高气扬，父亲很少与她们接触。但安子不一样，在父亲的眼里，安子是个随和的人，快言快语，没有多少弯弯绕。在镇上住的人，下班都回去了，安子家也在外地，她和父亲一样都住在供销社里，但两人相隔着几幢房子，安子上班的地方，也与父亲上班的地方隔着一条街。只有吃饭时，大家都到食堂来聚集在一起。

安子说："搓衣服要用劲，像你这样轻飘飘的洗不净。"

安子说话有着典型张集镇的南方口音，尾音婉转而轻快。父亲过去听这里的女人们在一起说话，都是这样的气息，父亲觉得女孩子说话，就该这样子。而不像老家人说话，口气像枪子，生硬而短促。

父亲明白安子的意思，但安子怎么了解饥饿已偷去了父亲的体力，父亲攒着劲搓了几下，安子看了还是不满意。

父亲抬起胳膊擦了擦额头的汗，说："哎呀，只要能洗干净了，哪样都行。"

安子蹲下身子，从父亲手中拿过搓衣板，刷刷地搓着，衣服在她的手里变得柔顺起来，搓了几下，肥皂沫子就腾起来了。安子拧了一下，乌黑的水从衣服里淋到了盆里，安子把衣服放到一边的篮子里，说："要这样洗。"

父亲在旁边看着安子，感到有点局促，感到周围的光仿佛虚幻起来。

安子站起身与父亲的目光瞬间相遇，这才觉得不好意思，脸腾地红了。安子把胸前的辫子往后面一甩，就走了。

接下来，父亲洗衣服忽然有了力量，几件衣服没费力气就洗完了。父亲把衣服放到铁丝上晾晒，抻直的衣服在风中轻摆着，父亲觉得这衣服也染上了不同的气息。

这是父亲第一次与安子接触，又有两次，两人在路上碰见打个招呼，各自走开了。

一天中午，在食堂里吃过饭，阴沉的天忽然下起了雨，雨水扑打着地面、树木、房顶，发出隆隆的声音。

隔着雨水看对面，朦胧的平时近在咫尺的距离此刻变得遥远了。

稠密的雨水，又像一群羊，被鞭子驱逐着，匆匆地赶往交易市场。

对面的楼顶走出一只鸡低着头亦步亦趋地觅食。一只麻雀飞过来，落在台子上，像一团泥巴粘在上面。

来吃饭的人，都没有带雨具，站在食堂的门口张望。过了一会，雨小起来，大家都开始纷纷逃走。

父亲小跑着进了屋，这时一个身影跑到走廊下，父亲一看是安子，就招呼安子进屋里来躲雨。

安子进了屋，笑着说："这个天真不是玩意儿，好像在逗人玩。"

安子看到父亲的屋内虽然不大，但收拾得整整齐齐的，一点也不杂乱。安子第一眼就被父亲桌子上的几本书吸引了，走了过去。桌子上有一本鲁迅的书和几本小说，父亲正在看《德伯家的苔丝》。安子拿在手上，说："这本书我也看过，但没有看完。"

安子把书拿在手里看，安子喜欢这本书，淡紫色的封面，上面是一朵下垂的花蕊，翻开扉页，有一张插图，一块起伏的农田，几头牛在吃草，还有一位放牧的女人。书的标题下还有一行小字："一个纯洁的女人。"再翻开，是作者像，一个外国老头，养着一撇小胡子，头顶光顶顶的，打着领带，沉思地俯视着。

安子说："我喜欢苔丝姑娘，在乡下生活得多么纯净。书里写的风光，好像我家的田园，我看这本书，觉得地里的草和树都是清新的。"

父亲说："后来，苔丝姑娘就被别人霸占了，苔丝其实是一个悲剧的命运。"

安子看着眼前的父亲，过去他们很少交流过，只知道父亲算盘比赛在全县得过冠军，没想这个年轻人身上满是饱满的情绪，这情绪也感染了她，她觉得父亲的脑子里有着看不见的深度。安子不好意思地说："不说了，我只看到前面半部，书就被别人要走了，好多天，苔丝的影子都在脑子里。"

父亲说："彭主任也喜欢看书，上次还在我的屋里背过鲁迅的《野草》，那可是真本事。我看书只是消磨时光。"

安子在父亲的屋子里转了转，看到墙边的木板上晾着的饭干，就弯下腰来边看边问："这是什么？"

父亲不好意思地说："这是我晒的饭干。"

安子说："你晒饭干干啥？饭吃不掉吗？"

父亲说："我晒点准备带回家，给家里人吃，现在乡下饥荒严重。"

安子愣了一下，想起上次父亲洗衣服的事，似有所悟地说："你也要吃饱饭，不能亏了身体。"

父亲说："我每顿饭省点，不碍事的。"

安子蹲下身，拿起筷子划拉了几下，饭粒在木板上哗哗地滚动着。

雨水渐渐地小了，安子要回去，临走说："把这本《德伯家的苔丝》借我看一下吧，我接着把它看完。"

父亲把安子送到门口，安子手里拿着书走了，父亲看到她苗条的身影，拐过一幢灰砖房子便消失了。父亲回到屋里，坐在桌前，看着窗外，雨后的田野干净明亮，近处的树木静止着，树冠葱茏茂盛，那些叶片闪着青春的光泽，没有一丝忧郁。偶尔的汽车鸣笛，也清晰起来，没有了过去的混浊。

几天后，天气晴朗起来，父亲把晒饭干的木板端到窗台上晒，太阳金黄的光线晒在米饭上，父亲能嗅到米饭在阳光下散发的香味。父亲用筷子划拉了几下，再有几个太阳，板上的米饭就能晒干了。

有一次，父亲发现晒在窗台上的饭多了一点，父亲认为是自己记错了，没在意，但过了两天，又多了起来，父亲这才关注起来。

谁把米饭给了自己？在这个饥荒的季节，饭比黄金都珍贵啊！

父亲的心里感动不已，父亲决定要找这个人，要好好地感谢人家。

一天，父亲在远处悄悄地观察，发现是安子。安子端着缸子走到窗台前，把里面的一团饭，拨到木板上，然后，用筷子划了几下。父亲远远地看着，心里一热。安子正要走开，父亲迅速跑过来，拉住安子的手说："我就在想，谁给我的饭哩，原来是你。"

安子红着脸，把手往回缩，说："没事的，我们女孩子饭量小。"

父亲还想和安子说几句话，但同事在喊安子，安子匆匆地走了。父亲转过身望着木板上那一小团饭，用筷子慢慢地划开，洁白的米饭像安子洁白的友谊，父亲的眼睛就湿润了。

安子来还书是在一天下午下班后，父亲的心情很好，父亲对安子说我们出去走走吧，安子犹豫了一下，还是同意了。

两个人一前一后，走出了供销社大院的大铁门，出了老街，一条小石子路笔直地拐向高处，那就是大堤了，走上去，视野一下就开阔起来。黄色的河水在河道里静静流淌，河滩上是一片柳树，两人下到柳林里，沿着一条小路走着，千条万条柳丝垂下来，拂着他们的肩膀，有时要用手拨一下，才能通过。安子苗条的身子走在柳林里，她的背景是一片迷离的翠绿，小路像一条时光隧道，从远处蜿蜒而来，又蜿蜒地消失在眼前。

坡下有几个妇女挎着篮子，弯着腰在大堤上寻找什么。父亲一看，就知道她们是在挖野菜，两个人走到一个妇女的跟前，她的篮子里盛着一把野菜。父亲问："能挖到吗？"

妇人直起腰叹息了一声说："哪能挖到，地里长的，不够挖的，这日子怎么过啊？"

两人听了，心情都不免有了沉重。

走过柳林，两人来到河边，河边停着几条大船，船头上站着一位抱着孩子的妇人，也在望着河岸，河面上刮来的风，轻轻地吹在脸面上，令人清爽舒畅。父亲的手大胆地碰了一下安子，安子的手并没有缩回，父亲惊喜了一下，又大胆地握住了安子的手，安子先是想抽回，但没有抽出。安子手指细长，柔软，父亲紧紧地握着，父亲抬起手来，把安子的刘海捋了一下，安子羞涩地低了一下头，紧张地喘息着。

父亲说："下次不要给我省饭了，你一个女孩子不能跟我们男孩子比。"

安子说："能帮你就帮你一下，你不要放在心上。"

父亲问："你家里没受影响吗？"

安子说："我们那里的乡下也闹饥荒，但我父母都在上班，家里孬好能吃饱肚子，没受多大影响。"

两人站在河岸上，天色渐渐地晚了，河里的水也黑乎乎的一片，只有船上的三两点灯火映在水面上，被拉得长长的。

过了好久，安子说："我们回去吧。"

父亲还想和她多待一会，但还是尊重了安子的意见，回去了。

远远的，供销社大院门口亮着一只黄黄的路灯。安子示意父亲离远点，以防被别人看到不好。父亲远远地跟在安子后面，直到安子走进了院子看不见了，他才紧走几步进了院子。

父亲和安子的爱情很顺利，两个人都把这段爱情悄悄地进行着。

不久，安子生病了，请假在家休养，父亲一直牵挂着她。半个月后，父亲决定去看看她。

父亲乘着长途汽车到小镇上，经人指点，找到了安子的家。

安子的家是一座老房子，灰色的砖墙，黑色的瓦顶，朝南的墙上有几个大木格窗子，门开着，阳光照在门前的一片开阔地上，在父亲的眼里有了一层高贵的辉煌。

父亲走到门前朝里看，安子正在客厅里吃饭，见到父亲，她先是愣了一下，捧在手中的碗叭地掉到了地上，碎了，米饭夹着山芋块撒了一地。

安子转身伏在桌子上呜呜地哭了起来。父亲一下子懵了，站着发愣。

父亲上前拍了拍她的后背，安慰说："别哭了，我老远来看你，你高兴才对啊。"

安子的哭声小了下来，但仍伏在桌子上，身子随着轻轻的抽泣而不停地耸动，好大一会儿，她才抬起头来，红着眼睛说："我预感到这几天你会来的，你真的就来了。"

两人坐下来，父亲拉着安子的手，问她身体的情况，安子说病好多了，再休养几天就可以回去上班了。

安子的父母在镇上上班，就要下班了。父亲对安子说："我去旅馆住吧，免得打扰你了。"

安子说："去旅馆住干吗？就在家里住，让我父母看看你。"

父亲留了下来，时间在慢慢地过去，父亲却是如此的紧张，他不知道安子父母对他的到来，会持什么态度。安子知道他的心思，端来一杯水，对他说："你不要走来走去的，你坐下来喝口水。一般女儿喜欢的，父母就会喜欢的。"

安子的话让父亲有了些底气，他坐下来，端起杯子，杯子里的水还有点烫，父亲用嘴吹了两下，抿了一口。

过了一会，安子的父母回来了。安子的父亲高高大大的，穿一身蓝色的中山装，头发往后梳着，前额饱满。他看到父亲，先是愣了一下，安子赶紧上来介绍。父亲站起身，喊了一声叔叔，他勉强地应着，然后招呼父亲坐下。

安子的母亲，皮肤白皙，身材苗条，五官精致，从她的脸上，可以看到安子的模样，父亲和她打了招呼后，她就在桌子前，边收拾东西，边打量着父亲。

父亲局促地坐着，安子陪母亲去厨房做饭了。

安子的父亲和父亲聊起天来，其实是在从侧面了解父亲的情况，安子父亲的身上散发着城镇人的精明。

晚上，一家人为父亲接风洗尘，父亲和安子的父母喝着土造的酒，安子的父亲一再说，现在饥荒严重，也买不到菜，寒酸了。父亲说到处都一样，不用客气。安子就坐在旁边看着笑。一家人的热情淳朴，让父亲醉意朦胧。

吃过晚饭，父亲被安排到安子家那张古老的木床上去睡觉，这大概是最高的礼遇了。父亲和衣躺在床上，陌生的气息包围着他，刚喝了酒的胸口怦怦地跳着，似乎可以清晰地听见。

过了一会，门被轻轻地推开，安子进来看他。父亲一骨碌坐了起来。安子坐在床沿，父亲坐在床上。安子说："还习惯吧。"

父亲说："习惯，叔叔阿姨挺热情的。"

安子说："我父母对你印象不错。"

父亲想起安子说的话"只要是女儿喜欢的，父母就会喜欢"，不好意思地笑笑，说："还不是你的面子。"

两人都笑了。

安子坐了一会儿，要回房间去，弯腰和父亲拥抱了一下，父亲一用力，安子的身子趔趄了一下。安子笑着，用手指了指门，门是虚掩着的，毕竟是在家里，两人都有了拘束。

第二天一早，父亲要回去了，安子送他到车站乘车。两人一前一后地走着，街道上的人不多，天空上飘着淡淡的雾气。

父亲说："我们这样走着要是被熟人碰见了，对你不好吧。"

安子说："我都不怕哩，你怕啥。"

走了不远，看到一户人家的门前，一个妇女正在起炉子，一缕浓烟正在炉子上升起，妇人用扇子用力地扇着。安子喊道："大婶，起炉子呀。"

那妇女直起腰来说："噢，是安子呀，你去哪儿。"

安子说："我送朋友去坐车。"

走过去，两人都忍不住地笑了。

走了一段路后，父亲坚持不让安子送了，让她回去，两个人在街头站了下来，安子嘱咐父亲几句，依依不舍地道了别。

过了几天，安子就回来上班了。

安子回来的第一件事就找到父亲，父亲下班了，正在房子里看书，看到安子，拉着她的手问："啥时候到的？"

安子说："刚到。"

父亲拉着安子坐下，说："病好清了吧。"

安子说："好清了，就是身上还是没有劲。"

父亲说："要加营养的。"

安子对父亲说："你这次去，我父母对你很满意。"

父亲紧紧地拥抱了安子，安子苗条的身子在父亲的怀里像一只乖巧的兔子，父亲一用力把她抱了起来，安子两只脚翘起，两个人笑着。

6

父亲已好久没有回家了，星期天，父亲把晒干的饭粒装好，决定回家看看。

一大早，父亲就上路了。出了镇子走不远，就是田地了，地里的庄稼长得稀稀疏疏，天空是蓝色的，上面飘着一片一片的云朵，轻轻的风吹在脸上，让人觉得舒适。但父亲发现，田埂上，因为没有了野菜，也缺少了黄色的小花。路边的树，有的被剥去了皮，露出白花花的树干，十分刺眼，树显得蔫蔫的，没有了往日茂盛的枝头。父亲知道，这野菜和树皮、树叶都被人用去充饥了。

经过村庄时，看到几个面黄肌瘦的人，倚在墙脚没精打采地晒太阳。往日几条狂吠的狗已没有了，肯定被人吃了，村子里静静的。

一路上，父亲心情沉重地走着。

有一条长长的路从高岗上经过，父亲走到一个坡头，忽然看到坡下睡着一个人，再仔细一看是一个年轻的女子，她的身边有一个破竹篮子。父亲低头看时，女子的脸孔煞白，没有了呼吸，早死亡了。

父亲加快了步伐，傍晚时赶到了家。

奶奶和爷爷刚从食堂吃过晚饭回来。奶奶先看到了父亲，把头上戴的蓝布毛巾一拽就兴奋地迎上前来，一把拉着父亲的手说："你刚到家吗？"父亲看到奶奶本来就瘦削的脸上，更加瘦削了。

父亲说："正好有两天时间休息，回来看看。"

爷爷也跟了上来，把烟杆从嘴上拿下来，说："食堂刚吃过晚饭，从哪搞饭吃？"

奶奶拉着父亲进屋坐下来，父亲问奶奶食堂吃得怎样。奶奶悄悄地把村里的情况告诉了父亲,村里饥荒很严重,已有饿死的人了,食堂里的稀饭都能照见人影,人都饿得前胸贴后背了。奶奶问父亲张集那边的情况,父亲说那里也在闹饥荒。

爷爷坐在凳子上,吸了两口烟,把烟锅朝鞋底上扣扣,掉下一团黑色的灰。父亲说:"你还有烟叶吸?"

爷爷笑笑说:"哪有烟叶了,这都是树叶,树叶也快搞不到了。"爷爷一笑,掉了牙的嘴就豁出一个黑黑的洞,显得十分慈祥。

正说着话,大伯和小叔回来了,两个人一见到父亲,先是惊了一下,接着就兴奋起来,大伯的脸上蜡黄的,没有了先前的红润,高高的个子因为饥饿一走路就摇晃。小叔个子不高,正是长身体的时刻,饥饿没有使他失去少年的活泼。大家都围着父亲问长问短,亲情包围着父亲,这已是很久没有的了。

因为饥饿,父亲感到一家人的身体都在减少着什么,唯有脸上的笑容还和以往一样,一点也不少。

父亲把带回来的布口袋递给奶奶,奶奶打开一看,是晒干了的饭干,奶奶一把抱在怀里,说:"这下有救了。"然后从口袋里捏出一粒饭干,送到爷爷的嘴边让他尝尝,爷爷把头扭到一边说不要不要。奶奶把饭干放到嘴里,津津有味地嚼着,几粒饭干在奶奶干瘪的嘴里嚼出了浓浓的味道,奶奶咽了一下,说:"劲道劲道,这是好米煮的饭。"

奶奶拿了一个黑色的陶罐,把饭干放里面,然后弯腰小心地放到床底下。又用一堆破鞋破衣服盖着,仿佛一堆很旧的杂物。

晚上,父亲和大伯睡在一张床上,两个人坐在油灯光下,油灯的光暗淡着,照着两个年轻人的脸。

大伯感到父亲和过去不一样了,父亲的身上有着一股公家人的味道,这种味道和农民不一样,有着见识的眼光,神态里也有着细致,这是当哥喜欢的。

父亲把和安子恋爱的事，讲给大伯听，说带回来的饭干有一小半是她省下的哩。大伯虽然没见到安子，但一下子就被安子的善良感动了。大伯憨厚地笑笑，说："弟弟，你在外面放心工作，家里的事我照顾着。"

沉寂的深夜里，两个人有说不完的话。

在家里待了一天，父亲就赶回来上班了。

过了几天，父亲要去蹲点的王大清，他想到当时老麦捐粮的情景，惦记着他的生活，就把这几天刚晒好的半碗饭干带上，准备帮他渡过难关。

父亲来到老麦的门口时，看见他低矮的门关着，一扇破旧的门板露着很大的门缝。父亲问附近的一位村人，那人告诉父亲，老麦几天前已死了。父亲吃了一惊，问怎么回事，那人叹息了一声，目光呆滞地说："还不是饿死的。"

父亲愣怔了一下，感到一阵难过。老麦坐在门口，每说一句话，就抹一下嘴角的情景，又在父亲的眼前浮现。如果那半袋粮食还在，老麦会不会饿死呢？如果早一天来，有这半碗饭干，他会不会饿死呢？

父亲心情沉重地离开了。

半个月后，阴了很久的天，开始下起了雨。

雨水直直地下着，无声无息，仿佛万箭从天空射向地面，地面上到处都是流水的小沟，地洼处积起了一片一片的水坑，树枝在雨水中静止着，树叶被雨水冲洗得发亮，人没有办法出门了。雨下得人身上发霉，也没人来赶集了，营业员们守着柜台闲聊，打发时光。

一天晚上，父亲刚刚睡下，门突然被咚咚地敲响，父亲拉亮灯，趿拉着鞋打开门，只见一团黑影一头撞进来。父亲吓了一跳，细看才看清是小叔。小叔全身湿漉漉的，一进屋，就倚着墙角一屁股坐在地上。小叔赤着的双脚上都是泥巴，眼睛红红着，发梢不断往下淋着水，他又累又饿，疲惫不堪，脸上充满了惊恐和失措。

父亲刚想问他是怎么回事，小叔就哇地一声哭开了，鼻涕和泪水涂满了面孔。父亲蹲下身子，让他别哭。半天，小叔停住了哭泣，哽咽着说："哥，天塌下来了，父亲和大哥都死了，妈让你赶紧回家去。"

父亲一听如遭五雷轰顶，他不相信自己的耳朵，又问了一遍，小叔哭泣着又重复了一下。

父亲说："我上次回家，家里不都是好好的吗？"

小叔望着父亲说："我也说不好，你回去就知道了。"

父亲望着门外，天空黑沉沉的，雨水伴着狂风，让这个世界充满了灾难。父亲冲进雨里，雨水从他的头顶淋下来，淋湿了他的头发、衣服，父亲捋了一下湿漉漉的头发，对着天空嚎叫着。冰凉的雨水阻挡住了他的声音，使他的眼前一片黑暗。

小叔看到父亲站在雨水里，冲过来，把父亲往屋里拽。小叔哭着说："哥，你快进屋，这样会淋坏的。"

父亲回到屋里，找了两件衣服，让小叔换上，然后又给小叔烫了点饭干吃。小叔吃了热饭，身体才慢慢地恢复了力气。

第二天一早，父亲和彭主任请了假，就和小叔往家赶。雨小了起来，天空中满是乌黑的云，两个人赤着脚疾速地走着，溅起的泥泞打湿了衣服，但两人已顾不得这么多了，只是想快快地赶到家。

父亲一进家，奶奶就迎了上来，奶奶一见父亲就泣不成声，断断续续地说："都是我作的孽啊，都是我作的孽啊。"

奶奶一遍遍地絮叨着，父亲看到爷爷和大伯都躺在灶前的一小片稻草上，爷爷的脸孔已变了形，已分辨不出过去的形状。大伯的脸孔是惨白的，有着痛苦的表情。望着两位死去的亲人，父亲哭喊着。奶奶拉着父亲的手，不让父亲上前。奶奶说："儿子，离远点啊，不能上前。"

平静下来，奶奶这才把爷爷和大伯死亡的经过说给父亲听。

原来，父亲上次回去后不久，工作组来村子里挨家挨户搜粮食。

工作组搜到奶奶家时，奶奶的心都提到了嗓子眼，奶奶惦记着父亲带回来的那一小袋饭干。几个人在奶奶家低矮的房子里翻箱倒柜，奶奶跟在后面一遍遍地叨咕，家里一粒粮食也没有了。

工作组的人不听奶奶的叨咕，他们搜惯了，有着丰富的经验，他们不在堂屋、锅灶、碗橱搜，专门找一些犄角旮旯搜，搜得满屋乱七八糟，他们很快就来到奶奶的床前。一个男子把那一堆破烂一甩，黑罐就露出来了。奶奶"妈呀"地大叫了一声，上前要抢黑罐，但被旁边的人一搡，瘦弱的奶奶就像一张纸片，被搡得远远的。

那个壮实的男子，把黑罐拎到阳光下，伸进手抓出一把干爽的饭干，男子惊愕了一下，几个人围着他看。他把饭干放到鼻子底下嗅嗅，饭干发出一阵清淡的香味。男子把饭干放进黑罐内，然后拍拍手，拎起黑罐就要走。奶奶跟在后面大叫着，揪着那个壮实男子的衣服，说："这是我们一家人的命啊！"

那个男子回头看了奶奶一眼，说："你知道你犯的啥罪吗？你私自藏粮食，这是破坏社会主义。"

奶奶松下了手，看着他们提着饭干走了。奶奶坐在地上，哭得涕一把泪一把。没了饭干，家里空空荡荡的。

几天后，灾难降临了，爷爷由于年龄大，挨不过饥饿，在一天夜里死去了。奶奶偷偷地哭了一夜，第二天，奶奶为了能从食堂里多打一份爷爷的饭，就瞒着队里，说爷爷生病了。两天后，奶奶觉得不能瞒了，想要出丧，大伯来搬爷爷的尸体，大伯一搬爷爷的头，一股恶浊的气就直朝他的面孔冲来，大伯头一晕退了两步。当天夜里，大伯就发起了高烧，头裂开了地痛。大伯在床上翻来覆去地打滚，奶奶也束手无策，到了第二天下午，就痛苦地死去了。

听了奶奶的叙说，父亲想责怪奶奶，但看到奶奶无助而消瘦的面庞，也责怪不下去了，反过来劝慰奶奶，找来村子几个人，赶紧草草地把爷爷和大伯安葬了。

晚上，坐在灯光下，父亲一下子看见奶奶苍老了许多。奶奶头发蓬乱，一条条深深的皱纹爬满了她瘦削的额头，过去那明亮的眼睛也变得暗淡起来。憔悴，衰弱，让奶奶仿佛经不住一阵风吹来。

父亲一个人睡在床上，双手枕在脑后，大睁着眼睛，痛苦又一次袭上来。父亲想着两个逝去的亲人，他们已去了另一个世界，与自己隔着一条汹涌的界河。让他们那个世界里不再有饥饿，人世间的苦难，不要让他们再带到另一个世界去。

处理完家里的事，父亲回到供销社，就埋头睡了起来。

安子知道父亲回来后，但没见他的人影，不放心，就来父亲的屋里看看。安子看到几天不见的父亲憔悴了很多，就心疼起来。

安子坐下来，父亲沉默了好久，才长长地叹了一口气，慢慢地把家里的情况说给安子听。

安子吃了一惊，她用手一遍遍地抚着父亲蓬乱的头发，眼睛红红地说："这个年头，有什么办法呢？"

安子的亲抚，让他痛苦的心得到了一丝安慰。他把头紧紧地贴在安子的胸前，他感到了一种依靠，这种依靠是女性的，也许是母性的，父亲在经受了这场打击后，如萍般飘落，现在终于有了停靠的岸。

临走，安子给父亲倒了一杯开水放在床头，交代父亲多注意休息，千万不要把身子弄坏了。

7

隔年，饥荒终于过去了，到了夏季，上面来了新政策，农村包产到户了，奶奶和小叔在家分到了七亩土地。

一天，父亲回家。

父亲到家时，已是傍晚，家的门紧锁着，父亲知道奶奶可能还在地里干活。就出村，往南边的地里去找。

南冲是一片平地，一条大河环绕着，河水碧波，刚插过秧苗的地里一片青翠。父亲走在窄窄的田埂上，老远就看到地里的奶奶了。一块阔大的水田里，奶奶躬着腰在插秧，她本来就瘦小的身子，在白茫茫的一片水田里，只是一个小小的黑点。父亲心里有点难过，他大声地喊着。奶奶也看到父亲了，奶奶高兴地应着，一只手掐着腰，缓慢地直起身体，经过爷爷和大伯去世的打击，奶奶的身体越来越弱了。小叔挑着一担秧苗，正在把一把把秧苗向水田里抛，小叔年幼的身子像一棵小树苗，每用力一下，身子仿佛要和手里的秧苗一起飞起。父亲把鞋脱了，把裤子挽上来，接过小叔身上的担子，下到地里开始干活。

父亲赤着脚站在水田里，一股暖流便从地底下拥了上来，顺着他的腿爬了上来，一直到达他的内心，那种温暖，使他感到从没有过的充实。

几个人把剩下的农活干完，天已黑透了。

回到家，奶奶坐在凳子上，在油灯光下大口大口地喘气，然后起身去做饭。小叔的身上也溅满了泥巴，他年幼的身子，已过早地经受了劳苦。

父亲打来一盆水，给小叔洗着脚上的泥巴。小叔坐在凳子上，父亲把水撩到他的腿上，小叔的腿细细的，还不壮实，但上面已沾满了水锈的痕迹，这是长期在水田里劳动留下的。父亲一下一下地给他洗着，他在洗去小叔腿上泥巴的同时，也在洗着自己心灵上的忏悔。

父亲洗到小叔脚底上一块长长的疤痕，父亲问是怎么回事。小叔说，有一次赤脚在水田里干活，被一块瓦片划破的。父亲问痛不痛。小叔说当时不痛，从水田里上来后，就痛了。当时流了好多血，一瘸一拐地走回家的。

父亲给小叔洗好脚，又要给他穿鞋，小叔很不好意思，拒绝说："我自己穿吧，我自己穿吧。"

这次从家里回到供销社，不久，一个念头就在父亲的心里升起，辞职回家，这个家太需要他了，他不能逃避。一连几天，父亲在夜里醒来，他大睁着眼睛，反复思考着，但如果辞了职，和安子两地分居是不现实的，安子也不会跟他回去种地的。父亲被这个问题难住了，父亲想得头痛，又和衣昏昏地睡去。

这些天，父亲的脸上没有了往日的快乐，常变得愣神。父亲觉得要和安子商量一下。

那天下班后，父亲约安子出去散步。

安子走在身边，父亲可以感到她嘤嘤的气息，走到田野，两个人的手就拉在一起了，一边走一边轻轻地摇着。安子看到田埂边一束黄灿灿的野菊花，蹲下身子折了，放在口袋里，野菊花黄黄的花朵，像两只雏鸟的脑袋伸在窝的边沿，安子怕它们飞了似的，又用手轻轻地按了按。

往日的快乐还在她的心头延续着，但却在父亲的心头消失了。走到一个安静处，两个人停下来，望着远方，远处是起伏的丘陵，坡上，有一片低矮的房子和起起伏伏的农田。

父亲的话到了嘴边，又嗯了下去，过了一会终于鼓起勇气，说："安子，我有一件事要同你商量。"

安子感到这次散步父亲言语少了许多，听了父亲的话，她转过脸来，看着父亲，父亲的眼睛里果然有着心事。安子说："啥事？说我听听。"

父亲沉默了一会，吞吞吐吐地把想辞职回家的想法，说给了安子听。

安子一听，惊诧地睁大了眼睛。说："你要辞职？"

父亲说："我不回去，家里就没有顶梁柱，我的母亲体弱多病，弟弟又年幼，实在是没有办法。"

安子觉得父亲是在开玩笑，安子望着父亲说："你头没有发烧吧。"

父亲笑笑，说："这是真的，我想了好久的事。"

好长时间，安子都没有作声，然后，生气地嘟着嘴说："我不同意，你走了，我怎么办？"

父亲早想过这个问题了，说："我想听听你的意见。"

安子说："你想想，你的事业刚刚开始，你回去了，是不是太划不来了。"

父亲沉默着，安子继续说："你想想，你回去了，我们结婚了怎么生活。是两地分居？还是我跟你回去？"

父亲说："我家里的情况你不知道，你要去看了，就会知道是多么的严重。"

两人谈了半天，也没有得出结论，为了不让气氛尴尬，父亲说："时间不早了，我们回去吧。"

两个人往回走，明显没有了来时的轻松，父亲拉起了安子的手，安子就把手伸了过去，父亲紧紧地拉着，仿佛失而复得的一个宝物。

父亲的心里，被这些事纠缠着，他一停下来，奶奶和小叔的身影就浮现出来，这是过去从来没有过的。过去父亲是多么快乐的青年啊，现在，家里的艰难成了他心头的阴影。这是一个大厦将倾的影子，是一个洪水袭来快要崩塌的大坝。看来，一个幸福的家庭对一个青年的成长是多么的重要。以前，爷爷和大伯在时，父亲没有感觉到这些，现在，苦难使父亲一下子成熟起来。

一天，父亲在站柜台，一位顾客用五元钱买了二元七角的东西，父亲在找钱时，多找了一元钱。父亲并不知道，父亲还在愣神，还在想着家里的事，想着乡下正忙着耕种。过了好一会儿，才想觉得不对劲，父亲追出去一看，门口已空无一人。

父亲原来是一个活泼的青年，现在却变得郁郁寡欢了，上班时，顾客多了几句话，父亲就嫌烦躁。顾客对父亲的意见也多起来，彭主任最先发现了父亲的苗头。

一天下班，彭主任来到父亲的屋里。

"小赵啊，这几天怎么搞的，精神不大对头啊。"彭主任一进屋，就大嗓门地问道。

"没怎么。"父亲望着彭主任说。

"还瞒人哩，呆子都能看出来，你魂不在身上了。"

父亲低下了头，没有作声。

"有啥事，就直说吗？不要埋在心里，越埋越伤人。"彭主任背着手，站在父亲的面前，"是不是家里有啥事了？"

彭主任真是一个好领导，好师傅，啥事都瞒不住他的眼睛，父亲的心里温暖了一下。

父亲嗫嚅着就把家里的情况和自己想辞职的想法和彭主任说了，彭主任一听，惊诧了一下，他没想到这半年多来，父亲的家里出现了这么大的变故，没想到父亲竟然有这么一个想法。

彭主任背着手，踱着步说："这个我还是头一回听你说，你怎么不早说呢。但要辞职，我觉得还是不妥，你要知道，你有这份工作可是不容易的，现在，我们正想培养你，你却要不干了，这多吃亏。辞职容易，但要回来可就难了……"

彭主任说了很多，父亲听着，脑子里乱得一塌糊涂，他不停地挠着头。他感到自己的头脑里有万马狂奔，尘土飞扬，眼睛迷茫。

彭主任说完，背着手出了门，父亲跟在后面送他，走到门口，彭主任回头拍了拍他的肩膀说："年轻人，做事不要冲动，好好想想。"

彭主任的一席话让父亲的心里平静下来。

父亲觉得彭主任说得对，自己的天才刚刚看见亮，如果这个时候把工作辞了，自己的前程和爱情也就结束了。对于他这个农家孩子，他每走一步都不易，现在，他的理想刚刚萌芽，正是迎风生长的季节，难道就这样夭折了？

晚上，父亲开着灯，在床上一直坐到深夜。夏天的夜里，青蛙呱呱地叫着，声音时起时伏，无边无际，轻风从窗户吹进来，偶尔从体肤上拂过，燥热的皮肤上凉丝丝的。不知过了多久，外面有了鸡叫的声音，父亲睁开惺忪的眼睛，一回头，黑洞洞的窗户，现在一片明亮。天亮了，早晨的阳光清新明亮。

父亲的心里一片明朗，决定留下来了，笑脸又重新回到父亲的脸上。在柜台前，与顾客的对话也多起来。

一天下班后，父亲去田野上散步，田野里一片青郁，都是成熟的庄稼，在一棵大树下，有一个简陋的小窝棚，这是农民看青用的。收获过的田地，裸露出一片黄色的土地，三三两两的农人光着脊梁在地里忙碌着。父亲看到一位老太太弓着腰在地里干活，少年跟在身后一会上前一会退后地忙碌着。

父亲走到跟前，在田埂上坐下来，老太太发现了她，直起了身子，问："小哥哥不是供销社的吗？"

父亲说："是的。"

父亲在供销社上班，时间长了许多人都认识他，但父亲却不认识他们。

老太太说："你咋有时间到地里来，现在农村可忙死人了。"

父亲说："我下班了，来地里散散步。"

老太太笑了笑，老太太一笑，脸上的皱纹更多了："现在可忙死人了，不把庄稼安下去了，明年春天不得再受饿吗？"

父亲问："怎么就你们两个人干活，能忙得过来吗？"

老太太用粘着泥土的手，抹了一下脸上的汗水，说丈夫春天饿死了，家里只剩下她和小儿子。老太太说着，回身望了一下在身后撒肥的孩子："唉，他还小，不帮我，我怎么办？"

父亲告别了老太太往回走，奶奶和小叔的背影又浮现在父亲的眼前。父亲拾了一根荒草在手里折着，每折一下，就觉得心里的一根沉重被折断。他想奶奶在家肯定也是这样忙碌着，里里外外都是她一个人的身影。顾得了地里，就顾不了家里。家里连着失去两位亲人，真是天塌下来了，这个时候，如果还是为了自己的私心，太可耻了。父亲甚至想，如果我逃避着留在供销社里，母亲和弟弟在家就会死去，如果我回去了，我们这个家都能活了，难道我就不能为家庭做点牺牲？

父亲回到了房里，食堂里开饭的铃声响了，父亲也不想去打饭吃。第二天晚上，父亲决定写辞职报告。

父亲在纸上写下辞职报告几个字时，仿佛就看到安子的眼睛，在生气的看着他。安子的眼睛和奶奶在地里劳动的身影交替着在父亲的眼前出现。奶奶用手叉着腰，在暮色里缓缓地站起来，小叔稚嫩的身子担着沉重的担子，在地头摇晃着。

父亲又开始往下写，每写一行字，父亲的心里都有着两个人的手在撕扯，但父亲坚持地写下去。短短的一页纸报告，父亲停停写写，一直到深夜才写好。

转天，父亲把辞职的报告送到了彭主任的面前。

彭主任坐在桌子前，把父亲的辞职报告看了一下，站了起来，用手敲打着桌面，发出"得得"的声音。

父亲局促地站在屋子里，看着彭主任。

彭主任皱着眉头，望着父亲问："你想好了？"

父亲说："想好了。"

彭主任说："要不要再想想，辞职可不是儿戏，我把你的报告批了，送了上去，就退不回来了。"

父亲果断地说："不要想了。"

彭主任语重心长地说："小赵，你家里的情况我也了解，你的心情我也了解。既然你决定了，我们又能怎么说呢？"

父亲说："彭主任，这几年来，你对我的关照，我会记住的。我喜欢这个单位，但我实在没有办法。谁不爱自己的母亲？"

彭主任走到父亲的跟前，拍拍他的肩膀，说："你是一个孝子呵。"

父亲从彭主任办公室往外走时，感到头一阵晕眩。

从彭主任那儿回来，父亲就去找安子，决定要把情况告诉安子。

这是晚饭后的时间了，到了田地里，父亲拉着安子的手，安子像往常一样快乐，不时说上几句话，安子的声音父亲是非常熟悉了，温顺而轻柔，这是多么可人的姑娘啊。

两人在一块石头上坐下来，田野上光线渐渐地朦胧起来。

两人说了一些开心的话后，父亲忐忑地，小心地说："安子，我已决定辞职了，报告已送给彭主任了。"父亲尽量把话说得随意一点，好像这不是一件大事，减轻对安子的冲击。

本来坐着的安子，一下子站了起来，她大声地说："不是说好了不辞职的吗？怎么又变卦了！"

父亲望着安子，虽然天色已晚，但他能感到安子怒气的面孔，父亲仍然平静地说："我想了好多天，但还是没有办法。我不回去，我妈和我弟弟就会死去的。"

安子说："你可考虑过我们的爱情！你可考虑过我的感受！"

父亲觉得对不起安子，让安子坐下来，安子扭着身子不愿意坐。父亲说："我怎么会不考虑呢？我来对你说，心里也是难过得很，但我不能看着我妈和我弟死去。"

安子说："能有这么严重吗？你总是多虑！"

安子大口地喘息着，喘息的声音父亲听得十分清楚，父亲也站起来，拉着她的手，安子不情愿地甩了一下，父亲又上前去抓住了她的手。然后，紧紧地拥抱了安子。

父亲说："安子，你要理解我。"

安子没有拥抱父亲，而是垂下双手，好久说："你可考虑过，你工作辞了……"安子嘟哝了一下，最后一句话还是没有说出口，父亲猜到这句话是说：如果工作辞了，爱情也就结束了。

安子这次是真的生气了，父亲过去知道她脾气有些拧，但他还是第一次看到。

父亲说："安子，什么事我都可以退让，但这件事，我觉得实在不行。"

安子推了一把父亲，父亲踉跄了一下，安子说："我告诉你，你如果辞了工作，我们的爱情也就到头了。"

父亲也生起了气，说："随你吧！你怎么做，我都能接受，任何时候我都会歌颂我们的爱情。"

安子没想到父亲这么固执，她蹲下身去，半天，站起身来说："你是一头犟驴，把你朝堂屋拉，你偏要往驴屋挣。以后，你会后悔的。"

"我不会后悔的！"父亲坚定地说。

两个人开始往回走，安子快步地走在前面，父亲跟在她的后面，父亲看着她黑黝黝的身影忽然感到如此陌生。爱情，真的被自己打碎了，或许这场爱情只是天上的彩虹。父亲远远地跟着她，直到她拐进自己的宿舍房道里，安子也没有回过头。

父亲觉得心里一凉。

8

几天后，父亲的辞职申请批准下来了。

这是父亲最后一次去上班。

早晨的阳光照着供销社的大院一片晴朗，几排青砖瓦房矗立着，是如此的端庄。远处几棵硕大的树冠，迎向太阳的叶面，泛着亮亮的光泽。蔚蓝的天空上，几缕白色的云静止着，仿佛还在昨夜的睡梦中，没有被打扰的一样。

父亲沿着一条煤渣路去上班，黑色的煤渣踩在上面软软的，两边是矮矮的冬青树。这条路，父亲太熟悉了，当年来上班时，父亲第一次走在上面，是多么新奇和兴奋啊，这些年，父亲来来回回地在上面走着，度过多少美好的时光。今天最后一次了，父亲的内心里涌起了许多复杂的情绪。走到一棵冬青树前，父亲揪了一片叶子，拿在手上，厚厚的叶片，圆圆的形状，父亲用手擦去上面的灰尘，然后装进了口袋里。

父亲站在柜台后面，迎接着第一位顾客的到来。这是一位中年男子，父亲热情地给他讲解着，他觉得从没遇到过如此热情周到的售货员。

快下班时，父亲拿来抹布，沿着柜台仔细地擦着。这个冰冷的柜台，此刻在父亲的手里却有了温度，父亲对这每一寸的柜台都是如此的熟悉，如熟悉他的手掌。这个几尺长的柜台，带给了父亲多少理想，然而现在，一切就要结束了，成为回忆。

父亲擦完柜台，把物品又重新整理了一下，在柜台里码放得整整齐齐。

下班了，父亲关上了柜台的门，像往常一样，和大家一起说说笑笑地往外走，走了几步，父亲又站下来，朝身后的柜台望了一眼，父亲把手从裤子口袋里拿出来，朝柜台挥了挥。父亲把手放得低低的，没有别人注意到，只有父亲心中感觉到了。

第二天上午，供销社正好来了一辆解放牌大货车，送完货回去时，要路过父亲的老家，彭主任就与驾驶员协商，让驾驶员把父亲捎着。

几个同事听说父亲要走了，就来到父亲的屋内，七手八脚地把屋里的东西往车上搬，父亲也没有多少东西，很快就搬完了。

这时，安子听说了，也赶了过来，安子默默地站在一边看着，这让父亲出乎意料，那天晚上吵了后，父亲以为安子不再会理睬自己了。

父亲转身从打好的包袱里，找出那本《德伯家的苔丝》，走过去递给安子，说："这是你喜欢看的书，送给你做个纪念吧！"

安子一把抓住了父亲的手，父亲感受到安子一向柔软的手突然有了巨大的力量。父亲看到她的眼里已一片湿润，嘴唇在无声地翕动着。

父亲抚摩着她的手，说："我走了，你要多保重啊！"

安子嘴唇动了动，想说什么，但没有说出来，然后用力地点了点头。

驾驶员发动了车子，催父亲快上车。

父亲紧跑了两步，攀上了车箱。车子慢慢地开动了，父亲站在车箱上，朝大家挥着手，大声地说："再见！"

父亲看见安子紧跟着车子小跑了起来，父亲不忍看她如此的伤心，鼻子一酸朝她大声地喊着："安子，回去吧！"

安子追不上车子，蹲下身去，大声地哭泣起来，她的手在空中划着，似乎想抓着什么，但什么也没抓到。两个女同事看见了，上来搀起安子，安子的头朝后看着，大声地呼喊着父亲的名字，汽车卷起一阵灰尘拉着父亲消失了。

父亲这一走,就成了一个彻彻底底的农民,以后的生活受尽了苦难,但已无法改变。

第四章　苦鸪命

　　苦鸪鸟喜欢栖息在水稻田里，常在夜间啼叫："苦哇——苦哇。"整夜叫个不停，声音单调迟缓，声声离不开一个苦字。

1

　　在村子里，别人家的土墙上都贴着花花绿绿的年画，而父亲屋里的墙壁上，贴着两张地图，一张是中国地图，一张是安徽省地图。父亲常常坐在桌边，边吃饭边瞅着这两张地图，一瞅就是半天。

　　有一天下雨，几只鸡淋湿着身体一伸一缩地在家里踱步，父亲闲在家里看着从屋檐上流下来的雨水，滴滴答答的，在檐下的地沟里碰出一个个圆圆的浅浅的凹坑。父亲看了一会儿，便坐回桌子前，又开始看地图。黄色的地图上，有一个细细的圆圈，那里标着张集，父亲再往下看，想寻找到下杜村的标志，但地图上没有，只有村旁那条弯曲的河流,在地图上细细地画了一条线。父亲在细线的拐弯处,用蓝笔点了一个点,这个点就是下杜村的位置了。父亲在张集的圆圈上又用蓝笔画了一个圈,在张集和下杜村中间,父亲用蓝笔画了一条虚线,显然,这条虚线是他那些年来回奔波的路,闭上眼睛,春夏秋冬的景色他也能想起来。前几年,父亲曾在张集供销社上班,那是多么美好的时光,后来,到了三年困难时期,我爷爷和大伯同时饿死,父亲为了拯救濒临崩溃的家庭,辞职回家帮奶奶种地了,往日的美好只留在了父亲的梦里。

父亲还在家里安了一个喇叭。喇叭装在一个木匣子里,装四节大号电池,一端用一根长长的铁丝通到桌子底下,埋进地里去,父亲说这是地线。隔几天就要在铁丝上浇点水,铁丝底下始终是湿湿的。匣子的另一端是长长的布包电线,从屋檐下的小洞里,通到屋后的大乌桕树上,大乌桕树上,绑着一根长长的竹竿,电线就通到顶端,父亲说这是天线,是接收信号用的。

这个木匣子喇叭没有开关,不受人控制,早晨天还黑隆隆的时候,喇叭就响起了大合唱《东方红》,一天的广播就正式开始了。家里有没有人,里面叽里呱啦地自说着,到上午九点结束第一次播音。中午十一点开始第二次播音,到下午两点结束。傍晚六点开始第三次播音,到夜里十一点结束。

这是村子里唯一的广播,招来了村里不少看稀罕的人。最喜欢来的是队长,队长对这东西充满了新奇。广播播音时,队长就从广播后面瞅,想看里面的这一男一女在哪里讲话。父亲就哈哈大笑,说这声音是从合肥省城传过来的,然后通过天线收到的,到哪看到人哩。说着,父亲还打开后门,指给队长看大乌桕树上的竹竿,队长似乎明白了一点。但第二天,队长睡一觉又冒出许多新问题,比如,他们在合肥讲话能通过这条线传过来,那我们在这讲话,能不能通过这条线传到合肥去?等等。为这些事,父亲反复地不知给队长解释过多少次，并把广播小心地搬下来，让队长看。队长一双粗糙的大手抚摸着，黄的木匣子里面是一个碗状的喇叭，喇叭的后面是一块凸起的磁铁，再就是一些线线圈圈。虽然广播还在说话，但这简单而冰冷的东西，还是让队长着迷不已，耗尽了他的想象。到最后，队长懵懵懂懂地总算听明白了。

队长喜欢听广播，队长听广播时，双手伏在桌子上，耳朵竖着，只有咳嗽时，才动一下。

一个阴雨天，地里没有活，队长邀几个人来听广播，队长心里惦记着天气预报，好知道什么时候天晴好安排农活。

天气预报是一个女播音员播的，声音清晰好听，播了一遍，队长没记住，队长对着广播说："如果再播一下就好了。"

谁知道话音刚落，广播里的女播音员果然说："下面再播送一次天气预报。"

这让大家吓了一跳，队长的话还真灵。屋里的几个人就哄哄议论起来，觉得队长不但能管队里的人，还能管广播里的人了，这话迅速在队里传开了，越传越神乎。到后来，成了村子里的传说。

劳动，对父亲来说是不陌生的，父亲对家乡的土地，充满着热情。

父亲扛着农具走在乡间的土地上，田野里常会兀立着一棵野生的老树，树干铁黑，枝杈蓬乱，傍晚会有一群麻雀叽叽喳喳地飞来。乡间的每条土路都是有生命的，路的两旁开满了野花，很随意，草是杂草，挤挤挨挨亲密无间。夏天的清晨走在这样的路上，能看到每个草尖上，花叶上，都顶着一颗露珠，人一步步地走着，蚂蚱、青蛙不时蹦起。

劳动使父亲俊俏的脸庞显得更加成熟了，他青春的身子在阳光下像一棵小树苗一样挺拔，散发着朝气，他的眼睛里遇事已不再有慌乱，而是坚定。自从爷爷和大伯去世后，奶奶第一次觉得家里有了支柱，走出了生活的阴影。

　　因为父亲有文化，队长便让父亲当了生产队的会计。

　　这个生产队有三十多户人家，一百多口人，几个姓氏，在当地也算是一个大的生产队了。会计也不是一个多大的官，平时和村民一起下地干活，是一个整劳力，只有到了年底，父亲就坐在家里算账了。最喜欢看父亲领来一大卷花花绿绿的各种票证在家用剪刀裁成一摞摞的，分到每家每户。春节到了，父亲就在家给村里的每家每户写对联，乡亲们夹着一卷的红纸来到我家，父亲按每家的大门多少，小门多少，锅灶、厨房、猪圈等，把红纸裁成大小不等的长条，蘸上饱满的墨汁，写上潇洒的毛笔字。村里的每家每户父亲都了如指掌，每家主人想的是什么，需要的是什么，父亲都能猜个八九不离十，父亲就会贴着主人的心思，写上吉祥的对联，让主人高兴，添上彩头。

　　象征着父亲权力的是生产队的公章，一直放在父亲的手里。

　　这是一枚红色的圆形的塑料公章，上面有一行字："肥东县八斗区王子城公社九店大队杜南生产队。"队里的劳力外出要写个介绍信，一般来说，队长在上面签上字，父亲就可以盖章了。那个时候，人口不能随意流动，有了这个介绍信就可以外出了，如果没有介绍信，被查到人就要被扣押的，严重的还要被送进学习班。

　　在家里，小叔也长大了，小叔个头虽然不高，脸上还带有稚气，但他的心理已逐渐成熟。下地干活时，奶奶都会安排小叔干一些技术性的农活，好锻炼他，小叔也干得十分有条理，这让奶奶和父亲宽慰。

　　在一家人辛勤的劳作下，家里每年都打下了不少粮食，一个快要崩溃的家庭慢慢走出了生活的阴影，开始呈现出生机。

　　就在这年冬天，父亲结婚了。

　　新婚的父亲，对未来充满了希望。一家人经常坐在洋溢着喜气的新房里聊天。

父亲的眼睛闪闪发光,想到自己的劳动得到了收获,一点也不输村里其他人家,他觉得自己是一个好农民,一位成功的农民。父亲的心里打定了主意,再有一个好年景,把房子翻盖一下。家里住的房子还是爷爷在世时盖的,房子低矮,房顶覆盖的草毡子年久失修,土垒的墙壁开着大的裂缝,外面用几根树棍抵着,仿佛随时都要倒下来,让新婚的父亲感到实在没脸见我外公。父亲有的是力气,还有勤俭会过日子的母亲当帮手,父亲觉得自己的梦想一定会实现。

第二年,父亲就凭着自己的双手,把本来三间低矮的草房子,翻盖成了六间高大的草房子。上梁那天,亲戚朋友都来祝贺。太阳刚刚在东边的天际露出红彤彤的脸来,这正是乡下人认为最吉利的时辰。上梁的木匠师傅腰系红腰带,手拿着斧头,上到屋架上骑好。然后,一边把沉重的大梁从地面往上拉,一边唱好,

吉日立柱凝百瑞啊!

好!

家业振兴凭双手啊!

好!

驾起祥云连北斗啊!

好!

今日玉柱根基固啊!

好……

木匠师傅每往上拉一下大梁,就呦喊一声,全家人和乡亲们就站在底下一句句大声地唱和着。

奶奶的喊声最高,奶奶一喊,张开双手朝天空一划。自从爷爷和大伯去世后,家里的变故就像一块沉重的石头压在她的心上,现在,这块石头终于可以推倒了,她要把这好喊给在天之灵的爷爷听,让他们知道,他们在人间的生活有了巨大的变化。但奶奶的气短,

每喊一下，脸孔就憋得通红。

小叔的喊声嘹亮，他稚嫩的嗓音处在变声期，声音里有着抒情的快乐，每用力喊几句，嗓子就受不了，就要停下来咳几声，然后再喊。

母亲和父亲站在一起，母亲的手紧拉着父亲的手。母亲的喊声是幸福的，她看到了生活的亮光，今后的日子有了更加宽阔的道路。父亲仰起脸望着那根粗壮的木头，一点点地升高，升到天空上去了，天空是蔚蓝色的，上面飘着几丝白色的云彩，像极了当年在供销社卖的纱巾。父亲的喉咙仿佛是一个圆形的水管，直通胸腔，丹田里的气息不经过舌头就喊出来了。青春和理想在他的胸腔里激荡着，父亲喊着喊着就停下来了，父亲的眼睛里一热，就湿润了。母亲看了一下父亲，用手指抹去了父亲眼角的泪水，轻声地说，今天是大喜的日子，不作兴哭啊。

全家人的喊好声和村民们的喊好声混合在一起，成了这个早晨最雄壮的旋律，那个欢乐的早晨，是父亲一辈子最难忘的。

又过了数年，小叔长成男子汉了，小叔身材不高，但身体结实，胳膊上的肉，胸脯上的肉一块块的，一用劲就凸起来了，显得孔武有力。

有一天，小叔做错了事，奶奶拿起笤帚就朝他的腿上打去。过去奶奶打小叔，小叔会哇哇哭着往外跑，但这次，小叔没有跑，而是背向奶奶，面向墙壁。奶奶又狠劲地打了几下，奶奶希望小叔能像往常一样跑开去，但小叔仍然没有跑，没有哭，而是犟着脖子。奶奶知道这个孩子长大了，翅膀硬了。自己忍住了手，叹息了一声走开。

父母和奶奶开始张罗着给小叔介绍对象，介绍了几个姑娘小叔都没有同意，奶奶把他骂了一顿。一天，父亲和小叔聊天，想探探小叔找对象的标准，原来小叔找对象的标准和父亲不同，父亲找对象是要贤惠通情达理的女性,小叔是想找一个剽悍的女性。这样父亲就想不通了,我们家在村子里虽然是一个小户人家,人口不多,有时也受到别人的欺负,难道小叔是为了这些?

一年后,小叔终于找到了如意的对象,这女人五大三粗,出手能打人,张口能骂人。奶奶和我父母都不同意,但小叔一口咬定了,没有办法,只能这样成全了小叔。

春天时,小叔刚结的婚,奶奶想多带他几年,但到了夏季,小婶就开始吵架,奶奶只好把家分了。父母和小叔各分三间草房子,奶奶那时身体好,自己单过。

2

时间到了年底,一天早晨,村子里响起了猪的嚎叫声,行人跑来跑去踏踏沓沓的脚步声,这是很久没有过的。

母亲从外面赶回来,告诉父亲,村里来了收购生猪的人,大家都在忙着卖猪。

那个年头,卖猪也不是好卖的,要找人。收购猪的人,除了要称猪的重量,还要量猪的尺寸,太瘦的猪不收,太小的猪不收,家里正好也有两头生猪,母亲看能不能卖了。

父亲跑去一看,原来是张集供销社的彭主任带几个人在收猪。彭主任穿着蓝卡其布的中山装,头戴着一顶蓝帽子,面孔油光光的,身子好像又发福了,一看就是一个公家人。彭主任的身后,是一辆蓝色的卡车,车厢里装着收好的猪,猪站在车厢里拱着,叫着。父亲自从离开张集供销社回家种地后,就再没回去过了。那时,彭主任是父亲的领导加师傅,父亲第一次上班就是彭主任带的。彭主任很欣赏父亲,两人感情很好。父亲辞职时,彭主任曾劝父亲不要辞职,但父亲为了家庭,坚持辞了。现在,在村子里见到了彭主任,父亲感到十分亲切，就热情地上去打招呼："彭主任，你来了！"

彭主任望望父亲并没有搭理。

彭主任的身边围着一群人，他们看彭主任并没有理会父亲，感到很纳闷，父亲也觉得十分尴尬，心想彭主任怎么变了呢？

父亲不好意思地再次喊道："彭主任，我是小赵。"

彭主任坐在凳子上，跷着二郎腿，手里拿着一个本子，他抬起头来又望了一下父亲，说："你是哪个小赵？"

父亲报了自己的名字，彭主任怀疑地看了一会儿。父亲的面孔黑黝黝的，嘴唇上长着一圈黑黑的胡须，眼角已有了纵横的皱纹，头发蓬乱着，肥大的衣服上，布满污渍。彭主任说："你是小赵？当年小赵在供销社是多么帅的小伙子，两年不见，怎么弄成这样了，差点认不出了。"

父亲说："我是个乡下人了，肯定跟过去不一样了。"

彭主任站起身来，拉着父亲的手，感慨不已地说："你变化也太大了。当初让你不要走，你偏要回来，唉。"

父亲说："还不是为了救家！"

彭主任还像过去一样关心父亲，问："你走后怎么也不去供销社了？"

父亲说："农村忙，一茬庄稼套着一茬庄稼，哪有时间。"

两个人开始热络起来，彭主任给父亲介绍了一些供销社的情况。又问了一些父亲在乡下的生活情况，父亲一一说了。

村里的人这时才清楚父亲与彭主任原来在供销社是好朋友，大家就开始议论了："你看一个农民和一个公家人差别多大，他要不是回来了，也是公家人哩。"村里人把工作的人统称为公家人。

彭主任问父亲："你家有没有猪要卖？"

父亲说："有。"

彭主任说："赶快赶来。"

父亲把两头猪赶来，猪明显的比收购的要求小了一圈。收购猪的小伙子，看着这两头猪直皱眉头，说："收不了。"

彭主任一拍桌子说："收下，这是我们社里职工养的猪哩。"

彭主任这话说得父亲心里暖暖的，围观的人看到父亲这样的猪都能卖掉，不禁感叹，认识公家人就是好。

中午，父亲邀他们收购完后去家里吃饭，彭主任说饭在街上安排好了，然后上了车，拉着收购来的猪走了。

父亲回到家里，刚才彭主任收猪的一幕还在眼前，父亲的心里从没有过地感到一阵失落。如果当初不回来，他一样也是一位风光的公家人。

公家人的心事在父亲的心头短暂地浮现了一下，又沉寂下去了，那毕竟是过去的一个梦，离自己越来越远了。

渐渐的，随着国家的经济建设，工作人员越来越受重视，社会福利也高了。而作为一个农民，家里几乎没有经济来源，生活也越来越拮据。父亲的心里开始羡慕起那些公家人了，才深知当初从供销社辞职是多么错误的决定。

村里有几户人家，男人在外面工作，每次回来都很风光。

父亲的一个发小在城里工作，父亲在供销社上班时，他曾找父亲买糖给领导送礼。父亲有恩于他。有一次，他从城里回来了，一身蓝色的的确良衣服，被风刮得轻轻飘飘的，脚上的凉鞋里穿着一双白袜子。父亲正在地里干活，看到他从路上过来了，父亲从地里走过去，和他打招呼，他嗯了一声。父亲还想和他寒暄几句，他转身就走过去了，弄得父亲很难堪。

母亲笑话说："人家是公家人，你是一个农民，现在人家哪瞧上你了。"

父亲望着他远去的背影，狠狠地啐了一口，说："啥公家人，不就在工厂里抡大锤吗？比我可高一个篾片。"

母亲说:"昨天大爷赶着牛遇到他,和他打招呼,他也鼻子哼了一下。"

父亲说:"狗屎,当年找我走后门买糖时像个孙子。"

第二年春上,张集供销社开始招工了,过去有过工作经验的人优先,有两个和父亲一样辞职回家的人,都招上工了,要父亲赶快去看。

父亲一听到这个消息,喜出望外。自己又可以回去做一个公家人了?

正是农忙季节,父亲想把地里的活干完了再去问,母亲说:"这事宜早不宜迟,明天就去。"

晚上,父亲和母亲在灯光下准备着,母亲拿了一个腌鸡装进父亲的背包里。这鸡是去冬腌好晒干的,母亲一直没舍得吃,现在母亲给父亲带上,对父亲说:"你去找彭主任,不能空着爪子,你的事要人家帮忙哩。"

父亲说:"供销社的人,我都认得,关系都不错的。"

母亲说:"这次如果能招上工了,我们家里也就有希望了。"

父母兴奋地坐在灯光下说着话,一直说到很晚。

父亲睡到半夜就醒来了,屋内一片黑暗,外面静静的,头遍鸡叫还没有到。父亲大睁着眼睛,翻来覆去睡不着,喜悦冲击着他,他盼望天快快地亮。

天终于亮了,父亲开始上路。

母亲把父亲送到村头,父亲走了好远,母亲还站在村头望着,这个消失的背影,寄托着母亲太多的期望。

走在路上,父亲的脚步是如此的轻快疾速,父亲像从紧绷的弦上射出去的箭,身上充满了力量。

这条路父亲已有许多年没有走过了,现在重新走上去,父亲的心里有点激动。过去的岁月仿佛又回到眼前,那时自己多么年轻,生活是全新的，而现在，又折回头来重走这条路。父亲想起一本书上说过的，"人生的路走着走着就走到了十字路口，做出什么的选择，将决定自己的一生如何度过。"父亲想，当年自己的选择真的错了？

中午时分，父亲走到张集了，远远的又看到镇子外边的那条大河了，大坝上绿柳轻扬，枝头浓郁，一直往大地的深处蔓延着，往日的岁月又浮现在眼前，他的心里莫名地颤动了一下。

走到镇上，又看到那些青砖灰瓦的老房子了，父亲在青石板的街道上匆匆地走着，他想，他又回来了，又要回到这里工作了。

供销社还是几年前的样子，变化不大，但人员变化了不少。新来的几个新人，父亲已不认识了。

供销社里顾客不多，有几位顾客伏在柜台上买东西。父亲来到自己过去站的柜台前，柜台还是老样子，但里面的货物丰富了不少。一位年轻的营业员坐在柜台后面，他看到父亲在前面瞅来瞅去的，就站起来热情地问需要什么。父亲笑笑说，看看，看看。又到别的柜台前去了，营业员又坐了下去。

父亲来到过去自己住的宿舍前看，房前的窗口晒着一双洗过的力士鞋和一双手工绣的鞋垫，门上挂着一把锁。父亲透过玻璃窗往里看，房间的布置和过去一样，里面分两半部分，但中间挂着一道蓝色的布帘子，望不到里面卧室那部分。

父亲找到了彭主任的办公室，彭主任正坐在桌子前写着什么，一抬头见父亲进来了，彭主任愣了一下，放下手中的笔，走过来，拉着父亲的手，说："小赵，你来了！"

父亲离开供销社多年了，彭主任对他的感情依然如故，这让父亲感到亲切，父亲脸红红的，说："刚到，刚到。"

彭主任让父亲坐下，倒了一杯开水，递到父亲的手上，说："你先坐坐。"

父亲双手接过玻璃杯,坐在椅子上。

彭主任问:"这次来有啥事吗?"

父亲说:"听说供销社在招工了。"

彭主任说:"是啊,供销社要扩大,人手不够了。"

父亲说:"我就是为这事来的,听说我们老职工可以优先要?"

彭主任说:"是的,一点不假。这事是我在办哩。"

父亲的心里猛一喜,说:"我想回来上班。"

彭主任说:"你是我们的老员工,业务也熟,那当然要了。"

听着彭主任的话,父亲的心里怦怦跳动起来,脸上堆满了笑容,这些笑容是淡淡的适意的,来自心底的深处。

彭主任说:"你把个人情况简单写一下,我拿到会议上通过一下,就可以了,自家人都了解。"

父亲接过彭主任递过来的纸和笔写下了自己的当年在供销社上班情况,如何辞职的,在家里的情况等,然后递给了彭主任。

彭主任接过纸看着看着,眉头就越拧越紧了,他抬起头来,抖动着手中的纸说:"哎呀,我们要的是本区里的人,你户口不在我们这个区,是属于八斗区,户口迁不过来啊。"(过去行政分为县、区、公社三级。)彭主任说着,从抽屉里找出那个文件,让父亲看,父亲一看果真如此,文件上写得清清楚楚。

父亲脸上的笑容一下僵住了,失望地问:"那怎么办?"

彭主任说:"那没办法的。"

接下来彭主任还说了什么,父亲已听不清了。父亲坐不住了,他站起来不停在走着,一会用手挠着粗短的头发,一会用手不停地拍打着屁股。

彭主任理解父亲的心情,走过来,拍了拍父亲的肩头说:"你先坐下来,不要急,我来想想办法。"

父亲坐下来,彭主任说:"我来给你们八斗区打电话,如果他们要人,我可以给他们打招呼先要你。"

父亲目光迷茫地望着彭主任,他相信彭主任,现在张集供销社要人,说不定八斗区供销社也要人的,凭自己和彭主任的关系,他会给自己帮忙的。

父亲呆坐了一会,起身要走,彭主任要留父亲吃饭,父亲已没有任何心思吃饭了。父亲把那只腌鸡从包里掏出来,递给彭主任,彭主任坚决不要,父亲已没有力气和他推来推去了,父亲说:"这是一点心意,我的事以后还指望你操心哩。"

彭主任把父亲送出了供销社的大院,父亲走了好远,回身看到彭主任还站在院子的门口,朝他挥着手。父亲的耳边又响起了彭主任的话:"我当初让你不要回去,现在后悔了没有。"

父亲在集上买了两个烧饼,一边走一边啃着,傍晚到了家。母亲一看父亲唉声叹气的样子,就知道情况不好。待父亲休息一会,就问怎么回事,父亲就把情况跟母亲说了,母亲也愣了半天,然后说:"你是一个苦鹄命。"

父亲也哭笑不得地摇摇头。

母亲说:"公家人当不成,我们就好好种田,种田的人多着哩,也不是你一个人,人家都能活,我们就不能活?"

父亲的身上渐渐热火起来,重又生发了力量。

3

转年冬天,这天早晨,小叔一早就到村北的地里倒山芋去了。

倒山芋就是在收获过的山芋地里,用锄子再找一遍遗失的山芋。这些山芋,要么是被犁头犁断了的,有一半还埋在土里,要么是小的山芋被土埋了,村民在收山芋时,忘了寻找,而遗失在地里。有经验的人,一天能找出一篮子山芋。

村北是一片旱地，都种着山芋。一条大路从北边的石子路上笔直地通过来，一直通到村子里。这条路是村里与外界的通道，大家来来往往都从这条路上走。

虽然是晴天，但阳光弱弱的，北风贴着地面呼呼地刮着，一阵紧一阵松，紧的时候，可以把人的刮得眼睛睁不开，小叔就背过身去，松的时候，仿佛风已息了下来，没有了踪迹。

小叔挎着篮子扛着锄头在地里找了一会，只找到几颗半截的山芋。几颗山芋在筐底里滚来滚去的，像几块土坷垃。小叔准备回家去，这时，大路上走来一个人，见到小叔站住了，问："同志，我去下杜村怎么走？"

小叔说："前面就是下杜村了。"

那人哦了一下，走了几步又停了下来，小叔已走到了他的跟前，小叔一看就知道这个人是公家人，年轻人长得雪白干净，穿着四个兜的黄棉袄，手里提着一个黑色的皮包。

年轻人问起父亲的名字。

小叔一听是问父亲，就愣了一下，觉得面前的年轻人有点面熟，说："有啊，你是八斗区供销社的吗？"因为小叔去过几趟区里的供销社，对年轻人有点印象。

年轻人说："是的。"

年轻人也不觉得奇怪，因为，他们常常在乡下被人认出来，而自己却不认识他们。

小叔一听年轻人是八斗区供销社的，心里便自然猜想到可能是来找父亲去工作的。小叔低着头擤了一下鼻子，然后弯腰，把手指朝布鞋上擦擦，这是小叔思考的习惯，可以拖点时间。小叔说："我是队长，村里哪个人都熟，有啥事你就问我吧。"小叔想套年轻人的话，故意撒了一个谎。

"哦。"那人停了一会，看着眼前的这个男人，身材不高，一说话浓黑的眉头就拧在一起,语速急促。年轻人又问:"这个人在村里表现怎么样?"

"表现怎么样?"小叔喃喃自语着,望着眼前的年轻人,警惕地问,"你问这个干啥?"

年轻人说:"我们准备让他回去上班。"

小叔双手拢着袖子,心里动了一下,吸了一下鼻子,眼睛瞟着别处,若有所思地说:"怎么说呢?这个人才从供销社回来的时候表现还不错,后来就不行了。"

年轻人说:"你就实话实说。"

两个人找了一块干爽的草皮坐下来,年轻人把皮包垫在屁股底下坐着。

小叔说:"他在队里干活又奸又滑,出工不出力和队里的人都吵过架。"

年轻人说:"你举个例子。"

"秋天的时候,他偷了队里的一筐花生被我看到了,我说了他两句,让他把花生送回来,他就和我吵了起来,还冲上来抓住了我的领口,要不是别人拉开,可能就被他打了。他现在是个癞子头,没人敢碰他,也不知咋变成了这样。唉。"小叔停了一下继续说,"今年夏季天旱,县委部署'水改旱'工作,他就在村里散布谣言说,我们祖祖辈辈都种的是水稻,现在把水田改了种旱作物,这不是瞎搞吗?"小叔说得脊梁冒汗,一颗心紧张得快要跳出肉体,跳出破旧的棉袄了,小叔用手按了按,平静一下。未了又加一句,"他这是公然反对社会主义建设,恶毒攻击县委领导。"

年轻人拿着一个小本子,一边听着,一边低头飞快地记录,听完小叔的叙说,抬起头问:"你说的都是实话吗?"

小叔拍着胸口说:"我说的都是实话,否则你办了我。"

年轻人说:"感谢队长给我提供了这些情况,他是我们的老员工,这次来调查他,准备录用他的,听你这么一说,我们就不能要了。"原来,八斗区供销社在招工,明文规定,辞退后的老职工经考察后,没有犯政治错误的,可以优先录用,父亲当然在要求之内。

小叔赶紧说:"那让我顶他去吧,我的身体壮,啥活都能干的。"这才是小叔的计谋,小叔是想顶替父亲去上班。

年轻人摇摇头说:"虽然我们不能招他,但你也不能顶替的,因为我们这是定向招收老员工,和平常招工不一样。"

两个人坐在田埂上,谈了约有半小时的话,那人起身就回去了。

小叔还坐在田埂上没有起身,他仰起头看看天空,太阳被一块硕大的黑云遮住了,阴沉沉的,小叔长叹一声,倚着田埂四仰八叉地躺了下去。

半天,小叔挎着篮子扛着锄头往家去。小叔低着头,内心里感到十分羞愧。到了村头,小叔忽然吼起了小倒戏:

  小来的个儿啦
  你听我说说心里的话
  我的心啊要上天
  苦鸪命啊比纸薄……

这是当地一个小戏中的唱段,演一个书生落泊后,心比天高命比纸薄的命运,唱段脍炙人口,人人都会哼唱几句。小叔的声音在风中高亢,但唱着唱着声音就低了下去,他勾着头,脚步匆促,篮子里的几块山芋像石头一样沉默着。

父亲对这件事一无所知,仍下地干活,回家睡觉,忙忙碌碌。

过了几天,张集供销社的彭主任托人捎信过来,说八斗区供销社在招工了,退职的老员工可以优先招,让父亲赶紧去找。

捎信的人因为家里有事，口信捎到已晚了两天。父亲赶紧去八斗区供销社打听情况。

八斗区坐落在江淮分水岭上，一条马路从合肥过来，然后穿镇而过，一直往北通往蚌埠。沿着公路坐落着粮站、供销社和区政府、学校等，这些高大的砖瓦房和农民低矮破旧的草房子交叉在一起，在岗岭上起起伏伏。

从下杜村到八斗有十几里的路程，村里的人一般赶集都去乡里的街上，只有办事时，才会来八斗找区政府。

为了赶早，天还是黑隆隆的，父亲就出门往八斗去了。这条小路要翻过两条河流，穿过七八过村子。路虽然难走，但可以近几公里。

父亲前脚走，母亲后脚也出门了。母亲深一脚浅一脚地走在田埂上，远近的鸡鸣像潮水一样袭来，母亲喃喃自语着，天要亮了，天要亮了。母亲说的天要亮了，既是指太阳要出来了，也是指父亲有工作，这个家就有出头之日了。

母亲来到村头的土地庙前，避着风，划亮火柴，一点小小的火焰在母亲的手心里飘忽，映着母亲面前的一座石雕的佛像，佛像上落满了灰尘。母亲把香点燃插到佛像面前，早晨冷寂的空气里顿时飘起了一股清香。母亲跪下去，双手合十，喃喃自语地祈祷着："菩萨啊，你睁睁眼啊，保佑他这次招上工啊，他辛辛苦苦地做了这么多年的农民，该吃的苦也吃了。该给他的教训也给他了，这个你就成全了他啊。这个家离不了他，他有了工作，我们全家也就有指望了啊……"母亲抬起眼来，在香火微弱的光中，石头的佛像仿佛眨了一下眼睛，这让母亲惊喜，看来这个愿是灵的了。母亲赶紧伏下身去，面对佛像磕了三个头。

父亲在冬天的田野上匆匆地走着，天渐渐地亮了，可以看见枯草上凝结着白霜，脚一踏上去就碎了。可以看见河沟里的水像一面镜子，明亮得照见河岸的倒影。东方苍白的星隐没了，天空转成了青白的颜色。终于，一轮红日从地面喷薄而出，巨大的红色把早晨的时光染满了吉祥的色彩。

八斗区供销社是两排曲尺形的灰砖瓦房，门口就是公路。车流经过时，卷起的灰尘直扑屋里。有一面墙维修过，灰砖墙上砌着红色的砖头，显得十分的刺眼。

父亲对供销社总是怀着一股复杂的感情，八斗供销社父亲虽然一天也没待过，但内心里还是觉得不陌生。

八斗供销社照样也有一个黑乎乎的大铁门，那个年代，似乎是每个单位的标配。

父亲从大铁门走进去，很容易就找到了供销社的办公室。

父亲走进去，一位年轻人接待了他。这个年轻人，就是前几天去调查父亲的人。

父亲一早就出门了，走了几个小时的路，已疲惫不堪，但父亲还是从脸上挤出了笑容。父亲吞吞吐吐地向年轻人说了招工的情况，便笑着等年轻人回答。

亲不亲，一家人，年轻人听说是供销社系统的老职工找上门办事，便热情起来。

年轻人让父亲在靠墙的长条椅上坐下来，倒了一杯水递给了父亲，父亲此时真的渴了，便喝了一口，但开水还是烫了他一下。

年轻人便问父亲是哪个乡的，父亲把自己的情况简单给他说了一下。

年轻人听着听着脸上的笑容便像被狂风刮走了一样干干净净的，因为年轻人调查过父亲了，在他的印象里，这是一个不好的人。

父亲不知道这些，仍在向往着这次本区招工，自己会榜上有名的。

父亲说完，年轻人开始说话了："你是供销系统的老员工，本来我们应当照顾你，先把你招进来的，但我们对招工的人政治思想要求很严。前几天我去你们村调查你了，你们队长对你反映很不好。回来后，经研究我们就决定放弃你了。"

年轻人本着脸，话说得冷冰冰的。父亲听着听着，满身的火热渐渐的冰冷，一直冷到脚底，他不能接受这个事实，他觉得他的头脑里就是开山的石堂，那么多个炸药被引炸了，炸得天翻地覆，火石乱飞，快要掀开他的脑壳了。父亲用手撑着脑袋，半天清醒了下来。父亲说："我不是这样的人，这是有人在诬陷我，你打听打听就知道，我怎么会是他们说的那样人哟。"

年轻人说："队长的话我们不信，难道要信你的？你肯定说自己是好人了。"

父亲跺着脚说："那你们也不能偏听偏信……"

父亲还想争取一线希望，年轻人显得不耐烦了，打断父亲，挥着手说："你回去问问你们队长，我还有许多事要做，没时间和你啰唆。"

这等于是在轰父亲出去了。父亲知道自己是百口难辩了，父亲艰难地站起身，走出门。

父亲踉跄地走在回去的路上，他的心里一遍遍地咒骂着队长，恨死了队长，怎么在这个紧要关头对自己落井下石呢？平时他对队长很不错的，家里的香烟没少给他抽，家里的酒没少给他喝，人面兽心的家伙啊？队长笑眯眯的脸浮现在父亲的脑海里，父亲感到恶心，他用力地啐着，想把这个形象从心里吐出去。

父亲不知在路上歇了几回才走到了家里。一路上，父亲把与队长的交往一遍遍地在脑子里过放，他觉得没有得罪过队长的地方。

父亲是傍晚回到下杜村的，父亲没有回家，而是直接去找队长。

父亲的眼睛红红着，头发似乎根根直立，他失意的面孔显得坚硬而冷漠。队长抽着烟，见父亲来了，和往常一样笑嘻嘻地迎上来，但队长的笑，并没换来父亲的笑，队长看着父亲的神情，觉得有点不对劲。

父亲用手指着队长的脸，气愤地说："你，你，你怎么是这样的人呢？"父亲的面孔已扭曲变形，父亲想大声地斥责队长，但许多语言如千军万马堵在隘口，出不出来。

队长从没看到过父亲是这样的，他愣了一下，脸上的笑也凝固住了。

父亲说："你，你，你他妈的小人。"父亲的手指快点到队长的脸上了，唾沫星子飞到了队长的脸上。

队长真的生气了，还没人敢这样跟他说过话，他瞪着双眼大声地说："你冷静下来，什么事把你搞成这样！"

父亲就把去八斗供销社的情况跟队长说了，父亲说："你怎么能血口喷人呢？我可是你说的那种人吗？你这不是在害我吗？"愤怒的父亲一连串地追问着。

队长听明白了父亲的意思，挥着一双大手说："你不要瞎猜疑了，我啥时接待过人家调查了！我啥时说了你坏话了！你头脑冷冷，不要见到风就是雨。"

不是队长说的！父亲愣了一下。

队长说："你去访访，这么多年了，我可做过对不起人的事。这样的事，我想帮你还找不到机会哩。"

父亲沉默着，用手抓着自己的乱发。

队长赌咒说："马上要过年了，我要说假话，养儿没屁眼，活不到三十晚。"

父亲就把年轻人说的话，又说了一遍。父亲痛苦地说："这个人说我是癞痢头啊，说我偷生产队的粮食啊，队长你说说，我是这样的人吗？人家不要我了，我的工作没了！"

队长说："这个人绝对不是我！"

父亲想想真的不像队长,父亲纳闷了。

队长让老伴烧了两个菜,留下父亲吃晚饭,宽慰一下父亲,父亲没有心情吃,但拧不过队长的热情,就留了下来。

两个人边喝酒,边分析,他们把村里的男人梳理了一遍,一会肯定了,又否定了,一会声音高起来,又低下去,两个人分析了半天,也没分析出个头绪。

父亲脸喝得红红的,一步三晃地走到家。母亲正在家里拌猪食喂猪,母亲把双手伸在猪盆里,把一块块烀熟的山芋用手捏碎,然后再和饲料搅拌在一起。

母亲见父亲回来了,直起身,笑着招呼着:"回来了!"母亲早在盼望着父亲回来了,母亲觉得这次父亲的工作肯定有把握。

父亲没有答话,走到跟前,一脚把眼前的猪盆踢倒,猪食流了一地,母亲生气了说:"咋啦,像个野人!"母亲赶紧弯腰把倒了的猪食捧起来。

父亲说:"完了,有人害我了。"

父亲愤怒地说着,母亲听着听着,心里凉了半截。

父亲几步跨进屋内,衣服鞋子也没脱,哧溜一下钻进被里,用被子把自己完全裹了起来,密闭在黑暗里。

母亲说:"我到村里去骂这个诬陷你的人。"

母亲转身走到门外,在村头呦喊起来:"你们听着,谁在外面诬陷我家男人,让他把招工丢了,诬陷的人不得好死哈,你这不是在拿刀杀人么,比杀人还狠啊……"

母亲边走边骂着,仇恨在她的胸腔中膨胀着,仿佛要把母亲的胸口撕开。母亲没有骂过街,这是她第一次骂街,那些粗口的话到了嘴边又说不出去。

全村的人都知道父亲招工的事被人害了。

村头站着三三两两的人都在气愤地帮母亲骂着,冬天的月亮很大很冷地挂在天空上，月光的透明更增加了天气的寒冷。小叔也站在人群里木然着，月光比阳光容易隐蔽，要是在阳光下他肯定站不住了。

邻家大婶从家里拿来一块砧板，一把菜刀，对母亲说："应当这样骂。"

大婶一扬手，用中的刀子在空闪着光划了一个弧线，砰地剁在砧板上，接着张口骂一句。这在乡下是最毒辣的骂人法了，还带有巫术，刀剁下去的意思有砍被骂人的头、砍被骂人的祖宗、让被骂的人断子绝孙等。大婶说："你那哪是在骂，是在吆喝，坏人不痛不痒的。"

小叔惊了一下，头开始嗡嗡地响，那把刀让他心寒不已，仿佛随时会劈向他，他的腿软了一下。

大婶把砧板和菜刀递给母亲，母亲接了，扬了扬却做不下去，又把刀还给了她。

大婶大声说："你这个没出息的人，家里被人害了，骂都不会骂。"

小叔拎起来的心这才放下来，长长地舒了一口气，转身回了家。

大家七嘴八舌的议论，使母亲的气也消了不少。

母亲回到家对父亲说："你这个苦鸹命啊，我们两个好好种地吧，我连骂个人都不会骂呢？"

父亲与工作又一次失之交臂，继续当着农民。

4

父亲最后一次参加供销社招工，是在上世纪八十年代初，那时张集供销社的彭主任已调到县人事局了。

那年夏天，一大早父亲骑着家里崭新的奔马自行车，去县城报名。

　　一路上，父亲弓着身子用力地蹬着，嘴里不时哼上两句小曲，风向后鼓起他的衣服，像要飞翔起来。有时，几只喜鹊在树冠深处鸣叫着，父亲听起来十分吉祥。

　　父亲骑着奔马自行车来到县政府大院，县政府大院父亲还是头一次来，高大的院门，一进门就是一幢灰色的楼房，楼房底下有一个宽敞的过道，走过去，是几排高大的红砖瓦房，房前是一排高大的梧桐树，梧桐树的影子浓郁遮日。父亲觉得就是蝉鸣也比乡下的蝉鸣有气势。父亲推着自行车走在水泥的甬道上，崭新的奔马自行车链条拖动着发出细微的哗哗的声音，十分悦耳。

　　父亲对这里的一切都充满着敬仰感，他是一个农民，只在田地间劳作，他知道一个个关系农民生存的政策都是从这里出去的，他知道这里的每一个人，手里都握有看不见的权势。

　　父亲把车往树荫下一扎，也不锁，就进办公室去报名了。

　　办公室里的办事员是一位头发花白的老员工，父亲估计和自己的年龄差不多，他工作熟练，问了一些情况，拿了一张表给父亲填。

　　父亲坐下来，拿着钢笔，手颤抖不已。表格他已多年没有填过了，前两次参加招工，都是失之交臂。连表格都没见到，现在终于拿到了。表格是粗粗细细的线条，仿佛父亲在乡下劳作的田野，仿佛父亲追求的每个梦想。现在，父亲凝视了好久，终于在姓名的那一栏里写上了自己的名字，接着父亲开始了顺畅地往下填去。

　　供销社这次招工，与往常一样，过去退职的员工可享受优先政策。通过前几次招工，退职回家的员工大多都招上来了，像父亲这样没招上来的老员工已寥寥无几了，因此父亲几乎没有竞争对手，是铁板钉钉的事。

　　父亲很快把表填了，办事员拿过来看了一会儿，惊讶地说："你还是六十年代初的老员工啊，这批老员工基本上都重新招工参加工作了，你怎么还没走掉。"

父亲嘴龇了龇，不知从何说起。

办事员把表盖上鲜红的公章，然后放进身后的木柜子里。回头对父亲说："回家等通知吧，这次就是招一个人也是你的，没有比你条件更过硬的了。"

父亲高兴地从办公室出来，到树荫下却发现自行车不见了，父亲想可能因为放在这个地方挡事，被人移走了。父亲沿着几排房子的拐拐角角找了一遍，也没有找到自行车。父亲心里顿时感到不妙。

父亲重回到办公室，把自行车不见了的事，对办事员说了。

那人问了一下情况，平淡地对父亲说："我们这里没人拾你的车子，这么长时间了，十有八九是被人偷走了。"

父亲张大了嘴巴，问："这是县政府的大院，还有小偷吗？"

办事员哈哈大笑了："你这个人太逗了，县政府大院就没小偷了。"

县政府大院还有小偷，这一直让父亲不能理解，在父亲的眼里，只有乡下才有小偷的。但父亲的自行车确实没了，再也找不到了。父亲沮丧地从县政府大院里走出来，这一会在火焰里，一会在冰水里，让父亲受不了。

父亲走出县政府大院，外面就是一条长长的街道，两旁是高高的楼房。行人都穿着干净挺括的衣服，迎面而来的面孔露出饱满的红润。他们走在街道上，脚步款款，没有乡下人的匆促。他们说话，带着典型的城里人口音，听起来十分悦耳。

父亲在这些行人中走着走着，想到自己马上也要成为一个有工作的城里人，父亲的心情好了起来，刚才丢失自行车的沮丧渐渐没有了。父亲向往着，自己的工作落实好后，就把全家接到城里来住。一家人在这个宽阔的街道走路、逛街，过着城里人的生活，那是多么幸福的生活啊。

父亲心情很好，下午，决定去到彭主任家玩玩。

彭主任家住在一个红砖的大院里，家里布置得很漂亮，沙发上铺着白色的钩出来的网状纱巾，茶几上放着一台红色的电话机，玻璃下面压着几张一家人的合影。阳光从硕大的玻璃窗照进来，四面白色的墙壁更加清洁雪白。

这么多年过去了，彭主任还不见老，而父亲却苍老了许多。

两个人坐在沙发上说着话，父亲快乐地说到今天来报名招工的事。彭主任一拍大腿，嘴张得老大地说："哎呀，你来之前，我才接到电话，县里通知这次供销社招工停止了，一个也不要了。"

父亲问："你说的是真的？不会搞错吧！"

"不会不会，我管人事工作的，县里招工都要从我这儿走的。"彭主任说着，戴上老花镜，拿起一个小本子翻开今天的电话记录，认真地看了一下，然后把老花镜取下，"你看这是我的电话记录哩。"

父亲接过来一看，上面龙飞凤舞地写着几行字，其中一行就是这个内容。

啊！父亲张大了嘴，久久合不上，头脑里轰轰着。

从彭主任家出来，彭主任送了他好远，一再叮嘱父亲想开点，不要钻牛角尖，但父亲的心那能平静下来哩。分手时，彭主任拉着父亲的手使劲地握了一下，拍了拍他的肩膀。

与彭主任分了手，父亲走着走着，耳朵里又响起母亲的声音："你是个苦鸹命啊！"父亲走不动了，就在花坛边的台阶上，双手抚着膝盖坐了下来，他看人看楼看车，目光都是呆滞的。父亲坐也坐不住了，仰面躺在台阶上。父亲望着天空，天空是蔚蓝的，阳光普照着天下每一个人，但天怎么会知道世上还有这样一个苦难的人呢？一行泪水从父亲的眼角流了下来。旁边走过的人，都奇怪地看了他一眼，然后各走各的路。有一对情侣走过，好奇地停了一下，然后，那个男的对女的说："这个人肯定酒喝多了。我们单位有一个人,酒一喝多就哭。"两个人又走远了。

父亲的心里空空荡荡了,他觉得好受了。他用衣角擦拭了一下眼睛,然后在街上大步地走着。眼前的一切是如此的陌生,仿佛每走一步都有一个陷阱,他要立马回家去,回到那个长着茂盛庄稼的乡下去。

县城里回家的最后一趟班车已走过了,父亲站在回家的马路边上,见到车子就挥手,一辆辆车子抛下一股灰尘从父亲的身边呼啸而过,没有半点停下的意思。父亲又朝马路的中间站站,一辆大卡车司机伸出头来骂道:"你想死啊,不想活了是不是!"说完一踩油门,朝父亲啐了一口浓痰奔驰而去。浓痰挂在父亲的褂子上,父亲从路边拽了两片杨树叶子擦干净。

父亲继续拦着,他的手在半空中挥动,像一面投降的白旗,就在父亲绝望之时,一辆轻卡在父亲的面前停了下来。父亲一下子扑上前紧紧地抓住驾驶室门旁的一个扶手,祈求地说:"师傅,我家有急事,但回家已没有班车了,你带我一下吧,谢谢你啊。"驾驶员是一位年轻人,他看到了父亲眼里迫切的目光,问了一下去哪里,正好是顺路,就对父亲说:"你上来吧。"

父亲感恩戴德地上了车,轻卡开始奔驰起来。父亲坐在车厢里,看马路旁的树木朝身后迅速地退去,听到风声在耳边呼呼地响起。同样的路,早晨来时父亲骑着奔马自行车,是多少的得意和快乐啊,回去的父亲像从地狱中逃出来的一样,头发蓬乱着,一身的疲惫和沮丧。

附

多少年后,我们终于知道了当年诬陷父亲的是小叔。

小叔是喝了酒,对他的好朋友昌奇说的。那天,两个人喝到酒酣耳热之际，就羡慕公家人的好，说公家人睡觉每天都有钱，最苦的是农民，一天不下地干活一天就挨饿。小叔唾沫横飞地说，他也有一次当公家人的机会，但没有当成。

昌奇就不屑地说："你个大老粗能当公家人？没听说过。"

小叔说："当时，上面来人要招他去，我想顶替，可人家没愿意……"话说到一半时，小叔就觉得失言了，但话已收不回。

昌奇听了大骇，把筷子朝桌子啪地一放，抹了一把嘴巴，说："那是你哥啊，你怎么能害他？"昌奇在村子里是个公正的人，口碑好。

小叔说："我没想到他也没走了。"小叔心虚，没敢说他是如何诬陷父亲的。

两个人都没了心情了，草草吃了饭。

过了几天，昌奇把这个事告诉了我母亲，母亲的心仿佛被人揪了一把剧痛，母亲大口地喘着气，叮嘱昌奇说："我们知道就行了，不能再往外说了，要不会出人命的。"

这事一直瞒着父亲，许多年过去了，我们都知道，只有父亲不知道。

晚年的时候，有一次我和父亲谈心。谈得愉快时，我决定把这个秘密小心地透露给父亲。

父亲坐在我的对面，脸上的笑容堆积着，慈祥、敦厚，父亲说话也畅快起来，有时，父亲比画着，仿佛内心里的东西不但可以用语言说，还可以用手说。

我说："当年，诬陷你的人，把你工作搞丢了的人，你知道是谁了吧。"

父亲摇摇头，脸上仍充满了疑问。

我说："是小叔。"

父亲脸上的笑容立即消失了，把身子向前倾了倾，睁着浑浊的眼睛问:"你说啥?"

"那个人是小叔。"为防止他的情绪激化,我故作轻松地说,仿佛这是一个芝麻大的小事。

"是他!"父亲前倾的身子又猛地往后靠。

"是的,原来他想顶替你,但没顶替上。"

我怕父亲受到刺激,不堪收场,但出乎意料,父亲没有暴跳如雷,而是坐在沙发上,长叹一声。父亲的叹息往往是突然的,有着金属的质地,声音消失了很久,仿佛还在地上能够捡起。

父亲的冷静让我吃了一惊,我起身给父亲的茶杯续上水。父亲喝了一口,嘴角抽动了一下,平静地说:"他走过的路草都不长。"

我们沉默了好长时间。现在,父亲已是一个年老的人了,满头白发,腰身佝偻,行动迟缓。对生活已没有了斗志,只剩下顺从,你给他什么打击,他都能承受,而没有了反抗,内心里平静如水。

接着,我就与父亲讨论,假如父亲在供销社上班,给这个家庭又能带来什么呢?

父亲说:"那我肯定把你们都带到城里生活了,你们要少受多少罪。"

我说:"那样也不一定好,骄子必败。况且后来供销社都倒了,家里的生活还不一定如现在哩。"

村子里有一户人家的孩子顶了父亲的职去供销社上班,当时风光一时,但随后供销社倒了,那个孩子沦到木头行里去扛木头,老婆在外打工也跟人私奔了,一个家庭散了。

我们因为生活在贫困的家庭中,只有发愤学习,才能逃离苦难。这样我们弟妹五个,有四个考上了大学、中专,在村子里有口皆碑。

父亲想想说:"那倒也是。"

我们家里平静的生活到了四年前,忽然起了变化。

县里刮了一阵风,那些曾经有过工作,后来又被辞退的人,只要缴上一笔钱后，可以和在职工作人员一样，每个月拿上近千元的钱，这叫社保。农民不了解，都统称是退休工资，那种在家睡觉都有钱的日子，是多少农民梦寐以求的啊。大家算算划得来，很多人都在办，只要与公家沾点边，哪怕有个证明有个工资表都可以办成。比如，村子里的大广妈，只是在学校食堂烧过几个月的锅，找到当年学校的工资表，上面有她的名字，就办好了。

父亲也心动了。

在父亲的一再催促下，那天我就去县供销社找档案。

县供销社在一座楼的五层，过道窄窄的，两边是一个个办公室，曾经的辉煌没有了。现在，我走进来了，这个在父亲生命中留下许多遗憾，又带有许多梦想的地方。冥冥中，我仿佛看到了父亲年轻时的身影，像阳光中的蛛丝一样，可以看不见，但存在，却又是那么脆弱。

我走进办公室，一位中年男子接待了我。他平静地坐在椅子上，紫黑色的办公桌上空空荡荡。一听说是找父亲几十年前的档案，张口就说找不到了，连屁股也懒得动一下。我磨蹭着，还想多问几句，他显得不耐烦，回答的还是那句话。我想想也有道理，毕竟年代太久远了，那个年头也混乱，对人事管理不像现在这样规范。最后，我只有失望地离开。

回到家，我把情况给父亲说了，并劝他，这么多年来，你生活得很幸福，不要因为这件事而搞成了不幸福。没有公家这笔钱，一辈子都过来了，不要到老了，为这点钱搞得自己不开心。

父亲弓着身子，坐在我的面前，长叹了一口气，然后嗯嗯着，像一个听话的孩子。

其实，父亲背着我自己又去找了一趟，人家回答的一样，父亲这才死了心。

两年就这样过来了，但村子里不断有人问父亲，每月能拿多少钱，父亲总是苦笑笑。在村民的眼里，父亲过去是一个正式的国家工作人员，那些与公家沾点边的人都能办成，父亲肯定早办成了。问得多了，这个问题不时在他的心底浮起，成了父亲的一块心病。

今年春天，母亲生病了，许多人来看母亲。他们又提到这件事，父亲坐不住了长吁短叹。我决定再去找一下，我甚至想好了，假如真的找不到档案，我就要告他们，是你们把人家的档案搞丢了，使人家享受不到这个福利了，你们应当要承担责任，不能只是一句话找不到，就开脱了。

现在我已调到在省城工作，在县里认识一些人。这次，县里安排了一个工作人员陪同我去找。

我们又去县供销社，县供销社的主任亲自带我们去办公室。还是上次的那个中年人，紫黑色的办公桌上仍然空空荡荡，他连忙起身给我倒了杯水，然后询问了一些情况，听完后，立马给张集供销社打电话。在电话里，我听到那边的人说找不到。他果断地说，你找找看再说。然后，主任写了一个条子，让我过几天就打这个人的电话。

第三天，我打纸条上的电话，对方说他姓杜，他说让我星期一上午去，现在供销社倒了，他也在外面打工糊口，只有星期一上午有空。

到了星期一，我打电话，他又说不在家，我有点生气了，我端着领导的口气说："难道见你就这么难？"

那边口气软了下来。

又过几天，小杜主动打电话过来，说找到了我父亲的一份工资表，让我去拿。我的心里振奋了一下，终于找到了，有了这个表，就是证据，往下进行就顺利了。

那天，天下着小雨，我开车去张集，见到了这个姓杜的人。他的个子高高的，头发有点蓬乱，穿着白裤子，一看就是本土人的形象。

来到他的办公室,他把那摞工资表拿给我看,厚厚的一叠,用粗绳子装订着。在一张粗糙的发黑的土纸上,我终于看到了父亲的名字,后面是工资:25.5元。看到这张纸,我有点恍惚,五十多年的时光,重新回到眼前,让我感慨不已。

回家拿给父亲看,父亲拿在手中,看了半天,然后说,上面那几个是领导,其中那个工资七十多元的,是一位老红军,下面那许多只拿二十元的,是刚进来的实习生,还没有转正,父亲拿25.5是转正了的。

找到这张工资表,我们全家都有点兴奋,父亲盼望多年的事,终于有了希望。父亲这几天脸上的笑容也多了,以后就可以像退休工人一样,到月就能拿到钱,这是多么开心的事啊,母亲甚至想,把这些钱节余下来,资助我们。

我写了一个"我是我父亲的儿子"的证明,去八斗区派出所迁父亲的户口。八斗区派出所坐落在马路边,是一座白色的二层小楼,我平时来来往往地经过,但没有停下过。派出所的门口停满了车子,办事大厅里哄哄的,像一个大风箱,一位穿着破旧衣服的农民在大声地嚷嚷着。乡下的人也没有排队的习惯,柜台前挤满了人,我不知站在谁的后面,好不容易临到我了,我赶紧稳住身子,以防被人挤开。证明很快就办好了。

一个星期后,父亲的户口迁到了我的本子上,父亲成了合肥市民了。

有了城市户口和工作证明,就可以去街道办理入保手续了,但意外却来了。上面通知像父亲这种情况的人暂停办理,等待通知。

我一下子就愣住了,我问是什么时候下的通知。办事人员说:"上个星期,上个星期还办了几十个人。"

晚这两天就停止了。血直往我的头上涌,我气愤地说:"你们办事不能这样随意,事前也没有一个通知,现在我们把户口迁了,怎么办？"

办事人员脾气很好，和气地说："你现在和我吵也没用，我只是一个工作人员，按规定办事。"

父亲的命真的苦，办了那么多人都是顺利的，到他这儿就卡住了！我想起父亲的一生，想起母亲常说的一句话，他是一个苦鸱命。我大声地说："我去找你们领导。"

办事人员说："领导去区里开会了，我们会把你们的意见往上反映，你回去等通知，如果有消息我会通知你。"

没有办法，我只有回去等通知。

回到家，父母就满面笑容地迎上来，望着我问："办好了吧！"

我没有作声，换好了鞋，走到客厅的沙发上坐下，父亲也跟过来站在我的面前，母亲的笑容是从眼角一直下来，甜蜜而温暖。父亲一笑，掉了牙的嘴黑洞洞的，显得敦厚慈祥。我同样笑着说："办好了，但钱没缴上，得等几天。"

我没有跟父亲讲这些情况，怕他们接受不了。我开玩笑地对父亲说："以后工资卡就交给妈装着。"

父亲说："行行。"

母亲说："办好就好，没想到你父亲跑了一辈子没弄上，老了弄上了。"

私下里，妻子问如果办不成了怎么办？我说，如果真办不了，我们按月供他，就说是政府的退休金，算给他们的生活费了，就这样发下去，妻子也同意了。

母亲不明就里，经常催我说："要抓紧办啊，不要停了，过去你父亲的工作都搞好了，一夜过，人家就不收了。"

我知道母亲说的那些事。我安慰说："现在办事，也不是过去了。人家办这么多年了，都没问题，现在就能有问题了，不会的。"

这几天，天气很热，今天午睡起来后，我光着膊子，打开电脑，想在家里做一些事。

  刚坐到桌前，电话来了，是街道打过来的，说父亲社保的事可以办了。接到这个电话，我立马穿好衣服，骑着车子赶到街道。办事的人坐在椅子上，朝我望了一眼，说你父亲的批下来了。说着拿了一张二联单子，他撕了第一联，把一张淡蓝色的第二联给我，上面是电脑打字的缴费单子，让我缴了费用，就送回来给他。

  这件事不用一个小时就办妥了。

  现在，父亲每月可以拿到一千多元的生活费，每次父亲拿着卡去银行取钱时，都说是去取工资的，走在路上神采奕奕的。

  父亲一辈子想吃公家饭的愿望，终于在晚年实现了，我这个苦鸹命的父亲啊。

第五章　伙牛

1

时间到了1980年的时候,我们生产队要分单干了,就是分田到户。

我们这个村子分为杜南与杜北两个生产队,在我们队分开之前,杜北队早在几年前就分开了。我们队的队长去大寨参观过,并经历过互助组、合作社等,思想觉悟高些,没有马上把生产队分了,他想观望一下,这样一观望就过去了两年。

虽然生产队没有分田到户,但队长也能感受到平静下面的暗涛汹涌,有些人留念生产队,有些人早厌烦了,向往分田到户的自由,好在队长的威信压住了这些人。

这几年,周围又有许多村分了队。队长见大势已定,便决定分队。分队的会议,一共开了五天,最后达成了若干分配制度。地好分,最难分的是队里的牛和农具之类的大东西,这些东西不是每家每户都能分到的,就把几家划成一个小组进行抓阄。我家、小叔家和老文圣家被划在一起。这个时候,虽然我家与小叔家已开始有了矛盾,但父亲想,兄弟俩在一起能够相互照应着,总比被拆开强。

分牛前,先把每头牛进行估价,抓到好牛的组,要向抓到差牛的组补贴差价。队里有五头牛,每头牛都有自己的名字,队长把牛的名字写在香烟盒上,做了五个阄子,在手里搓了搓,大喊一声,朝桌子上一扔,阄子在桌子上慌乱地滚动了一下,五个小组的代表,就扑上来抓阄子,我们这个小组是我父亲来抓阄子。父亲做事总是斯文的,保持着"知识分子的臭架子"(他的这种做派我年少时也不喜欢,直到中年之后,才理解父亲骨子里的孤傲,我在另一篇里有描写),别人扑上去抢阄子时,父亲还没有动手,待父亲走上前去时,桌子上空空荡荡,一个阄子也没有了。抢到阄子的人,都在紧张地打开看,抢到大牯牛的人,就兴奋地喊叫,而父亲却没有了阄子。缺的一个阄子到哪去了?父亲低头寻找,众人也帮着寻找。终于在桌子底下,找到了这个阄子。父亲打开一看,是小趴角,小趴角在队里不算好牛。父亲一拍巴掌说好,有的人就嘘了一声,人家抓到了大牯牛说好,你抓个小趴角好个屁。父亲说好,是因为抓到小趴角可以两不找,抓到好牛哪有钱补贴别人。

第二天上午,父亲、小叔、老文圣去生产队的牛屋里牵小趴角。

生产队的牛屋在离村子约一里远的地里,三间茅草房子,一进去,牛的味道、草的味道、牛粪的味道混杂在一起扑面而来,其他几条牛都被拉走了,只有小趴角卧在地上,鼻子上穿着绳子拴在牛桩上,反刍着草末,两只耳朵不停地扇动着。

老文圣弯下腰身,解开牛绳握在手里,小趴角站了起来。小趴角全身的毛黑油油的,两只角弯弯的,向下趴着,村里的人叫它小趴角。它硕大的眼睛望着眼前这三个人,然后,喷了一下鼻气,跟着老文圣走了。小趴角的四条腿像四只墩子,甩着尾巴跟在老文圣的后面。

虽然，父亲他们对小趴角并不陌生，但从没有像今天这样对它有感情。从此，小趴角就是这三户人家的私有财产了，也是最大的财产。也可以说，是小趴角把这三户人家捆绑到了一起。

牛拉到老文圣家，老文圣在家里的屋角收拾了一个干净的地方，把小趴角拴好，小趴角站着，吃了一口干爽的稻草，尾巴不停地甩来甩去。

三个人站在牛跟前，议论着。

父亲说："小趴角能干，架子好，我们喂一冬，膘就能拉起来了，犁我们三家的地是没问题的。"

老文圣说："小趴角用好了，比大牯牛强。小趴角的父亲我用过哩，那头大牯牛一身膘，犁田耕地有劲聪明，犁田时，只要鞭子一扬，就呼呼地跑，人跟在后面都要小跑，不像别的牛，还要人在后面帮着用力，小趴角也差不到哪去。"老文圣说话喉咙大，边说边用手拍拍小趴角，小趴角抖动着肌肉，原地转了一下身子。

小叔站在小趴角的前面，抓住牛鼻子上的绳子，小趴角老实地扬起头来。小叔用手扒开小趴角的嘴唇，露出里面一排雪白的大牙齿来。小叔说："小趴角正青年哩，是头好牛。"我父亲和老文圣上前看了看，果然不错，牙口好就能长身子。

几个人高兴地欣赏完小趴角要回去，老文圣的老伴已做好了饭，出来说："你们不要回去了，就在这吃点吧，今天我们三家得牛了，也是一件大事啊。"

说着，老伴已把菜端上了桌子，老文圣也把长条板凳摆放好，父亲和小叔也不好走了。父亲说我去打斤酒来，老文圣拉着不让去，说家里有，但没拉住父亲。

村子里就有代销店，代销店也没有高大的店面，就是土墙上的窗口，里面卖些简单的生活日用品。父亲买了一斤老白干，拿着回来，三个人喝了起来。三个人一边喝着酒，一边大声地说笑着。虽然我家已与小叔家有了隔阂，但父亲在大场面上，还是团结小叔，不想让别人看笑话。但在喝酒的这件事上，乡下有乡下的规矩，一般是小辈敬长辈，小弟敬兄长。酒已喝到半瓶了，小叔还没有敬父亲，父亲也端着架子。老文圣看出些端倪，小叔又要敬他酒时，老文圣说："你敬你哥一杯酒，你小些，以后我们就用一头牛了，要团结。"

父亲和小叔好久没有坐在一起吃过饭了，两个人的心里都拧着疙瘩。小叔无奈地端起杯子，举到父亲的面前，说："我敬你一杯酒。"

父亲端起杯子，一掀而尽，虽然小叔敬了父亲一杯酒，但父亲心里明白，他一声哥都没有叫，这杯酒喝得勉强。

2

生产队分开后的第一个秋季到了。

从岗上的高处瞭望，稻子熟透了，一畦畦的稻田，柔软而金黄，村庄掩映在绿树丛中，不留一丝痕迹。

风在树冠里拧来拧去，像妇人洗涤衣服的手，要从中拧出多余的水来。

河面平静，经过一天阳光的照射，散发着氤氲的水汽，阳光在水面上跳动着，像在跳方格子游戏的小女孩的脚，轻巧快捷。

一头老牛在悠闲地吃草，它黑黝黝的皮毛上，还粘着黄黄的一块泥巴，使人感到生活的艰辛。

紧接着，秋季的忙碌就开始了。

秋季要忙很长一段时间，一方面要把成熟的庄稼从地里收回来，一方面要把过冬的庄稼种进田里，不能耽误了季节。

小趴角这时派上了用场。三户人家都想尽快地把地耕出来,但大家有约定,每家用两天,再转下一家。

天刚蒙蒙亮,小趴角就被老文圣拉下地了,老文圣扛着犁,小趴角跟在身后。下到地里,老文圣把犁放下来,把轭头套在小趴角的脖子上,就开始犁地了。小趴角往前一挣,套在脖子上的绳子就绷紧了,小趴角一迈步,犁就跟在后面往前直奔。老文圣扶着犁,吆喝着。小趴角在前面吐着粗气,老文圣打着赤脚,跟在后面,翻过来的泥土,散发着新鲜的气息,脚走在耕出来的泥沟里,油光光的舒适。天先是黑的,一个人和一头牛就这样在田地间寂寞地劳作着。村子里响起了鸡鸣声,慢慢地东方的天空有了一片白,可以看见稍远一点的地方了。又过一会,天就大亮了,像一幅巨幅的大幕被拉开了,天地间一片清澈,不远处的几棵树站在地头,浓郁的树冠紧挨着,像两个喁喁私语的人影。田埂上,到处都开满了花,红的黄的,朵的碎的,绿草顶着露水,湿漉漉的。一群鸟就在身边不断地起落,寻找犁出来的虫子吃。附近也有几个犁田的人,他们也一样跟在牛的后面。老文圣高兴时,就喜欢扯起嗓子唱几句,也没有什么旋律,只是信口喊,但抑扬顿挫,响彻云霄,为的是驱赶寂寞,也给牛提精神。待到太阳出来时,老文圣已把几亩地犁下来了。

老伴送早饭来了,早饭是蛋炒饭,犁田的人辛苦,要补补身子。老文圣把鞭子插在地里,把轭头从小趴角的脖子上卸下来,让它在田埂上吃草,自己坐下来吃老伴送来的热饭。小趴角甩着尾巴,用长长的舌头在田埂上卷着鲜嫩的青草,两只耳朵不停地扇动着。小趴角吃草和老文圣在田埂上吃着蛋炒饭一样的喷香,牛和人都愉快,都在劳作之后得到了片刻的歇息。

两天之后,小趴角轮到小叔家犁地。

小叔是一个急性子的人,一块田犁下来,小叔心急火燎起来,嫌小趴角慢了,一鞭子就抽了过去,小趴角抽搐了一下身子,朝前奔走起来。

小叔在后面不断地吆喝着，没走几步就用鞭子在小趴角的屁股上抽一下。小趴角的鼻子被牛绳紧拉着，脖子不由得朝后弯曲着，小趴角看到的是一位气势汹汹的男人。不一会儿，小趴角的屁股已满是鞭印。

小趴角夹紧了尾巴呼哧呼哧地在水田里奋力地奔走着，一圈又一圈，眼睛里满是鞭影，耳朵里满是斥责声。

有几次，小趴角痛得跳了起来，小叔紧拉着缰绳，背上的套子紧扣着它，它只能向前。

又过了两天，小趴角轮到我家用，父亲看到小叔在地里犁田，就过来牵。

父亲到小叔地头来牵牛还有一个意思，就是想让小叔教他犁田。父亲在生产队里当会计，没有犁过田，现在分开单干了，必须要自己犁田了，小叔也知道父亲不会犁田。

小叔见父亲来了，把轭头卸了下来，把牛绳往牛背上一搭，提着鞋就走开了。父亲见了，赶紧上去，把牛绳抓在手中，到了喉咙的话又咽了下去。

父亲很生气，这不是在拿我的劲吗，地球离开谁不转。父亲拉着小趴角沉重地往自家的地里走，到了地头，看到小趴角疲惫不堪的样子，父亲就不忍心把轭头往它的身上架了。小叔用牛也太不爱惜牛了，它虽然是一个畜生不会说话，但它什么都懂。父亲就开始放牛，把牛拉到河坡上吃草。小趴角贪婪地啃着坡地上茂盛的野草，它好像刚从恶魔的利爪下逃出了性命似的，快乐地甩着尾巴。父亲又让小趴角去塘里打汪，小趴角硕大的背浸在水里，只露出一个头在水里摆来摆去，两只大耳朵不停地扇动着。水面上漂着一片水草，小趴角咬着吃了几口，有一只水鸟竟站到了它的角上，小趴角一动，水鸟又扑棱翅膀飞走了。父亲蹲在水边，手里握着牛绳，看着小趴角在水里快乐地玩耍。

放了一天的牛，小趴角歇息得差不多了，恢复了劲头。第二天，父亲拉着它下地。父亲没有犁过地，父亲扶着犁跟在小趴角的身后慢慢地走着，田犁直的很容易，但每犁到地头拐弯时，父亲就犁不过来。小趴角似乎也很纳闷怎么配合父亲就是不行，半天下来，田犁得乱七八糟，父亲已急得满脸汗水。

父亲没注意到，田头有一个人正在看着他，他是父亲的好朋友，长彩。

长彩犁了几十年的田，犁田技术娴熟。他是下地路过这儿，看到父亲每次犁到头拐弯时，都是拐直弯，这样，地就没办法犁好。长彩观察了一会，待父亲又犁到跟前时，他把父亲喊停了下来。

父亲一看长彩站在田头，把牛停下来，擦了一把汗，不好意思地笑了，说："长彩大哥，这个弯我怎么犁不好呢？"

长彩把裤子挽起来，赤脚下到地里，接过父亲的犁，边犁边给父亲讲解："直犁，人扶着犁往前走就行了。这样犁田，牛不累，人也不累，还出活。"

犁到地头要拐弯了，长彩让牛一直往前走，越过田埂了，然后把牛绳拉了一下，牛顺从地拐过弯来，一道圆弧的地就犁出来了。长彩说："犁田的最大诀窍就是犁到地头的拐弯，弯要拐得大，这样才圆。拐弯时，要让牛上到田埂上，才能拐过来。"

父亲在长彩的手把手教导下，两架田犁下来，父亲就会了。父亲那双大手稳稳地扶着犁，步子跟在后面迈得十分稳健。小趴角走在前面，也轻松起来。

母亲来送饭了，母亲炒了一碗蛋炒饭，用布兜子提着，口袋里装着一把生花生，因为父亲胃酸，吃生花生能压住。母亲来到地头，把布兜子放在一丛野菊花上，把口袋里的生花生掏出来，放在旁边的草皮上。母亲看到父亲的脸膛被晒得黑里透红，裤脚卷得高高的，大滴大滴的汗珠正在往下淌。泥土从犁铧上向一边翻过去,犁铧闪亮,新翻的泥土犹如一条黑色的腰带,向前伸展开去。

父亲犁到母亲的跟前,让牛停了下来。坐在田埂上,用衣袖擦了一下脸,然后大口大口地吃母亲送来的早饭。吃完碗里的饭,父亲开始剥花生吃,父亲看着犁过的地里,泥块黑油油地翻卷着,父亲的心里长长地舒了一口气,那些翻开的泥土就是对他的一种奖赏。

3

小趴角是三户人家轮换着饲养,根据人口计算饲养天数,我家是七口人,每次饲养半个月。

村子里,别人家放牛总是骑着牛下地,父亲放牛总是舍不得骑着小趴角。牛是不会说话的牲口,忙时就够它累的了,闲时,不能还累着它。

小趴角每次吃得肚子鼓鼓的,摇着尾巴从地里回来,父亲戴着一顶破了边的草帽,在后面赶着。两个人走在田野上,身影倒映在田地里,就是一幅田园牧归图。

父亲把小趴角拴在门口的大椿树下,大椿树的皮,被小趴角蹭痒蹭得光滑滑的。小趴角蹭完痒就在荫凉下卧着,像一块巨大的石头,黑黝黝的,一动不动,走到跟前才能听到它的喘气声。

小趴角每次能屙下一大摊子牛屎,这牛屎在农家是宝贵的燃料。过去在生产队时,牛屎都是用来分的,队里按人口,划分大大小小的牛屎堆,各家挑选了挑回家去。现在,小趴角在谁家饲养,按规矩牛屎就属于谁家的了,也用不着分了。

几天后,便积下了一堆牛屎,母亲便开始做牛屎饼子。

母亲挽起袖子,把宽大的手插进牛屎里,用手把牛屎搅匀,一股草的青气味和屎的腥臭味扑面而来,这种气味母亲是熟悉的。母亲扭了一下头继续搅拌着，感到牛屎有了韧性，然后捧起一捧，在手里团成球状，往墙上一贴，牛屎被摊成圆圆的形状，紧紧地粘在土墙上。

母亲认真地做着这一切，她从牛屎饼子里，闻到的是一股饭菜香味。一位农民，不能到处闻到的都是臭味，他们必须要把一切劳动和吃饭联系起来，一切劳动只要能使肚子吃饱，这个劳动就是值得的，就是干净的，这是做一个农民的基本素养。母亲认真地贴着牛屎饼子，把牛屎饼子贴得圆圆的，饱满的，像在做一件工艺品。有时从手中掉下一块牛屎，母亲又弯腰把它拾起来，不舍得浪费一点。

母亲就这样一个一个地贴着，向阳的土墙上，整齐地排列着一片牛屎饼子。每个牛屎饼子上面，都烙有母亲五个清晰的手指印子，手指骨节凹的地方，在牛屎饼子上就凸起来，手指肚凸起来的地方，在牛屎饼子上就凹进去，每个牛屎饼子就是母亲的一个手掌图。

牛屎饼子经过几个太阳一晒，就干了，用锹一铲，就掉下来了，墙上就有一个圆圆的印子。

牛屎饼子烧锅是个好材料，架在灶膛里，一拉风箱，在风的鼓吹下，熊熊地燃烧，烟少，火焰足，做出的饭香。

这几天，小趴角在大椿树下又屙了一摊牛屎，母亲忙着地里的活，没有时间来做牛屎饼子，就把牛屎用锹铲了，堆在一起，准备闲下来时再做。

中午，母亲从地里回来，却意外地发现，大椿树下的牛屎不见了。

母亲瞅瞅四周，仍是空荡荡的，阳光照着地面，平坦的地面上发着白色的光芒，远处有几只鸡在低着头觅食，有几只花母鸡卧在地上，一动不动。

母亲先是惊愕了一下，接着，就觉得胸口闷得透不过气来，谁把这牛屎偷走了?

母亲开始张开喉咙吆喊:"哪个把我家的牛屎偷走了?"

母亲的声音在中午的时光里十分急促响亮,穿透了乡村的茫然和空荡。

母亲很希望有一个人站出来承认一下,说一声也就算了。

母亲喊了半天,没有一个人出来承认,母亲又急又气,开始骂了起来。

这时小叔从家里冲了出来,小叔手里拿着一根长长的棍子,眼里露着凶恶的光,一边奔过来,一边大声地说:"就是我挖的,你能怎么样。我让你骂!"

母亲看到小叔来了,知道来者不善,母亲刚想分辩一下。小叔手中的棍子劈头就朝母亲打了过来,母亲的头本能地歪了一下,棍子打在了母亲的肩膀上,咔嚓一下,从中间断成两截,剧烈的疼痛使母亲捂着肩膀蹲下身去。母亲感到委屈,她从来没有被人打过。

小叔拎着断了的棍子,还要上前来再打母亲,母亲强忍着疼痛,咬紧牙关站了起来。母亲的脸上满是泪水,两只眼睛里放射着怒火,脸上的肌肉是紧拧着的。母亲嘴唇抖动着说:"你这个杂种,你黑了良心。你……你……"母亲说不下去了,又一阵疼痛袭来,她摇晃了一下,又站直了身体。

小叔扬起断了的棍子,朝母亲的腿上又狠狠地击了一下。嘴里骂道:"你们都不是好东西,今天就要打好你。"

母亲一个趔趄,上前死死地抓住他手中的棍子,母亲说:"你这个白眼狼,我会看到你的,我会看到你的。"

母亲说这句话时,也莫名其妙,她也不知道能看到小叔什么,但母亲的心里肯定是想说,会看到小叔以后的下场。

小叔丢下手里的棍子,愤愤地回家去了。

这个中午的阳光,永远地烙在了母亲的记忆里,原先的阳光是晴朗而明亮，没有一丝阴影。后来，这个中午的阳光里，到处都隐藏着阴险，那些暗处是一个个陷阱，让人稍有不慎就会落入其中。在母亲的记忆里，那天她的目光穿透了一切浑浊和虚无，阳光变得陌生。

父亲从地里回来，母亲已睡在家里的床上了，疼痛难忍。母亲想，自从父亲辞了公职，她和父亲回到这个艰难的家庭，一手把这个家庭从崩溃中拯救出来，然后，给小叔结婚学手艺，他应当要报恩都来不及，现在为何对她下如此的毒手？母亲想不通。这些年的岁月在母亲的脑子里一遍遍地放过，泪水把枕头都洇湿了。

父亲进屋把农具往墙壁一靠，就在找母亲。过去这个时候，母亲应当在家里喂猪烧饭的，现在，家里冷冰冰的，猪在圈里嚎叫，父亲就有点生气了。

父亲一脚跨进卧室，躺在床上的母亲，看到父亲的身影哇的一声大哭起来。这是她被小叔打过之后，第一声大哭。母亲的哭和过去不一样，哭声里带着哽咽，带着怨言。父亲忙问是怎么回事，母亲便断断续续地把过程和父亲说了。父亲暴跳如雷，从家里像一股旋风旋出了门，他要去找小叔算账。

父亲刚到小叔家门口，小叔就出来了，站在家门口望着父亲。

父亲手指着小叔问："你为什么要打她！"

父亲一愤怒，声音就沙哑，心中的怒火在喉咙中积压着，千军万马奔拥不出来。

小叔没有作声，仍然站立着。

父亲几步上前就要打小叔的耳光，小叔扭了一下脖子，用手紧紧地握着父亲的手腕，父亲用力一甩，但没有甩掉，父亲伸出另一只手就要抽他的耳光，但也迅速地被小叔接住了。父亲的脸孔气得变了形，父亲知道，现在的弟弟已不是以往的弟弟了，他的身上更积攒着一股蛮力，自己已对付不了他了。

父亲的面孔气得变了形，血往脑门上涌，脸变得紫红的，沙哑着嗓子呵斥："放开！放开！"

小叔松开了手，父亲抽回了手臂，父亲还要上去打他，但他知道，如果他动手了，小叔肯定会打他，现在在弟弟的眼里，他已不再是兄长了。

父亲指着他问："你为什么打她？我饶不了你！"

小叔看着父亲说："你不是有四个儿子吗？让他们都来。"

父亲气得要吐血，大声地说："我养了四个儿子，是为了和你打架的吗！你这个畜生。"

小叔说："他们来一个，我打一个。"

父亲说："你这个白眼狼。"

父亲想和他拼了，但他找不到拼命的办法，他急得团团转，邻居们听到吵架声，赶了过来，拉开了父亲。

父亲回到家里，坐在凳子上，长一声短一声地叹气，一个男人不能抵抗外力的侵犯是最大的耻辱，父亲直骂自己没用。

母亲起了床，看到父亲这个样子，忍不住地劝道："别气了，人家现在长本事了。"

父亲站起来，砰地砸了一下桌面，说："我和他不是一个娘养的。"这等于是在骂娘了。这句话，以后成了父亲处理与小叔关系的标准。

被打后，母亲的一条腿肿得像面包，不能走路。一只胳膊抬不起来，肩膀处乌黑的。母亲认为自己可能残废了。半个月后，肿才慢慢消下去，母亲才能下地干一些轻的农活。

4

秋季就在父母的忙碌中结束了，田地都种上了庄稼，没有因为单干而耽误，时间进入了深秋。

深秋的天，开始阴雨起来。早晨的风带着潮湿，细小的雨丝打在裸露的皮肤上，有着点点的冰凉，赤脚走在乡间的田埂上，感到冰冷在土地里一层层的累积，偶尔有长老了的茅草尖戳到脚板，冷冷的生痛，如果再下几场雨，就不能赤脚了，穿着打了补丁的胶鞋下地，就有了许多不利索。陈旧的胶鞋也不结实，偶尔一用力，就会被撑破了，泥泞从口子里渗进来了黏着脚，里面的温暖被浸得不剩一丝，十分难受，还不如不穿。

田野上有行走的人，打着一把黑雨伞，踽踽独行的身影像一只大的黑蘑菇，田野在背后变得更加广阔。

母亲算过了，冬天小趴角肯定要带料，带料就是喂黄豆。家里就在塘埂上开荒种了一畦豆子，其他都种粮食了。过年还要磨点豆腐，牛要吃，人要吃，那点黄豆肯定不够用。母亲决定下地去拾豆子。

收割完后的豆地，免不了要遗落一些豆子，但豆子是黄颜色的，落在地里不容易发现，落雨后，豆子上的灰土被洗掉，就容易看见了。

母亲披着一块塑料皮，在颈子处用绳子系一下，挎着篮子就下地去了。在豆地里弯着腰低着头瞅，有时，翻开豆叶子，在下面藏着一把遗漏的豆荚。有时，会发现几粒圆圆的豆粒失落在地上，像是在等着母亲的到来，母亲满心欢喜地把它们捡起来。母亲翻了一个田地又一个田地，中午也不回来吃饭，吃自带的干粮。晚上回来，往往能拾几斤豆子，母亲把豆子在塘里淘洗干净，放到屋里晾着，天晴时再端出去晒。

地里割过的豆茬十分坚硬锋利，有一天，母亲不小心跌倒了，双手撑在地上，瞬间被豆茬戳得鲜血直流，疼痛使母亲用另一只手紧攥着受伤的这只手。母亲一屁股坐在田埂上，沮丧和疼痛让她抽泣起来，这个苦日子啥时是个头？母亲仰望天空，天空阴沉沉的，大块的乌云在快速地移动，风吹在母亲沧桑的脸上，吹干了她眼角的泪水。待疼痛稍好些，母亲弯下腰，把撒了的豆子又一粒粒地拾进篮子里，许多豆子都染了母亲的鲜血。

一个秋天拾下来，母亲的脸和手都皲裂了，伸出来的手满是口子，这个秋天母亲拾了几十斤豆子。

冬天就要来了，这个季节，叫冬闲。小趴角经过一个秋天的使用，已瘦了一圈，三户人家研究决定，给小趴角带料。

小趴角在老文圣家、小叔家，就这样带料喂过来了，小趴角轮到我家饲养了。

前一天晚上，父亲先是把黄豆用水淘洗一遍，然后放到水里泡，第二天早晨，豆子就膨胀了，这时牛才能吃动。

父亲端着一个小板凳，坐在小趴角前，一个一个包子喂。平时，把干的稻草放到牛头前，让牛自己吃就行了。带料就要用人工喂，父亲用手把长长的稻草捋顺，两头一弯，中间有一个窝，把泡好的黄豆抓一把放在里面，然后两头再弯一下，包起来，这叫包包子。小趴角知道人喂它的是好东西，嘴一张，舌头一卷，包子就吃了进去，开始慢慢地咀嚼，待咀嚼完了，再喂进去一个。小趴角甩着尾巴，扇着耳朵，快乐地吃着。小趴角知道这包子不同于往日的草，里面有好吃的东西。有时肥厚的舌头就迫切地卷到了父亲的手，湿湿的温馨的，父亲忍不住地用手拍拍它的头，说："好好吃啊，春天好有劲干活啊。"

这天，小叔找到老文圣，对老文圣说："牛放在他家喂不放心，他家人口多，生活枯，收那点豆子能舍得给小趴角带料吗？"

老文圣把手拢在袖口里，这个事情他还没想过，说："不会吧？"

小叔见老文圣不相信自己，不屑地说："如果他们不喂，光靠我们两家带料，也看不出来的。你总不能把牛进出他家的门，用秤称一下吧。"

小叔说话快，点子多，眼睛不停地眨动。老文圣问："那你说怎么办呢？"

小叔说："我们从他家把黄豆称出来，泡好后，每天发给他家，让他们去喂。"

老文圣说："这样好，你去说吧。"

小叔急了，说："我不能去说，我去说面子不难看吗？我们毕竟是兄弟，你去最好。"

老文圣说："我去也不合适，这薄情的事，我们两个人一起去吧。"

小叔没有办法，只好同意了。

小叔和老文圣从大路上朝我家走来，老文圣走在前头，小叔跟在后头。老文圣的个头高些，小叔的个头矮些，老文圣的身影常把小叔的身影给挡住了，然后又晃出来。两个人都没有说话，但肚子里都在想着话。

父亲老远就看到他们来了，两个人一起来，还是不多见，特别是小叔，已很长时间没有来过了，这次还亲自来登门，父亲觉得不寻常。

两人走到门口站了下来，父亲向他们打着招呼。两个人走进屋，看到小趴角睡在屋角嘴里在缓慢地反刍着。小叔走到跟前，踢了小趴角一下，小趴角慢慢地站了起来。老文圣抚着牛说："经过这段时间带料，小趴角壮多了。"老文圣望望父亲又说，"带料不能停了，人不吃,都要让牛吃,牛是大牲口,十个劳力抵挡不过一头牛哩。"

老文圣慢慢把话往豆子上引,小叔故意干咳了几下,说:"今年家家豆子都不多,人要吃,牛要吃,怎么才能保证牛吃到呢?"小叔的意思是让老文圣直说称豆子的事。

小叔的话一出口,父亲就猜到其中的意思。父亲开始厌烦起来,父亲经常说小叔一肚子都是点子,但就是没用在正道上,如果能用在正道早就升官发财了。

老文圣对父亲说:"我就直说了,你家困难些,我们怕你家舍不得给牛带料,我们算了一下,你把小趴角要吃的豆子称给我们,我们带回家去,每天把小趴角要吃的豆子泡好,你去讨,这样就放心了。"

父亲一听就火冒三丈,你这不是看不起人吗!他觉得这是在对自己的侮辱。

父亲睥睨着眼睛,望着他们说:"这个主意是谁想出来的呢?你们家带料时,也没把豆子称出来,怎么我家就要称出来。我还怀疑你们可给小趴角带料了呢?"

小叔没有说话,他低着头用鞋在地上搓着一块坷垃,老文圣被父亲问得理亏,他也不好供出小叔。老文圣说:"不是我们小心眼,我们都想着小趴角好,小趴角也不是哪一家的事,你不要多想。"

母亲这时从塘里洗衣回来,她看到三个人在家里叽叽哇哇的,放下篮子听了两句,知道了眉目,母亲气得浑身打颤。把喂小趴角的盆端过来,盆里还有几粒泡过的豆子。母亲把盆往他的脚前一摔,盆哐当了一声。母亲说:"你看看,我家可泡豆子了。"

老文圣朝后退了两步,小叔朝前进了两步,小叔说:"今天来就是称豆子的。"

父亲一气就说不出话来,父亲上来就要揪小叔,老文圣眉头紧皱,拦住父亲,说:"不要打不要打,有话好商量。"

小叔在后面扭动着身子,嗓门粗大地说:"你家人都没有吃的了,还能舍得给牛吃?"

父亲哑着嗓子,话也说不成句了,父亲气急败坏地指着他说:"我俩不是一个娘养的。"

老文圣没想到父亲会这样说小叔,惊讶了一下,怕把事情闹大了,不可收场,就对小叔说:"我们走吧。"

小叔拧着身子,老文圣使劲拽了他一下,小叔不情愿地走了。母亲说:"你们别走,我把黄豆称给你们。"

两人站住了,老文圣怕小叔子和父亲打起来,就让他回去。老文圣走过来,母亲问:"我家摊半个月,要多少斤黄豆?"

老文圣说:"三十斤就够了,我回家每天泡好。"

母亲称了三十斤黄豆,提了过来,递给了老文圣,老文圣说:"早这样,还吵啥。"

母亲生气地说:"你泡好了,我不喂,烊烊吃了,你也看不见哟。"

母亲这一说,老文圣愣了一下。

母亲说:"天地有眼睛,各凭各良心,不要不相信人。"

转眼,春节快到了,家里的黄豆也不多了,母亲说,不磨豆腐了,剩下的黄豆就留给小趴角吃吧。磨豆腐可是我们这儿过年的主要菜肴,豆腐可以做圆子,可以烧鱼,可以油炸,但这年春节,我们家第一次没吃到豆腐。

春节到了,父亲最拿手的好戏,是给村里人写对联,满村的人都拿着红纸来求父亲,年年如此,但父亲分文不收。父亲把写好的春联放在屋里晾着,家里的桌子上、床上、麻袋上到处都是红彤彤的对联,简陋的家里充满了喜庆。

除夕这天,父亲把小趴角睡觉的地方,打扫干净,写了一副对联,贴在小趴角弯弯的角上:耕牛农家宝,定要照顾好。红红的对联，使小趴角有了神气。

晚上，吃年夜饭了，村子里响起一片爆竹声。父亲打开屋门放了几个爆竹，爆竹在漆黑的夜晚，闪着火光炸响，声音清脆而喜庆。回家关上门，家里的桌上已上好了菜，就等父亲上桌，就可以吃了。但父亲迟迟不来，父亲在牛头前的墙缝上烧了一支香。父亲给小趴角包了几个包子，喂着小趴角。父亲对它说："小趴角，我的儿哟，今天过年，你也要过年啊。"又说，"菩萨保佑小趴角，明年春天就指望小趴角了。"父亲喃喃自语着。小趴角望着父亲，一动不动，似乎听懂了。

5

经过一个冬天的带料，小趴角长得膘肥体壮的，从屋里拉出来，小趴角站在阳光下，像一座黑塔。

春季牛市行情也大涨，一天，老文圣来和父亲商量，要把小趴角卖掉。老文圣坐在桌子前，硕大的手掌伸开在面前，他给父亲算了一笔账，小趴角能卖个好价钱，再买一头新牛，每家还能分点钱。如果把小趴角留在家里，三家用起来太浪费了。闲下来，别人要来借牛用，你说借不借。借了舍不得，不借得罪人。我家与小叔家有了矛盾后，老文圣在中间就有话语权了。

父亲坐在桌子的另一边，被他算得头晕，但要卖了小趴角，还是舍不得，说："养头好牛不容易，再买要是买走眼了，可就麻烦了。"

老文圣说话，唾沫飞溅，他把硕大的手掌放下来，拍着桌面说："我用了一辈子的牛，瞄一眼就知道哪头牛的好坏，还能看走眼？"

父亲显得十分烦躁，他的眼睛望着门外，脑子里混乱得很，说:"牛可不是小东西,要是耽误了,一季的庄稼就没法安了。"

老文圣说:"你放心,种田也不是你一家,我们都要种的。"

父亲问:"跟我弟说了?"

老文圣说:"说了。"

第二天逢集,老文圣就来拉牛了,小趴角还在屋角睡着,老文圣解开牛绳,小趴角站起身来,老文圣和父亲拉着牛出门了。

老文圣在前面走,父亲在后面赶着牛。小趴角甩着尾巴,悠然自得的样子,它浑然不知主人已要卖它了。父亲对小趴角是有感情的,现在去卖它,父亲还是有点舍不得。

父亲用手拍着小趴角的屁股,小趴角屁股的肉厚厚的,光滑滑的。

春天的早晨,阳光照在青绿的田野上,宁静中包裹着一片热烈,迎向东边的叶子,都泛着一层明亮的光。田埂上,青草茂盛,小趴角走着走着,就会停下来,在田埂上啃上几口。小趴角厚厚的嘴唇贴着地面的青草,发出呼哧呼哧的啃食声音。老文圣拽了一下手中的绳子,小趴角抬起头来跟着他走,嘴边还挂着草叶。

父亲说:"让它吃两口吧。"

老文圣说:"赶集要早,去晚了,卖不上价。"

两人正走着,身后传来小叔的喊声:"站住,站住!你们站住!"

两人停了下来,小叔气喘吁吁地追了过来,一把抢过牛绳,说:"这牛不能卖!"

老文圣瞪大了眼睛说:"不是和你商量好的吗?怎么一觉睡又变了。"

父亲看着小叔慌张的样子,也吃了一惊。

小叔说:"这牛我吃了!"(吃:方言,买)

老文圣说:"这牛你吃了?你有这些钱?"

小叔说:"我攒锅卖铁凑钱,你们不用问,反正卖给别人也是卖,我买就不行了?"

老文圣说:"那你怎么吃?"

小叔说:"我们把牛拉到集上,作个价,人家给多少,我给多少。"

小叔这样说,也符合道理,老文圣想了想说:"我同意,就拉到集上作个价吧。"

老文圣看了一眼父亲,父亲拿不定主意了,因为前面有老文圣的交底,也就同意了。

老文圣对小叔说:"你要吃就给你吧,但不能欠账,我们也等着钱买牛。"然后,又对父亲说,"到时我们两家买一头牛,让他一个人去养吧。"

三个人拉着小趴角默默地走在春天的田野上,小趴角仍然摇着尾巴,像什么事也没有发生一样。

集市上人群拥挤,像一只大风箱,哄哄的。卖牲口的地方,东一个西一个拴着牛,有的牛站着,在反刍,有的牛卧着,望着来来往往的人。牛行的人,手里拿着一根棍走来走去的,对每头牛指指点点,后面跟着几个买牛的人。小趴角一拉进来,马上吸引了大家的目光,几个人围了上来,打听价钱,老文圣说:"这牛已卖了。"买牛的人咝咝地吸着气,说:"好牛好牛!"然后用手拍着牛屁股,小趴角不耐烦地转动着身子。

牛行来出了价钱,三个人都很满意。

牛又从集上拉回来了,但直接拉去了小叔家,父亲回家看着屋里小趴角卧着的地方,心里总不是滋味。父亲蹲下身去,慢慢地收拾,墙壁上还有小趴角蹭痒的痕迹。

第二天,老文圣送钱来了。老文圣的手里握着一把杂乱的钞票,把钱往父亲的面前一递说:"这是卖牛的钱,摊你的全在这里,你数数。"

父亲没有接钱,说:"我们不是还要买牛吗?这钱分了,还怎么买?"

老文圣说:"暂且不买,买时再喊你。"

父亲接了钱,装进了口袋里。

不久,一个惊人的消息就传到父亲的耳朵里,老文圣和小叔伙小趴角了,这样父亲就永远地被排除在外了。

父亲仔细地回忆着卖牛的经过,小叔气喘吁吁地追过来的一幕又浮现在他的眼前,父亲这才知道上当了。

父亲气得在家睡了一天觉,本来他想兄弟俩在一起好对付老文圣一个人,现在却被小叔暗算了。第二天吃过早饭,他决定去找小叔,问问他长的什么心。

父亲黑着脸,来到小叔家门口,小叔知道父亲来为啥事了,就转身要往厨房去,支使小婶迎上前来。这是小叔的一贯风格,家里有了事,都让女人上前,好男不跟女斗,女人往往能占上风。

小婶迎上来了,说:"哎,你来有啥事吗?"

父亲不想跟一个女人斗嘴,父亲说:"我找他。"父亲本来想说找弟弟,但话到嘴边又不想说了,他觉得弟弟这个词张不开口。

小叔眼不停地眨动着,说:"找我?"

父亲说:"你私下和老文圣把小趴角吃了,把我瞒在鼓里,还是人吗?"

小叔说:"我没有瞒你啊,我先吃的小趴角啊,钱你不也拿到了吗?"

父亲说:"这是你们下的套子啊!你欺负谁都行,你不能欺负我啊。"

小叔的眼睛瞪得圆圆的,咬着牙说:"我怎么欺负你了?"

父亲怨恨地说:"我俩一个娘生的,娘还没死,你就绝情了。"

小叔大声地说:"你不要在我家门口说废话,不要说小趴角,就是老趴角你也只能望望了。"

小婶叉着腰,气势汹汹地说:"就是欺负你了,你又能怎样。"

父亲的眼里,他已不再是自己的弟弟,而是一个恶魔,他面孔邪恶,眼睛睥睨。父亲说着眼就红了,门的旁边有一把铁锹,父亲真想拿起来朝他铲去,和他拼了。

母亲知道父亲来找小叔了,从家里赶来。父亲正在和小叔吵架,母亲把父亲拉开,劝父亲回去,既然小趴角已被他们吃下了,再吵也没用了,随他去吧,天无绝人之路。

父亲跟着母亲怏怏地回家去了。

6

小趴角被吃去了,家里没有牛用,地就种不下去,父母为此焦急着。

村里的从魁,一个人独养了一条牛,牛的名字叫黑牯。母亲就想到了他,和父亲商量和他家伙牛如何?

母亲和父亲偷偷去打量了从魁家的牛。

从魁两口做事慢,犁一块田都要做几天,牛就拴在家门口。这是一头老牛,从魁没有工夫放,家里的稻草也跟不上牛吃,牛瘦得像干柴,腹部都露出根根肋条来。父亲抚了一下老牛的身子,老牛虽然瘦弱,但反应灵活,如果能带料,这牛能喂出来,不耽误干活。

第二天,从魁夫妻俩从地里干活回来,父亲就来到他家。

从魁的家住在村头一个水沟边,水沟像一条弧形,上面长满了杂树,几只鸟在树上像小孩学舌似的叫个不停,水沟把他家的土房子围在中间,土房有些年头了,屋顶上的草都塌塌的黑漆漆的,门头低矮,高个子的父亲走进时,还要弯一下腰。

从魁家很少有人上门，父亲的到来，让从魁感到有些惊喜，他站在父亲的面前嘿嘿地笑着。

　　父亲也没底气，也是嘿嘿地笑着，一时，两人站着都有了尴尬。过了一会，还是父亲鼓起劲说起了伙牛的事，父亲说得很是自卑，没有信心。自己原是一个有牛的人，却被兄弟用计拆了，这无论怎么说，面子上都过不去。

　　父亲说完，掏了一支烟递给从魁，父亲不吸烟，父亲知道从魁也不吸烟，但他还是精心准备了这盒烟，想在关键的时候递上，起到传递情感的作用。从魁果然挥着手说，不吸。父亲觉得这是在拒绝他了，这接不接是一个态度。父亲自己点燃了一支开始吸起来，失望的心情在眼前的烟雾中弥漫。父亲不会吸烟，一支没吸完，就觉得嘴里是苦涩的，开始大口大口地吐着唾沫。

　　从魁抬着眼望着屋子，从魁考虑问题时，有抬头望天的习惯，给人目中无人的感觉。从魁说："我们两家伙着也好，我一家用一条牛也浪费了，两家用正好，不浪费。"从魁满口答应，他知道自己忙碌，顾得了地里的，就顾不了家里的，现在，有人来伙牛，正好减轻自己的负担。

　　从魁的话，让父亲喜出望外，父亲立即说："就这样定了吧，我们两家伙一条牛，最适合。"

　　两人说过话后，从魁带着父亲来到黑牤的身旁，黑牤卧在树荫下，警惕地看着父亲。从魁弯下腰拍了拍黑牤的屁股，黑牤站了起来。

　　从魁对父亲说："黑牤的架子有，就是我服侍的功夫没到，黑牤是一条好牛，我用我知道。"

　　父亲说："黑牤是好牛，只要用功夫，是能服侍出来的。"

　　从从魁家出来，父亲的身上攒满了劲，父亲走路快捷了起来，他要把这个好消息告诉母亲，从此，他又是一个有牛的人了。

从魁是个厚道人，两人把牛作了价，父亲找了从魁一半的钱，这牛就有我家一半的股份了。

父亲把从魁找来家吃饭，父亲是一个从供销社辞职回家的人，从魁原来在中学食堂烧锅，后来家里离不了，辞职回来的。两个人在乡亲们的眼里都是不会种地的人。在乡下不会种地的人，是被看不起的，被人排斥的。乡下需要那种粗壮的汉子，父亲和从魁都长得清秀了一些。现在，两个人同病相怜地走到了一起。

两个人喝得多了，从魁比父亲小好多，父亲拍着他的肩膀说："兄弟，我俩好好合作，打个翻身仗。"

从魁说："我应当喊你表叔了，不敢造次。"

父亲说："就是兄弟，比我家的兄弟强多了。"

从魁说："我家这老牛我清楚，我主要是没时间盘它，盘好了，我们两家犁田会犁飞了的。"

父亲说："一个好汉三个帮，三个臭皮匠赛个诸葛亮。牛一定会养起来的。"

有了老黑牯，父母的心又放下了。母亲每天下地，都挎着一个篮子，从地里割一篮青草，放在牛头前，让黑牯吃。时间长了，黑牯已认识母亲了，只要看到母亲老远地走来，它就开始站起身，围着牛桩打圈子。母亲把篮子里的青草一把一把地掏出来，黑牯就迫不及待地伸出舌头卷了一口。

父亲抽空就拉着老黑牯下地去放。牛吃饱了肚子，就卧在地上，黑黑的像一团铁疙瘩。牛不停地咀嚼着，耳朵前后忽悠着。父亲蹲在一边，对牛说："乖乖，我没亏待你啊，你比我儿子还惯啊。""黑牯啊，你好好吃，你要是垮了，我也就垮了。我的宝就押在你的身上了。"一个人和一头牛，有说不完的话。

有了精心的服侍，黑牯的精神面貌焕然一新，身上的膘也慢慢地长出来了。

到了午季，老黑牯已从过去一头瘦弱的牛，变成了一头浑身充满力量的大牯牛。

今天，天气晴朗，父亲心情很好，他决定要试试黑牯。父亲把黑牯拉到地里，来到一条宽阔的坝埂上。父亲朝黑牯的屁股猛地抽了一鞭，黑牯撒开蹄子朝前奔跑起来。父亲握着牛绳跟在后面奔跑着，黑牯黑油油的背像巨大的鲸鱼在海洋里起伏着，十分优美，四只蹄子在地上，发出砰砰的声音。父亲跑得气喘吁吁，喊着"瓦住瓦住"，牛才停下来。父亲知道这牛已不是过去的病牛了，而是一头健壮的牛，力量正埋在它的每一块肌肉里，随时准备爆发。

父亲背着手，拉着老黑牯从村子里走过，老黑牯跟在后面，一步一步稳如泰山。父亲的脸上满是得意，他要让村子里的人看看，我的牛可以耕得动一座山哩。我的牛不是牛，是我的兄弟；我的牛不是牛，是我的荣耀哩。

这年夏天，乡村里到处都在流行偷牛贼的事。说偷牛的人，大多是趁着夜深人静时潜入，为了不惊动村里的狗，偷牛贼一般会预先把看家的狗毒死，然后再潜入拴着牛的院子里，把牛偷走。有的偷牛贼更残忍，他们偷的不是活牛，而是牛肉，他们往往把牛偷了，赶不多远，就把牛就地杀了，大卸八块后，直接拉走销售。

传言使人心惶惶，父亲就把凉床搬出来，和黑牯睡在一起，牛绳就拴在床腿上。

父亲一般睡觉会很沉，现在，只要有一丝风吹草动，父亲就会醒来，看到黑牯还卧在身边咀嚼着，就放下心来继续睡。

由于睡不好觉，第二天起来，父亲的眼睛总是红红的，布满了血丝。

一天早晨，父亲从凉床上下地，脚下的地动了一下，父亲觉得完了，地怎么会动哩，肯定生病了。父亲慢慢站起身踉踉跄跄地走回家，摸到床边，衣服也不脱，就山一样倒在床上，接着就大口大口地呕吐起来。母亲一看就慌了神，找来小医生（赤脚医生），小医生说他受凉了。吊了两天的水，父亲才恢复过来。父亲出门第一步就是走到黑牯面前，他用力地拍了一下黑牯，身子紧紧地倚着黑牯，黑牯一动不动地站着，两个人塑像一般。

7

经过几年的锻炼，父亲已是一个犁地的好手了。父亲熟悉每块地的犁法。岗头上的地是死黄泥，天旱了，板结，下雨多了，一片烂糊黏脚。犁地时，要下点小雨，犁一插进地里，土刚好松软，才好犁，雨下多少为宜，这就要根据经验判断了。南冲的地好犁，南冲是白土田，土细，任何时候犁一插进去，牛背着犁呼呼地往前奔，泥顺着犁铧溜溜地翻下来，一点不滞。水田好犁，一大块田，赶着牛在里面转着犁；旱田难犁，旱田要打成畦，一块田要犁成几个畦，畦的大小，完全根据自己的经验判断。经验丰富的人，站在地头一看心里就有底了，每犁到地头分畦时，就要拖起犁甩一下，人要费劲，牛也费劲。

作为一个农民，还要掌握几种语言与牛交流，这个父亲也学会了，如"切好"就是要牛靠边走，"较好"就是要牛小心点，"瓦住"就是要牛停下来，等等，牛虽然不说话。但这几句话每头牛都听懂的。

这年午季，黑牯在两家的田地里发挥了用武之地，黑牯在地里耕种，奔走如飞。犁在黑牯的背上，不是沉重，而是艺术。父亲犁田也熟练了，每次犁到田头，父亲都会喊一声，"噢——回——来——"同时托起犁头拐弯调头。黑牯听懂父亲的话，就会及时地配合。

黑牯在田地里，把风光占尽。

黑牯的性格奇怪，我们两家人使它，它十分温顺，但生人走近身边，它就会眼睛红红的怕生。

　　有一天，父亲在南冲犁完地，时辰还早，邻居要借黑牯把自己家的一块地耙一下。

　　父亲知道黑牯的脾气，他把黑牯拉到邻居的地里，把牛索套好，把绳子递给邻居，叮嘱他站在后面，不要让黑牯看到了，这样牛认为仍是父亲在使，就会顺服的。

　　邻居站在耙上赶着黑牯干活了，黑牯拖着耙在泥地里呼呼地走着。眼看半块地就耙完了。可是耙的绳子掉了，黑牯停了下来，邻居到黑牯跟前系绳子，黑牯回头一看，不是父亲，背起耙撒腿就跑，邻居摔倒了大叫起来。在旁边干活的父亲赶紧跑过来，大喊一声，黑牯才停下来。

　　父亲大声地呵斥黑牯，黑牯站着一动不动，像一个犯了错的孩子。

　　从此以后，父亲再也不敢把黑牯借给别人使了。

　　有一天中午，父亲从地里耕地回来。父亲进屋把草帽取下，挂到墙上，就叹息了一声，对母亲说："小趴角活不长了。"母亲听了，埋怨父亲瞎讲。父亲说："你不要不信，等着瞧。"

　　父亲给母亲说了这样一件事。

　　我家有一块地和小叔家的地相邻。小叔天不亮就提着马灯，拉着小趴角下地来犁田了，小叔嚎嚎地吆喝着，小趴角背着犁一步一步地奋力向前。小趴角犁完一块地，小叔又换下一块地，直到天色大亮，太阳已在东方的天空升得老高，父亲也拉着黑牯来犁地，小叔还赶着小趴角在哼哼地犁着，田还有一半没有犁。父亲现在已是犁田的老把手了，他看不惯小叔犁田的笨拙。他看到小趴角在田里背着犁显得那么沉重，心里就心疼起小趴角来。

　　小趴角呼哧呼哧地走着，有时打个趔趄，但鞭子已毫不客气地打在它的屁股上,它只好忍着痛,继续往前走。

父亲看到小趴角已瘦下了一圈,每走一步,肚子处的肋骨就梳齿一样呈现。自从小趴角被他们吃去后,父亲就没见过小趴角了。有时,父亲走路遇到小趴角,就会绕着走,他不愿再见到它,引起自己的伤心。

父亲看着小趴角在田里奋力地挣扎,心里便有点酸楚。在小趴角的身上,他付出了多少爱心,现在,却被弄成了这样,它的全身都是泥巴,毛都结成一团一团的了。小趴角拐过弯来,父亲多么想小趴角能认出他来,可小趴角好像不认识父亲了,它在小叔的吆喝下继续耕地。

父亲在田头站了一会儿,黑牯不愿意了,它甩了甩头,打着响鼻。父亲醒了过来,吆喝了一下,黑牯背着犁快速地走了起来。

父亲把地犁完了,小叔的地还没有犁完。

父亲实在看不下去了,父亲说:"你把小趴角拉走吧,我来犁。"

小叔停下来,望着眼前的父亲,他早知道父亲在旁边犁田的,但没想到父亲会来帮他,小叔不知道是同意好,还是拒绝好。

父亲把黑牯赶到了小叔的地里,父亲一扬鞭子,黑牯背着犁呼呼地走起来。

小叔拉着小趴角站在田埂上看着地里的父亲和黑牯,人和牛虎虎生机,小叔犁了一早晨的田,身子也疲惫了,他直了一下腰,觉得无比的舒坦。

父亲一会就把小叔剩下的地犁完了。

父亲把这件事讲给母亲听,母亲听了,也沉默了好久。

父亲说:"点灯要省油,耕田要爱牛,小趴角会累死的。"

母亲说:"牛是种地的哑巴儿子啊,他们怎下得了手。"

午季,乡下一片忙碌,在这万物生长的季节,每一寸光阴都是金贵的,广袤的田地上,到处都是农人来往穿梭的身影,肩上挑着担子的人，急匆匆地行走，遇到空着手的人，空着手的人就早早停下脚步站在路边，让挑担子的人走过去。过去一片寂静的田地上，现在充满了吆喊声、动物的叫声和机械的隆隆声。

一天下午，小叔和小婶在地里割着稻子，本来是晴朗的天，到了傍晚，忽然从西边的天空上，涌起了一堆黑云，云越堆越高，遮住了太阳，天空变得阴沉沉的。

燥热的天气，一下子凉爽起来，小叔、小婶想趁着这个时间多割一些稻子。两人弯着腰在地里哗哗地收割着，一排排稻子在面前齐刷刷地倒下。

不久，阴沉的云已覆盖了头顶，风刮得更猛烈起来。小婶催小叔回家把小趴角拉来，把割下的稻把拉回去。稻把拉到场地上，堆起来，是没问题的，但要是平铺在地里，浸了水，稻把就会发芽。

这几天，小趴角摊在老文圣家服侍，小叔到他家时，老文圣家没人，小趴角刚耕完地，卧在门前的大树下，小叔解开牛绳拉起小趴角就往地里去。

小叔和小婶把平板车码成了高高的小山了，小叔赶着小趴角，往村子里去，车子在后面摇摇晃晃，沉重的绳索紧紧地勒在小趴角的肩上，小趴角吃力地朝前走着，每走一步，腿都晃悠着。

天空中闪了几下树枝一样的闪电，接着就响起了轰隆隆的雷声，豆大的雨点就落下来了。雨开始下起来了，密集的雨水像倒下来的一样，使人的眼睛也睁不开，雨水淋湿了两个人的衣服，雨水在小趴角的身上哗哗地流下，小趴角的身上成了无数条细小的沟渠。

小婶在前面牵着小趴角绳子，紧紧地拉着，小叔在后面用力地推着车子，他们想早一点赶到场地上。

从地里到村头是一条平坦的泥土路，快到村头，有了一处陡坡。这是一个大坡，平时被人、畜已走得光滑泥泞，现在，经过雨水淋湿后，坡地更加泥泞。小叔使劲地吆喝着，小趴角在小叔的吆喝声中向陡坡冲刺。就在快冲到坡顶时，车子又滑了下来。

小叔发疯般地用棍朝小趴角的屁股和大腿打去，他希望小趴角能再使点力，把车子拉上去。棍子打在潮湿的小趴角身上发出"叭叭"的声响，伴着阵阵雷声，听起来十分的恐怖。小趴角前腿忽然一下子跪下来，往前挪动，拼尽最后一丝力气，把车子一寸寸地拉了上去。

小叔松了一口气，一道闪电划过，小趴角的眼睛里，不知是泪水还是雨水，那一刻，小叔震慑住了。

老文圣从地回来，看小趴角不见了，就开始寻找。老文圣穿着雨衣先是找到小叔的家，小叔家没人，老文圣开始往地里找。

老文圣正好在村头碰到小趴角拉着一车湿的稻把，老文圣怒吼道："你还是人吗？"

小叔正低着头在拼命地赶车，老文圣的一吼，让小叔吃了一惊。小叔抬起头，看到雨水中的老文圣站在面前，虽然看不清他的面容，但可以感受到他的怒气。

牛车停了下来，老文圣睁大了眼睛，说："下这么大的雨，你让牛怎么拉车，你想把牛累死啊！"

老文圣说着，就去解套在牛脖子上的轭头，小叔说："马上就到场地上了，你把牛拉走，这车子怎么拉去。"

老文圣没有理睬，小叔就上来夺他手中的绳子，老文圣狠劲地推了他一把。小叔在雨水中一个踉跄，差点倒下。

老文圣拉着小趴角一瘸一拐地走了，小叔看着老文圣拉着小趴角的背影，气得浑身发抖，他把绳索背到自己的背上，和小婶把一车稻把缓慢地往场地上拉去。

小趴角是在午收过后的一天夜里死去的。那天早晨，老文圣去拉卧在屋角的小趴角，小趴角半天没动，再一看，小趴角黑黝黝的一堆，头歪斜在地上。

老文圣大叫一声，马上去找小叔，小叔也赶来了，两个人默默地站在小趴角的面前，然后，小叔蹲下身去，抚着小趴角冰冷的身体，他的眼睛里有点湿润。

两人请来村里的屠夫，来给小趴角剥皮。

屠夫是村里的杀猪匠叫老谈。方盘大脸，胳膊有小孩子的腿粗，一使劲青筋突起。

老谈提着篮子来了，这篮子里有长长的锋利的杀猪刀，有粗短厚实的剁骨刀，有小而尖的剔骨刀，油滑锃亮的铁钩子，等等。篮子除了盛放刀具外，还有一个功能，每次杀过猪后，老谈都要取一副猪下水，作为劳动报酬，这猪下水就放在篮子里。

老文圣家门口已围了一圈来看热闹的村民，父亲也来了。

老谈放下篮子，招呼几个人，把小趴角从屋里抬到门外开阔的地方。老谈一使劲，小趴角就像一头猪一样轻巧地翻过身来，肚皮朝上。老谈拿来杀猪刀，刀锋在阳光中闪过一道寒冷的光，只听噗的一声，就划开了小趴角黑色的肚皮，露出里面的肉来。父亲不忍看到这些，他转过身去。

老谈先是把小趴角的整张皮剥了下来，小趴角变成了一堆赤裸裸的肉，这头父亲充满感情的牛，现在却落得了如此悲惨的结局。大家都在七手八脚地帮着老谈做下手，但父亲不行，他只能站在外围看着。

干了半天，老谈坐在凳子上，喝着开水，一边歇息，一边和村民们议论："小趴角太瘦了，杀不了多少肉。"老谈说话时常把脖子扭动一下，在他的眼里，一切动物最终都是要归结到多少肉的，一个没有肉的动物是没有价值的。

歇息好了后，老谈开始剔肉，开始用斧子用力砍断骨头，半个时辰下来，小趴角消失了，地上是一堆紫红的肉和一堆白花花的骨头，小趴角被剁下的头还是完整的，被扔在一旁。父亲看了一眼，小趴角的眼睛在望着他，仿佛是在向他哭泣，父亲转过身去。

乡村里，有吃杀猪饭的传统，小趴角死了，现在，也适用这个规矩。老文圣家十张大锅烧得热气腾腾，屋顶上的烟囱一个上午都在冒着滚滚的浓烟。到了吃中饭的时候，牛肉烀好了，在场的人，每人盛了一碗，稀里哗啦地吃着，有的人连汤都喝了，然后舒服地坐在墙根下，夸老文圣老伴烧得好吃。

父亲也盛了一碗，父亲夹了一块牛肉，放在嘴里嚼着，忽然胃里一阵翻涌，父亲放下碗紧跑了几步，跑到树下，哇地吐了起来。父亲一口接一口地吐着，直到把肚里的东西吐得光光的，才停下来。

有人过来问父亲怎么了，父亲摇摇手说："没有事，我吃不了小趴角的肉。"

"哈，你还是一个大善人。"来人喃喃自语地走开了。

小趴角死了后，有一段时间，两人意见很大。老文圣不想再和小叔伙牛了，小叔也感到自责，觉得平时用牛太不爱惜牛了。小叔几次到老文圣家来商量，老文圣都没有给小叔好脸色看，小叔只有怏怏地回家去。

作为一位农民，屋里没有一头牛，心里总是慌慌的。

这天，小叔再去找老文圣商量。

小叔已看惯了老文圣的黑脸，小叔一进屋，就说："唉，冬天不养头牛，明年地怎么耕？"

老文圣抱着膀子，半天挤出几个字："我也想到了，养。"几个字干巴巴的，没有一点湿润。

小叔说："我们两家这次要养好，不能再给人看笑话了。"小趴角死后，村里各种议论都有，农民和牛的感情都是亲切的，把牛累死的，还是不多见。两家的人，丑得头都抬不起来。

老文圣说："我还没有想好和你伙牛了哩。"

小叔说："小趴角的死，我有责任，但也不全是我的责任。"

老文圣噘噘嘴说:"我们就不讨论小趴角了。"小趴角死后,老文圣也感到有点理亏,平时没有服侍好牛,大意了。

买牛需要一笔钱,老文圣想了想,还是带上小叔,这样可以减轻点负担。

两个人,到了牛行,买回了一头小牛犊。冬天里冷,就在小牛犊旁燃一个火盆,给牛取暖。喂食时,把草铡得细细的,黄豆泡得软软的,精心饲养。到了第二年春天,小牛犊长大了,拉出屋外,一身健壮的肌肉,发亮的皮毛。用手一摸,牛犊光滑的皮毛,肌肉像波浪一样抽动了一下,这是对陌生人的反应,内行的人就喜欢这样的牛犊子。

小牛犊聪明,它知道自己的名字,无论它离主人有多远,只要一喊它的名字,它就会兴奋地跑过来,有时还摇头摆尾地叫上两声作为回应。

小叔和老文圣都喜欢这头牛,暗自下定决心要养好,不能再出岔子了。

小牛犊子眼看长大了,两家人决定给小牛犊骟了。

这天,小叔请来骟牛师,从村里请来几个壮劳力帮忙,骟牛在乡下也是一件娱乐活动,许多人赶来看。

骟牛师端坐在板凳上,跷着二郎腿,捧着茶杯小口地抿着,老文圣拿着烟朝众人边敬边说:"让你们受累了啊。"

小牛犊被小叔从屋里拉出来了,它歪着脑袋,扭动着头角,它的两只角秃秃的,颜色还不够深,浅浅的驼灰色,但小牛犊的身躯很魁梧,壮硕的后臀,强劲的尾巴,算是牛中的帅哥了。

小叔上前捋捋它的毛,拍拍它的肌肤,小牛犊很舒服地享受着。几位青年人,一起上前,有的拽着牛鼻子,有的抓着牛尾巴,小牛犊知道情况不对,奋力挣扎着,但已身不由己。

骟牛师把手里的烟头一扔,卷起袖子,弯着腰往地下一蹲,朝手心里吐一口唾沫,迅速从小牛犊的胯下攥住了它的卵子,雪亮的刀片一闪,血就流了下来,接着用力一挤,刀片再一闪,两个肉球就落在了地上。

小牛犊痛得四蹄踢地,喘着粗气,一声长嚎。

众人见小牛犊已骟了,约好了,喊着一二三,然后迅速向四周散去,小牛犊获得了自由,立即向前奔去。小叔拉着牛绳,跟着奔跑了几步,小牛犊才停下来,恢复了平静。

有了小牛犊子,小叔和老文圣像扳回了一局,拉着小牛犊子走在村里,脸上笑眯眯的,又有了光亮。

春天的地里,万物都长得茂盛起来,去冬播下的庄稼,在阳光下生长得轰轰烈烈,看来,今年又是一个丰收年了。

小叔牵着牛在田埂上放牧,小牛犊低着头大口大口地啃食着地上嫩绿的青草,啃累了,就抬起头来望着远方。

田埂与地里的庄稼只隔着短短的距离,平时,农人牧牛时,都紧紧地拉着绳子,如果牛要是偷吃了庄稼,就会紧拎一下绳子,牛就会收回嘴巴,回到田埂上认真啃草。

小叔放小牛犊子,小牛犊子有时嘴馋,就伸向地里,够一点庄稼吃,春天的庄稼茂密鲜嫩,吃起来可口。小叔见了,也舍不得拎手中的绳子,就让小牛犊子带两口吧,对满地的庄稼也影响不了多少。

但春天的庄稼,有时也打农药,有一天,小牛犊子夜里腹胀如鼓,不停地喘着粗气。小叔紧张极了,赶紧找来老文圣,老文圣看到小牛犊痛苦的样子,也没办法。他只是不停地责怪小叔,恨不得上前扇他两个耳光。小叔知道理亏,低着头不语,只是一个劲地叹气。然后,两个人提着马灯出门,连夜找来兽医。兽医看了小牛犊的情况,配了药,让小叔扳开牛嘴,用盆朝里灌着,小牛犊张大着嘴已无力挣扎,灌完药,小叔围着兽医,像抓着的一根救命稻草。

兽医说小牛犊可能吃了打农药的庄稼了，如果今夜没有问题，就挺过来了，如果挺不过来，就没办法了。

第二天早晨，小牛犊还是没有挺过来，死了。

小叔叫了一声"妈呀"，就倒在了床上。用拳头不停地擂着墙壁，发出沉重的咚咚声，小叔大哭："老天爷要灭我了，老天爷要灭我了。"

老文圣来了，小叔哭丧着脸迎上来，老文圣上前就扇了小叔一个耳光，这个耳光在早晨的空气中炸响。

小叔愣了一下，缓过神来，上前朝老文圣的面部挥了一拳。两个男人在内心里积下的矛盾，此刻像火山一样爆发了。

老文圣上来还想打小叔的耳光，被小叔死死地封住了领子，老文圣揪住小叔的头发，两个男人像公鸡斗架一样，气势汹汹，你死我活。

两个男人咆哮着、怒骂着、辩解着、指责着，在这个乡村的早晨充满了戏剧和荒诞的味道。

8

接连养死了两头牛，村子里聊天聊得最多的话题就是这件事，原来笑话父亲不会养牛，现在父亲把牛养得体壮如虎，两家人的脸面扫地，没有脸见人。

这天，队长找到父亲，对父亲说，小叔想和父亲伙牛。队里分开后，村里大事小事，人们还是找队长商量，队长的威信一点也没有减少。

父亲说："他不能找其他人伙吗？偏要来拉我下水，我的日子刚出头。"父亲对他们两家把牛养死了，嘴里也骂过，解了自己心头的恨，但对小叔要来伙牛，还是没有预料到，父亲想，你也有今天啊。

队长说:"他连着死两头牛,现在名声臭着哩,找谁去。"队长见父亲没有作声,就劝解说:"你们俩是一娘所生,现在,他难的时候,他不拉他一把,他指望谁呢?"

父亲就说到当年小趴角的事,队长说:"他也知道自己错了,再讲他年轻点,你不要和他记仇了,都是一娘所生的人,怎么能掰得开。"

队长一口一娘所生的,这句话在父亲的心里起了一点感觉。父亲想了想,说:"我要找从魁商量,牛有他一半哩。"

父亲去找从魁,把小叔的难处和队长来劝导的话对他一说,从魁眼睛望着天说:"当年,他是怎么整你的,你忘了?"父亲低着头被问得哑口无言,手不停地挠着头,粗短的头发蓬乱如草。从魁头就摇得像拨浪鼓,说:"一娘养九子,九子各不同,我们俩养黑牯多好,他要是伙进来,保不准不出事?"

从魁回绝了小叔伙牛的想法。

这年,外村已有了小手扶,有人开着小手扶,在田里耕地。但农民还是不相信这铁玩意,尽管乡里在普及推广,但还是不受欢迎。

这天,大路上响起了突突的声音,小叔开着一辆崭新的小手扶回来了。

小手扶的油箱是红色的,水箱是银白色的,上面用红绸布挽了一个大红花,旁边是一只长长的烟囱,突突地冒着烟。

小手扶开到村里时,小叔把油门加得大大的,小叔想让别人关注他的小手扶。小手扶每走一段路,就会跟上来一些看稀罕的人,不一会,身后已跟成了一排,小叔很得意。

忽然小手扶剧烈地叫了两下,熄了火,这让小叔难堪了一下。小叔跳下来,拿起摇把,用力地摇着,小叔摇动的手臂在空中夸张急促,小手扶憋了很久,终于吐出一股浓烟又突突地响了起来。

小叔把小手扶开到屋门前停住,从座椅上跳下来,用沾着油渍的手给围观的人一一散烟。

队长好奇地用粗糙的大手摸了一下银色的水箱,被烫得猛一缩,队长咧着嘴不好意思地说:"这小手扶还会咬人!"

小叔纠正说:"这不叫小手扶,叫铁牛,不用喂,不用放,能犁田,能耙地,还能拉货哩,哈哈。"

围观的人议论着,这铁牛脾气倔着哩,不一定好养。

父亲也在远处看,然后背着手回家去,他的心里有了点宽慰。

第六章　挂面

1

父亲是我们那儿远近闻名的挂面师傅，从张集供销社辞职后，父亲就是靠这个本事养活了我们一家，挣出了名气，但父亲学手艺这事还得往前说。

这年冬天，奶奶生病了，舅爹听说了，焦急起来。舅爹在家唉声叹气，想不出办法，就决定挂一架面送给奶奶补补身子。在我们这儿，下面时再打两个荷包蛋，病人吃了是最养身子的。

麦子是舅爹积攒下来的麦种，抓一把在手里，粒粒饱满，颜色金黄。舅爹是个老挂面师傅，挂了一辈子的面，对麦子了如指掌，现在，他要用这麦种来挂面，舅奶就不愿了，说这日子还怎么过，你就是一个败家子。

舅爹黑了脸说："现在妹妹养身子重要，车到山前必有路，明年会有明年的办法。"

舅奶知道舅爹疼奶奶，就不敢多说了。

舅爹把麦种背到磨坊，亲自磨麦，麦子在石磙的碾压下，变成细细的面粉从圆形的石磨四周淌下来，发出热乎乎的香味。

舅爹精心地挂了一架面，挑着送给奶奶了。

舅爹的挂面是盘在笋筐里的，细长而整齐，颜色白中泛着淡淡的黄色。奶奶生活苦，好长时间没吃过面条了，一见就满心欢喜。

舅爹开始给奶奶做面条吃，舅爹先去地里拔了几棵葱，把外面黄色的叶子剥去，露出里面白嫩白嫩的葱管。舅爹在水里洗洗，放到砧板上剁碎，小葱发出一股清香。然后，把锅里的水烧开，把面条轻轻地放进去，卧上两个鸡蛋，锅开了，再撒上碎末的小葱。一会工夫，舅爹就用青花大碗，给奶奶端上来一碗热气腾腾的鸡蛋面。奶奶连汤带面一口气吃下去，爽滑、筋道、微辣，奶奶的全身微微出汗，抹了一下嘴，一身轻松，身上的病自然好了一半。

奶奶在笋筐上面罩着一块旧衣服挡灰尘，然后，让父亲把面条挂到屋梁上，这样不走潮，保持面条的干爽，还防止猫狗等小动物爬拉，干净。

那时的乡村是贫瘠的，也没有什么稀奇事，舅爹送挂面的消息，很快就在村子里传开了，村里很少有人吃过这样的面条。有的人来串门，其实是为看看这面条，奶奶就让父亲用叉子把装面条的筐挑下来。每次奶奶把罩在上面的旧衣服揭开，洁白的面条就在筐子里像宠物一样安卧着。

奶奶对每个来看面条的人都会介绍说，这是我哥挂的。这筐面条，让奶奶的面子大大有光。

村里的人看完面条，再看舅爹，舅爹壮实的身子，脸面饱满，虽然也有饥饿的菜黄色，但仍看出是一位劳动好手。他坐在一边不好意思地嘿嘿笑着。

过了几天，舅爹看奶奶气色渐渐好起来，就放心地回家去了。

这年冬天，生产队里正在商量搞副业，以增加收入，年底可分点红给每家每户，队长就想到了挂面。

我们这儿是南方，以种植水稻为主，吃面食是很金贵的。其中吃面条又为上等。面条的吃法有许多种，老人做寿，要吃长寿面，新生儿满月，要吃满月面，人生病了，要吃荷包蛋面……面条不但能做饭吃，还能做菜吃。我们当地有两道名菜就是用面条做的，如把面条和泥鳅放一起烧，味道鲜美，叫泥鳅面；另一种是把面条做成圆子，叫挂面圆子，蒸着吃，油炸了吃，都好吃。因为有了这许多吃法，面条几乎家家户户都需要，一定会有销路。

村子里没有挂面师傅，队长想到了舅爹，想请他来，但又怕舅爹不愿意。因为，在乡下会这门手艺的人还不多，肯定也有别人请他。

队长来找奶奶，队长一进门就先问奶奶的病好清了没有，奶奶说好多了，这些天吃得好，有营养，身上的病就像拣掉了一样，说好就好了。队长的嘴里总是衔着一根自制的卷烟，那烟好像长在他的嘴上，说话时，能把烟卷从一个嘴角熟练地转到另一个嘴角，而且一点也不妨碍说话。

队长说："好，身体好了，就可下地了。"

队长说要看看舅爹送来的面，奶奶把箩筐放到门口的阳光下，让队长看，箩里的面条已不多了，像发丝一般细密地盘在箩筐里。然后，队长把烟从嘴上取下，放到身后，伸出另一只手去，掐了一根细长的面条，放在嘴里嚼了一下，面条格崩脆，有着不轻不重的咸味，队长说，好面好面。奶奶的脸上也有了得意。寒暄了一阵后，队长就把想请舅爹来挂面的想法和奶奶说了，奶奶一听，就说："没问题，我哥的事，我能说定。"

队长说："你先去请请看，这一趟算你工分，十分工。"

本来奶奶身体刚好，不好立即就去走远路的，奶奶想让父亲去请，但感到事情重要，码算来码算去，还是亲自出面好。

到舅爹家有十几里路，中间要翻过一座小龙山。奶奶上到半山腰，往那边看去。山脚下，田野一望无边，一座座村庄零星地坐落在田地里，被一条弯曲的村路串联在一起，路在一条小河边弯来弯去，弯上一座小石桥，就一头扎进一座村庄里去了，再远处有一座村庄隐约可见，那就是奶奶的娘家了。奶奶在一块石头上坐下来，歇息好了，起身再走，这是她每次回娘家的习惯。

奶奶到达舅爹家时，已是中午时分，村子里炊烟袅袅。奶奶在板凳上坐下来，用手揩了一把脸上的汗水，舅爹见了，忙从锅灶上打来热水，端到奶奶的面前，让她洗洗。

奶奶来了，舅爹十分吃惊，问："你病好了吗？怎么走动的。"

奶奶说："病好了，要不好，也来不了。"

舅爹说："刚好的身子骨也不能这样走，要养养才能下地。"

奶奶说："等不得的。"接着奶奶把队长的想法和舅爹说了。

舅爹听了，眉头紧锁，半天没有作声。奶奶一见他这样，心里直打鼓，想舅爹可能有难处了。

半天，舅爹对奶奶说："要是早来两天就好了，前两天，我刚答应邻村的队长，他们也想做挂面生意。"

奶奶听了一拍大腿，说："怕鬼有鬼，"然后又问，"没有办法了？"

舅爹说："没有办法了，都咬过牙印了。"

奶奶心里明白，能办成的事，舅爹不会推辞的，这事可能实在是没有办法了。

夜里，奶奶睡在床上翻过来翻过去睡不着，如果能把这件事办成，自己在村子里是多有面子啊，但既然哥哥和别人咬过牙印了，就改不了。

第二天，奶奶要回家，舅爹把奶奶送了很远，两个人在乡野的田埂上边走边说,舅爹觉得心里一百个对不起奶奶。舅爹一边走,一边不停地用脚踢着路上的土坷垃,土坷垃被舅爹踢成了碎片在地上飞起一条直线,仿佛这些土坷垃就是他的心结。

去的路上,奶奶一身都是劲,回来的路上,奶奶脚步拖沓着,越临近村子,越没有了力气。

奶奶到家刚坐下,队长就来了,队长是兴冲冲地来的,队长满面笑容地坐在奶奶的对面,问奶奶事情怎么样了。奶奶不好意思看他的笑脸,而是扭过脸去,望着地上的一缕阳光,难过地说:"哥哥被别人请去了。"然后把事情的经过说给队长听,说:"也没有请到,这工分就不要给我记了吧。"

队长一听,烟屁股在嘴里晃动了两下,半天没有作声,然后说:"这也没办法,我们讲迟了,但工分还是要给的,请没请到,路是你跑的。"

队长踢踏着走了,脚步声是低落的,但在奶奶的耳朵听起来却是巨响。

过了两天,这天中午奶奶从河里淘米洗菜回来,老远看到门口站着一个人,走了几条田埂再一看,是舅爹的身影。奶奶快步走了起来,老远就兴奋地喊着哥。

舅爹迎了上来,奶奶把门打开,两人进到屋里,奶奶把篮子放下,端过来板凳让舅爹坐下,欢喜地说:"哪阵风把你吹来了。"

舅爹坐下来,双手抚在膝盖上,大声地说:"还不是为了你。"

奶奶问:"为了我?"

舅爹说:"你不是说要请我来挂面吗?我把邻村的推辞了,来给你们队挂面。"

奶奶挣大了眼睛,半天没回过神来,奶奶说:"你说的是真的?"

舅爹说:"是真的,我啥时骗过你?"

原来，奶奶走后，舅爹知道奶奶的心里十分难过，自己心里也十分不安，觉得对不起小妹，他要帮小妹这个忙，如果能来这里挂面，还能照看妹妹的。舅爹跑到邻村，要推辞挂面的事，邻村的队长脸拉得老长，说你这不是在坏我事吗？我们村里上上下下都准备好了，你让我怎么交代。舅爹被说得头抬不起来，然后灵机一动，又给邻村队长推荐了一位同行，队长沉默了半天问，能请到吗？舅爹说，这事包在我身上，如果请不到，我就不走。结果才算把这事圆满解决了。

奶奶听到这个消息，赶忙跑去找队长，队长不在家，媳妇说他在东冲的地里。奶奶又跑到东冲，队长正在地里干活，见奶奶气喘吁吁地跑来，停下手中的活，问啥事。

奶奶说："我哥来了，我哥把别的队推辞了，可以给我们队挂面了。"

队长这几天正在为请不到舅爹发愁，如果请不到舅爹，队长的许多打算就落了空，现在听说又请到了，队长兴奋起来，大声说："好，我们队里今冬有指望了。"

中午，队长请舅爹吃饭，并让父亲来陪。

队长家堂屋里有一张黑色的大方桌，队长和舅爹一边坐一个，父亲坐在下首倒酒。

酒是散装的白酒，装在塑料桶里，父亲先是把酒倒进酒壶里。酒壶是陶烧的，圆圆的，左边有一个弯勾的把，右边是一个细长的嘴，肚子大，口子小。上半部是黑色的釉，下半部是黄色的陶。父亲再把酒从壶里倒进两个人面前的酒杯里。

队长端着小酒杯，在嘴唇上碰，发出滋的声音，美好而享受。然后，让舅爹也喝，舅爹也端起杯子，在嘴唇一碰，杯子一掀，虽然没有一点声音，但酒杯干了。

队长说："你这样喝酒容易醉，再大的酒量也不行，要小口抿。"

几杯酒下肚，舅爷的脸已红了，队长的脸上还是平静的。队长对舅爷说："我们这个队里，就这几十户人家，不是亲就是邻，大家都是一条心，我们这个村都是干活的粗人，就是缺少个像你这样的手艺人。现在你来了，我们村就可做挂面生意，村子就能富裕起来。"

舅爷说："我妹妹请我来，我肯定会用心干，一冬干下来，每家都能分点钱过年，我就满意了。"

队长说："你在这里挂面，就是我这个队上的人了，有什么事你直接给我讲，你放心大胆地干。"

父亲不停地倒着酒，觉得好日子就在眼前了，浑身也洋溢着一股激情。

第二天，队长带人在仓库里收拾了一间房子，让舅爷作为挂面的作坊。

舅爷带着几个社员，用土坯在房子里砌了一个长长的面焐。把从家里背来的面筷整理好，放在水里洗干净，再把面架组装好，做牢固了。村民们都到这个新砌的作坊来看，对每件东西都感到十分的新奇，问来问去，要弄个明白。

晚上，舅爷回到奶奶家里，两人坐在油灯下聊天，油灯朦胧的光在舅爷的面孔上晃动，舅爷把板凳挪到奶奶的身边，低声说："我挂面缺少一个帮手，想带一个外甥学。"

奶奶没想到舅爷还有这个心，心里一喜，问："哥，你看带哪个合适。"

舅爷说："老小（小叔）已在学缝纫了，就让老二（父亲排行老二）学吧。老二工作不要了，回家来种地，还不是为了救这个家。现在他自己也有四个孩子了，一大窝子，没个手艺，要是碰到个灾年，怎养活。"

奶奶想了想说："是这样子，但学手艺这个事还得要队长同意，队长家里也有孩子，如果队长让你带他家孩子学，怎么办？"

"队长那里，我去说。"舅爹恍然记起，他在面坊里有个青年常来玩，青年中等的个子，双手插在裤子的口袋，说话大喉咙，笑嘻嘻，走来走去的。

"队长家有五个孩子，这个是他家的小四。"奶奶叹息了一声，"如果队长不同意，你也不能撂挑子不干了，你要是不干了，队里人还认为是我叫的。"

舅爹说："我知道。"

灯里的油不多了，灯芯上结了两瓣穗子，在火光中是红红的，像一朵刚萌发的芽，奶奶用草拨了一下，穗子从火中掉下来就是黑色的了，灯光又明亮了一些。夜色深了，周围一片寂静，天气寒冷了起来，舅爹困了。

奶奶给舅爹在堂屋里铺了一张床，把家里最好的棉被拿给舅爹盖，奶奶怕舅爹冷，给他装了一个热水焐子。热水焐子也是陶器，黑黝黝的，大肚子，小口子，把塞子拧紧，放在舅爹的脚底下暖和。

如何说通队长让父亲去学徒，舅爹在脑子里想了许多法子。

这天，舅爹正在往架子上起面，队长来了，队长穿着厚厚的棉衣，站在面架前，一架面像一堵墙一样，呈现在他的面前，队长看得笑哈哈的。

舅爹把队长让进屋里坐下，倒了一杯水递给他。舅爹的手上，还有着面迹。队长双手接过水，捧在手里，热乎乎的。

舅爹说："队长，挂面一般要两个人，一个人不行。"

队长说："是的，我也想到了。"这次，队长是带着心思来的，想让他家小四跟舅爹学手艺，队长正在寻思着怎么开口，舅爹这样一说，队长就接上话了。队长把烟屁股吐掉，端起碗，低下头吹了吹碗里的热气，轻轻地啜了一口。

舅爹说："我想了，让我家二外甥来做个帮手，这个孩子手灵活，能吃苦。"

队长一听，半张着嘴，脸上的表情一下子就僵住了。队长是一个有城府的人，他没有马上表示反对，而是嗯了一下。

舅爹赶紧做工作说："挂面吃苦，夜里要带晚，鸡叫要起床，一般人学不来，我带了几个徒弟，学到半路就不学了。"舅爹故意这样渲染，当然舅爹并不知道队长肚里的葫芦，他目的是向队长说明，这个手艺不是好学的，自己不是出于私心。

队长说："他还是生产队的会计哩，忙起来可没时间的。"

队长说完，起身就出门了，舅爹跟在后面一直送到门外。

队长走了，虽然没有答应，也没有说不行，但舅爹的心里却七上八下，舅爹干活也分了神，常停下手中的活，愣怔着。

下午，队长又来了，这次来，队长一扫上午回去时脸上的阴云，而是高兴地说："你就带你家外甥学吧，这个事就这样定了。"

上午，队长和舅爹分手后，心里也闷闷不乐，自己的小算盘没想到让舅爹给破坏了。他回到家想了半天，脑子忽然开了窍，就让舅爹带父亲学吧，因为父亲是舅爹的外甥，舅爹会认真教他的，等父亲学会了这门手艺，他还是自己队里的人，这门手艺也就留在了队里，再让小四跟父亲学也不迟。如果现在不同意，等于全砸了，连队里的面也挂不好，小四的手艺也学不到，于时，便这样决定了。

3

舅爹挂面了，因为带了父亲做徒弟，舅爹劲头十足。

面在下午四五点和，先是把面倒进一个大口的面盆里，面盆是陶制的，厚厚的，里面是光滑的绿釉。盛粮的盆是平底，挂面的盆是凸底。舅爹把面倒进去，把袖子挽起来，倒上水，用手搅拌。开始时，面粉黏了舅爹的一手，舅爹甩也甩不掉，再过一会，面粉和成了一块巨大的白色面团，和舅爹的手就分开了。舅爹把手掌握成拳头，用力揣，面团发出扑扑的声音；揣得越熟，面越有筋道。一个小时后，面揣成形了，面团卧在面盆里，像有了生命一样。舅爹再用手掌拍拍，面团发出"叭叭"的声音。然后，在盆上焐一个被子，这叫醒面，就是让面发酵。

第一个程序到这儿就结束了，舅爹开始休息，他轻轻地哼起了小倒戏。舅爹唱得婉转，起伏有韵。父亲还没有听过舅爹唱戏，舅爹笑着说："小时候我经常带你妈赶戏场呵，你妈个子矮看不见戏台，就骑在我的脖子上，那么大的姑娘还骑脖子，给人家熊了一回，她才不骑的。"舅爹说起往事时，乐呵呵的，又回到了少年时代。

面在盆里醒了几个小时，就可以盘条了。

盘条前，要先蒸一屉熟面粉。面粉一蒸遇到水汽会结成团，就要用筛箩筛，筛箩有着细密的网眼，筛下的面粉细细的，这蒸熟的面粉主要是用来防面粘面板的。

舅爹揭开面盆上的被子，一团面在盆里已醒得像一块硕大的馒头，饱满圆润，表面在灯光下发着淡淡的光泽。父亲站在旁边看，舅爹让父亲用手指按按，面团一按一个凹陷，不一会儿，又恢复了平整。

舅爹说："如果按下去面弹不起来，就是死面了，如果一按到底没有硬度，就是烂面了，这两种面都挂不成面，面要一按一个窝，要有弹性。"

舅爹挽起袖子，在案板上撒上一层蒸熟的面粉，然后，双手抄到面盆的底部，用力把面团从盆里甩到面板上，像从池塘里甩出了一条大鱼。舅爹把面在案板上揉了几下，然后摊开，用刀将面划成一个个条状，舅爹在面板上熟练地搓搓，短短的方形的面条瞬间搓成了圆形的长长的面条，从面板上拖下来，父亲接住，一圈圈地绕到面盆里。

面盆很快就一层层地绕满了。舅爹用一块棉被盖上，这是第二次醒面。

时间差不多了，舅爹打开面盆，然后，把盆里的面绕到面筷上。面筷是长长的，用竹子削成的。一头插在筷眼里，一头伸在外面，舅爹把长长的面轻轻地往上绕，一边绕一边搓揉，两只手在面筷上上下翻飞像两只蝶，动作娴熟而漂亮，一双面筷很快就绕到头了，舅爹把长长的面条掐断，把面筷取下，递给父亲，父亲接着，小心地放到面焐里。外面北风凛冽，屋里两个人干得热火朝天。面焐分上下两层，很快就放满了，一盆的面也绕完了。舅爹把面焐再盖上被子。

舅爹做完这一切，把手洗干净，父亲把东西整理归位。然后两个人走出门外看天气，虽然天气预报说明天是晴天，但老的艺人还是要根据经验看一下天气的。父亲跟在舅爹的后面，外面虽然没有风，寒冷使人舒展不开身子，舅爹昂起头朝天上看，天空显得更加高远了，几棵树光秃秃的枝头，像剑一样指向天空。有稀疏的星星在湛蓝的天空上紧缩着光芒，快成为一小点了。舅爹说："这是一个好天气，我们快回去睡吧，明早早起起面。"

夜里，舅爹刚躺下眯上眼睛，就要起来看面，面在面焐里往下坠，一般坠到七八寸长的时候，就要赶紧上架了。

第二天，第一声鸡叫划破了寂静的夜空，悠长的尾音里还伴着沙哑。接着村子里的鸡都响应似的，此起彼伏地叫了起来。舅爹睁开眼睛，外面朦胧的光从窗户里透进来。这样的光，舅爹太熟悉了，在他挂面的二十多年里，每次他都是在这种光里醒来的。舅爹披起衣服，坐了起来，父亲还在另一头打着呼噜酣然大睡。舅爹不忍心叫醒他，让他再睡一会。舅爹开始塞塞窣窣地穿衣起床，但还是惊扰了父亲，父亲睁开眼，见舅爹起床了，知道起面的时候到了。父亲一骨碌从床上坐起来，开始穿衣。舅爹见父亲也起床了，动作也大了起来，他划了一根火柴，把灯点亮，刚点的油灯还是昏暗的，但越烧越亮，一团大大的光环渐渐地笼罩了土屋。

舅爹打开面焐，两个人拿着面筷你来我往地往面架上插，屋子里响起了咚咚的脚步声。大地是一片寂静，只有这两个手艺人在忙碌。

面筷上架，要迅速快捷，趁着早晨的雾气，才能有柔韧性。一架面要在最短的时间内上完，这样就能在统一的时间里，往下抻，否则，快的面已往下垂，慢的面还在筷子上，这样面条不均匀，一架面挂出来的质量就不一样。

接下来，舅爹教父亲怎么抻面。这抻面的功夫是讲究的，面条还没有干时，要趁着它的韧性，双手捏住面筷两头，一点一点试着往下抻，劲不能大，大了面条会断，小了面条抻不细。直到抻到足够长，把手中的面筷插到面架底下的一个横梁上，这根面筷才算结束。

干完这些，东边的天空露出了一片红光，接着红光增大，一眨眼，一轮红红的太阳就跃在树头梢上了，两人这才喘口气。

两架面在阳光下像两面白色的布匹，十分好看。面的味道在空气中弥漫着，散发出麦子的清香。

面挂出来了，村里家家都在传递着这个消息，人们都停下手头的活，跑过来看。舅爹和父亲蹲在面架下，一点一点地往下抻面。

妇女们站在面架前细细地瞅，七嘴八舌。有人说，这面条真细，像洋棉线一样，可以穿过针眼了。有人说，这面看起来就好吃，不知道队长可给我们每家分点尝尝。有人就跟着打趣说，你生孩子时吃挂面还少，又馋成这样了。

舅爹说："你们离远点，不要打打闹闹把面架打倒了，面架打倒了，这些面碎了一地，捋都捋不起来。"

母亲也来看了，父亲一天都没回家，看看他们挂的到底是什么面。

父亲蹲在面架前抻面,看到母亲就直起腰来,说:"半夜就起来干了,腰都疼死了。"母亲看到父亲身后的面架,那些面细细的在风中轻轻地抖动,心里佩服不已,说:"哈,你真长本事了。"身旁的其他妇女就说:"你家以后就不缺挂面吃了。"父亲黏了面的手在脸上擦来擦去的,脸上一块白一块黑的。母亲对父亲说:"你看你的脸上抹得就像花狗屁股,也不洗洗。"父亲这才知道,到现在还没有洗脸,不好意思地笑了。

母亲回家,给奶奶说:"他现在真长本事了。"

奶奶说:"你舅舅教他还不真教?这手艺不亏人。"

奶奶也过去看,奶奶看和母亲看不一样,奶奶一去,站在面架前,背着手,对舅爹和父亲说:"你们要挂好啊,这可是我们生产队的最大家产,挂坏了,可赔不起。"

这种话只有奶奶能说得起,奶奶说这话,在心里是一种炫耀,是一种骄傲。看,这面只有我哥能挂起来。

队长也来看了,队长递一根烟给舅爹,舅爹平时不吸烟,但这次接了。队长把烟点了,先吸了一口,然后把点着的烟递给舅爹。舅爹接过来,两支烟对在一起点着,还给队长。两人边吸着烟,边码算着,每架能挂出来多少斤,每斤面能卖多少钱。这一算不要紧,一年挂下来,队里的收入还真不小。队长说,每架面能出这么多吗?舅爹胸有成竹地说,我能行,新手不行。队长为自己决定的成功而暗喜,队长对舅爹说:"你安心在这儿干,我不会亏待你的,你再把你外甥教会了,这机会多好啊。"

舅爹说:"感谢队长看得起我,我来了,肯定要干好,干不好,不说对不起全村人,首先会对不起我妹的,我妹在这儿还靠你照顾哩。"舅爹的话一语双关的,把奶奶抬到了前面。

队长说:"你妹家的事,你放心,我们会照顾好的。我们这个村你看看，三面是河，拖锹放水，旱不怕，涝不怕，饿不死人的。"

队长和舅爹说得愉快时，相互都拍了拍肩膀，天底下的事，就是挂面了。

经过太阳晒，轻风刮，个把小时，面就干爽了，可以收面了。因为面条太干，会碎，太湿，会粘在一起成团，火候要恰到好处。收面时，舅爹举起手臂，从高高的架子上，把面筷拔下来，面条就呈弧度地自然弯曲，舅爹再用手一挽，一把面条就在手中了。父亲赶紧接过来，轻轻地放到空荡的面板上。一圈圈地放着，整齐好看。然后，再用被子盖上，这是给面条吸潮气，增加柔韧性，才能放到筐里。

挂到第三天时，舅爹开始正式让父亲上手了。

舅爹说："和面时，水的分量要掌握好，水加多了，面就稀了，挂不起来，水少了，拉不均匀，面条也不光滑，就失去了口感。给面里加盐是个功夫活，俗话说，'糖三作，酒半年，挂面师傅会放盐'，就是说和面加盐的重要。"

父亲不明白这句话是啥意思，舅爹就给他解释说："糖师傅做好糖，要做三样材样，泡麦芽，烀山芋，然后才能熬成糖；酿酒师傅把酒发酵出来，要用半年的时间；我们挂面师傅的本事就是在面里兑盐。"

父亲对盐是不陌生的，没想到在挂面里还这么重要，不知道是怎么兑的。

舅爹说："兑盐如果掌握不好，就挂不出好面来。一般是师傅对徒弟故意留一手的地方。加盐时要根据气温来定，气温高时，每十斤面放六两盐，气温低时，每十斤盐放四两盐就行了。盐的作用主要是为了控制面的发酵速度，这样才能保证挂出高品质的面条。挂面人心要细，要留心天气预报，阴雨天不能挂面，但全指望天气预报也不放心，老手艺人还要亲自看天的，这样才能做到万无一失。"

舅爹十分喜欢父亲这个外甥，父亲上过几年学，有文化，又孝顺。两人闲下来时，舅爹就和父亲聊天。

舅爹说："你是一个孝子，你不从供销社回来，这个家就塌了。你养了一大窝伢们，往后日子难啊，我想把这个挂面的手艺教给你，有个手艺饿不死人。我瞅过了，你们两兄弟只有你能学，你弟弟不能学，他脑子太滑了，会把手艺败坏的。"

舅爹说时，父亲就坐在旁边听，舅爹杯里的水没有了，父亲就会及时给续上。

舅爹说："手艺人，有手艺人的规矩，首先要诚实，不能坑人，做吃的东西，人家也看不见，但要凭良心。不要认为你做了事，人家不知道，但菩萨是知道的。一个手艺人，要把名誉看作比金钱贵，钱没了还能挣，名誉坏了，就挣不回来了。"

舅爹还有一肚子的故事。一个杀猪的，一个教书的，一个犁田的，三个人在一起谈论本事，都说自己的本事大，争得面红耳赤，谁也不服谁。杀猪的只好提议说，每个人把自己的本事编成四言八句来，比较一下。杀猪的先说：尖刀梢尖尖，尖刀柄圆圆，我杀每头猪都要吹、打、剃毛，才能落得许多好猪肉过年。教书先生说：笔梢子尖尖，笔杆子圆圆，我写每个字都要横平竖直，才能写成许多好对子过年。犁田的说：犁头梢尖尖，犁壁耳圆圆，我对每块田都要犁、耙、抄，才能收得好粮食过年。说完之后，大家你望望我，我望望你，觉得都有本事，难以分出上下，便都哈哈地笑起来。

舅爹说："这故事是说哪个手艺人都不容易。"

父亲给舅爹讲外面的故事。父亲说："将来科技发达了，两个人说话，就通过一条线，离得再远都能听见，还能看见。"

舅爹就想不明白了："离着千里万里，怎么通过一条线就听到了？见到了？人真是个活宝。"

父亲说："这还不算，美国人都上到月球上去了。月球就是天上的月亮，你看它挂在天上吧，但人上去了后，上面什么东西也没有。什么吴刚砍桂花树，那是假的。"

舅爹说："我们看月亮上的吴刚都能动哩，怎么能是假的？"

父亲说："那吴刚就是月球上的陨石坑，看起来像一个人的样子，眼睛看花了，就在月亮上一动一动的。"

两个人常常一说就忘记了吃饭，直到奶奶来喊，两个人才从面坊回去。

4

面挂出来了，要挑出去卖。

卖面是个体力活，要挑着百十斤的面条，走村串巷。买面的人家，也不全是用钱，在乡下，还作兴以物换物，就是用麦子换挂面。队长规定了，二斤半麦子换一斤面。这样往往面卖出去后，换回来的是一担麦子，又要从老远的地方马不停蹄地往家挑，这个时候，人跑了一个上午了，到中午时分，往往是又饿又累的，有点吃不消。

这种体力活，不是一般人可以做得了的。队长在队里物色了几个身强体壮的男人，其中就有小叔，那时小叔新婚不久。

天气好的时候，舅爹和父亲每天都能挂出两架面来。几个男人挑出去卖，出门时，队长给每个人称好面条，父亲记在本子上。晚上回来，有的交钱，有的交麦，还带回来许多故事，面坊又是热闹半天。

一早，小叔挑着一挑面条和村民一起出了村子。小叔虽然有一个好身骨，但出来卖东西还是第一次，他走得远远的，来到一个大村庄，村庄里房屋一排排并不凌乱，房前屋后都是一排排的杨树，还有几户高大的房子，一看就是殷实人家。他挑着面在村子里转来转去，就是喊不出口。

一位老人，看着这个青年人挑着担子转来转去的，也不作声，就上前去问卖的啥。小叔把担子歇下来，说是卖面的，一句没说完，脸已绯红。

老人一听小叔说话，吃了一惊，说："我还以为是一个哑巴在卖东西呢？你卖面不吆喝，谁知道你是干啥的。"

小叔望着眼前的老人，不好意思地搓着双手。

老人穿着一身黑色的棉衣服，慈面善目，扑哧一笑，说："我就知道你是一个生瓜蛋子。你把担子挑着跟我走。"

小叔心里咯噔了一下，以为碰到传说中的强盗了，这一担面要是被他抢走了，回去怎么交代啊！小叔磨蹭着，朝左右看看，寻机挑着面筐逃跑，或是有人救他一把。

老人看小叔东张西望半天不动，生了气，说："让你挑起来跟我走，你怎么不动弹！"

小叔紧张地说："大爷啊，这面就是我的命，你要我的命可以，但你不能把这面抢去啊！"

老人知道小叔误解了，又是扑哧一笑，说："谁要抢你的面，不要坏了我的名声。我们村里有位老人明天要过生日，要吃长寿面，我看你这面不错，我把你兑给他去。"

小叔这才明白了原委，不好意思地挑起担子，跟在老人的身后。到了一处大瓦房前，老人吆喊了几声，屋里走出一位老妇人。老人和她说了几句，老妇人让小叔把面挑到家里，看了看，然后拿起一根面条，放到嘴里嚼了嚼，说："好面！这是大师傅的手艺。"小叔听了内心就纳闷，怎么从面条就能品出挂面人的手艺呢？老妇人把面全要了，小叔喜出望外，没想到这么难的事，这么简单就解决了。老人对小叔说："我骗没骗你，抢没抢你。"小叔更加不好意思了，不停地说着感谢的话。

卖了面，小叔怀揣着一卷钱，挑着空筐往家赶，小叔脚步轻快，心头舒畅。冬天的风吹在脸上,如春风一样惬意。路边荒芜的田地,也变成了金黄。本来要走半天的路,小叔几个小时就走完了。

小叔到了面坊,面坊里正围着一圈人在算账,见小叔这么早就回来了,问是怎么回事。小叔把卖面的经过说了一遍,大家都欣喜起来,说小叔遇到贵人了。

经过几次卖面,小叔渐渐老道了。现在,小叔挑着面担,过田埂,翻沟壑,穿村庄,扁担在肩上忽闪忽闪,迈步趁着节奏。一进村子,小叔就开始吆喊,卖挂面啦,卖挂面啦。

有一天,小叔来到一个村子,吆喊了半天,也没有一个人出来,正准备离开,一位小姑娘挎着一个竹篮,手里提着一个布袋跑过来要换面。小姑娘穿着肥大的花棉袄,袄上是一朵一朵鲜艳的大牡丹花,袖口处有着黑的污渍。小姑娘脚上的棉鞋歪斜着,有一只鞋头裂着一道口子。小姑娘的头发蓬乱着,几缕头发披下来,落在红红的脸孔上,伸出的手有一丝皲裂。小叔接过她的袋子,袋子是布口袋,上面还打着两块大补丁。小叔打开袋子,把手插进去抄了一下,麦粒金黄,颗粒饱满,没有灰尘。不像别人的麦子瘪子多,灰多。小叔一看就喜欢,这是好麦子。

小姑娘要换四斤面,小叔把面称了,让她看。小姑娘歪着头,两只黑黑的眼珠盯着秤杆,嘴里数着秤杆上的星子,但小姑娘数着数着就乱了,小叔心中有数了,她不认得秤。

小叔把面条装进她的篮子里,然后开始称她的麦子,本来四斤面十斤麦子就行了,这次小叔灵机一动,把秤压了一下,称了十五斤的麦子。交换完后,小姑娘挎着面回去了。小叔望着她的身影真想喊她回来,但自私又一次占了上风,小叔挑着担子就往村外匆忙走去。

小叔一路跌跌撞撞飞快地走着,他怕姑娘回家后,被家人发现了不对,朝他追来。小叔越这样想心里越紧张。他不时回头朝村子看，他忽然看到村头走出来一个人，那个黑色的身影，快步从村头向他这边走来。村头没有高大的植物，田地里一片枯黄，显得那个人影更加突出。小叔心想坏了，肩上的担子更沉了。小叔知道，如果骗子被别人抓住了，少不了一顿毒打，担子里的面和麦子也会没有了，后果会十分严重的。

小叔越紧张，后面的人影仿佛越近了，就在他绝望的时候，那个人却一转弯，走向了另一个方向，原来这人也是赶路的。小叔把担子放下来，看着这个人越走越远，长舒了一口气。

小叔挑着担子先是往家的方向走，经过刚才的惊险，他的身上已没有了力气，身上的虚汗也慢慢地干了，背后冰凉一片。

转过一个高岗，远远地就可看见村子了。村子前是一排高大的树林，那些低矮的房屋就在树隙间稀稀拉拉地呈现。

小叔忽然拐上了去集上的路，今天逢集，路上走着三三两两赶集归来的人，小叔想把这多出来的五斤小麦卖成钱。

小叔把担子挑到卖粮的市场上，市场上没有几个人，也是路远赶到得迟。小叔怕卖麦遇到熟人，弄穿了难看，就选了一个墙角站了下来。

面前走过几个人，连看的意思也没有，小叔很失望。

不一会，来了一位老人，老人穿着肥大的棉衣，腰间用绳子系着，两只袖口已破，露出里面一缕缕陈旧的棉絮来。他看到小叔局促难堪的表情，就问他是卖什么的。小叔撒谎说，母亲病了，要钱看病，带了几斤麦子想卖。

小叔说过这句谎话后，又有点后悔，这等于是在咒骂母亲了。老人说，看你就像个孝子，卖东西缩手缩脚的，怎么能卖掉。小叔不作声了，仍是局促不安。老人说，我想买几斤麦泡麦芽熬糖。小叔把筐打开，用手从麦子里抄了一下，金灿灿的麦粒从手上刷刷地流下，老人看了，知道这是好麦，出芽率高。小叔问，要多少斤？

老人说，五斤就够了。小叔心中一喜，这正是他要卖的数量。

老人买了麦子，把钱给了小叔，小叔接过钱，认真地折了两下，塞进贴胸的口袋里。

小叔挑着担子往家走，他的心里总是在惦记着口袋里的钱，半路上，他停下来，从口袋里把钱掏出来看看，然后，又塞进去，又用力地按按。

一路上，小叔的心情无比愉快，他虽然不知道要钱干什么，但有钱装在口袋里，终究是一件非常快乐的事。这时他的眼前浮现出那个换麦的小姑娘来，小叔感到有点羞愧，想下次再去这个村子，如果这个小姑娘来换面，一定多给她一点。这样一想，小叔的心就平安了。

这件事，小叔做得天衣无缝，没有任何人知道。

不久后的一天，吃过晚饭，村里的人都陆续到面坊来聊天。自从有了面坊之后，这儿已成了村民聚会的地方，村子里的大事小事都是先从面坊里传出去的。

村里有一位妇女从娘家走亲戚回来，说她娘家村子，有一个童养媳，婆婆病了，想吃面条，让她从家里拿点小麦去换面。哪知道童养媳不认得秤，被人家多坑了几斤麦子，婆婆气急了，拿起一根鞭子就抽她，边抽边骂，骂她没用，不如早死了好。童养媳被人坑了，本来就觉得自己没用，现在婆婆又打骂她，她越想越伤心，夜里上吊自尽了。

妇女会说话，一边说一边双手拍得啪啪响："你想想啊，几斤麦子，就把人家姑娘的一条命搭进去了，这卖面的人不得好死啊。"

面坊里顿时哄哄了，有几个妇女就开始骂起来。几个卖面的男人听了，都十分震惊。有一位说："你可不能这样说我们，我在外做生意没有欺骗过一个孩子。"

面坊里，每一个人脸上的表情，都在煤油灯晃动的光里隐约，有的愤怒，有的惋惜。

妇女说："我也没说你们，人心都是肉长的，谁听了不心痛，做生意人不能昧着良心，光为了赚钱，不顾脸面。"

小叔在旁边听得心惊肉跳，像坐在火堆上浑身燥热。他的脑子又浮现出那个小姑娘的身影，穿着大红的牡丹花棉衣，伸出的手皲裂着，数秤星时嘤嘤的气息。

几个卖面的男人你望望我，我望望你。沉默了一会，一个人开始对天发誓，说："我如果干了这事，我一家子都得毒病，暴死在田冲里。"接着大家都对天发起毒誓来，小叔也跟着对天发誓，以表示清白。

这次聊天，在一片咒骂声里结束了。

小叔好不容易从面坊里往家里走，发过毒誓的小叔，在黑夜里有点害怕起来，三步两步慌张地走到家里，上床就捂着被子睡觉了。

5

队里的挂面在附近卖得红火起来，父亲的挂面技术也得到了舅爹的真传，后一段时间，舅爹基本上就交给父亲做了，他只是在旁边指导。转眼到了年底，队里一算账，营利丰厚，家家都分了红，面坊里热火朝天，一阵阵嬉笑声仿佛要掀翻屋顶。队长给了舅爹一百多元钱，这对于舅爹来说，可是一笔巨大的收入，舅爹回家过年去了。

翻过冬，春天上面来了政策，要割资本主义尾巴，生产队的面坊无疑是被割的重点对象，大队书记陪着公社的领导来了两次，做队长的工作，说坚决不能干了。每次来，队长都准备最好的香烟散给他们吸，队长的烟都贴了几包，想把面坊极力地保护下来。

干部们一走，队长就让舅爹和父亲挂面，一切都在偷偷地进行。

队长叮嘱卖面的人，尽量小心点，不要像过去那样大鸣大放地卖，遇到人问，决不能说是本村的，就说是外地的。

风声越来越紧了，有一天，一个男人愁眉苦脸的回来，他挑着的面担子被民兵发现了，民兵追了几里路，把他追到，把他的面条全部踩碎了，倒进了塘里。男人说着说着，眼睛就红红的，流下了两行眼泪，那一箩白白的面条啊，谁见了谁不伤心。

又过几天，大队干部带着几个民兵来了，队长又上前去敬烟，但他们把队长的手挡得远远的，一副不食人间烟火的样子，队长知道来者不善。

他们径直来到面坊，几个愣头青小子，撞开门，不由分说，就砸了起来，屋子里响起一片砰砰的声音，尘土飞扬。

队长咬着烟屁股，焦急地转来转去，他眼睛红红的，喷着火光，说："这干吗？大家都熟人熟气的，这干吗？"但没有一个人理他。

屋外，孩子们睁大惊恐的眼睛，妇女们在骂，男人们的拳头攥得叭叭响。村民黑头五大三粗，平时喜欢舞刀弄棒的练功，黑头气得不行，咬着牙说："这些伢们，我一手能抓两个。"

队长劝着："别干呆事，这是政策，这是政策。"

砸完面坊，民兵们扛着棍子扬长而去。队长望着他们的背影，一口浓痰啐得老远，说："过去一来，我就招待你们吃，那些饭都喂猪了！"

村民们怏怏地回去了。

面挂不成了，奶奶送舅爹回去，舅爹走在前面，奶奶背着双手走在后面。

奶奶说："面挂不成了。"

舅爹说："挂不成就挂不成吧，好歹外甥的手艺学成了。他的手艺不错，比我强。"

奶奶说："不给挂面，这手艺也没用了。"

舅爹说:"总不能把老百姓的嘴堵住吧,只要老百姓吃,这手艺就有用场。"

奶奶听了舅爹的话,心里明白了。到了村头,舅爹就不让奶奶送了,两人分了手。

时间到了午季,今年的小麦大丰收。

田地里的麦子黄了,一早,队长上工的哨子就吹响了,村子里响起了各种嘈杂的声音,老人的咳嗽声,小孩的哭泣声,猪的叫声,大人们的喊叫声。过了一会,妇女们拿着镰刀,男人们拿着扁担,开始下地了,割麦子要趁着早晨的露水,这样麦芒是软的,不刺人,也可减少在劳动时,麦粒的脱落。

麦子收上了场地,经过几天晒透后,村民又要趁着骄阳打麦。太阳火辣辣地照着,村民们挥汗如雨,几头牛套着石磙子,在麦子上吱吱扭扭地转圈,碾压,赶牛的人,在后面大声地哼着民歌,这民歌也没有固定的调固定的词,这是为了排除寂寞,给牛也给人打精神。

把碾出来的麦子用木锨推到一起,堆成一个圆形的堆,队长选了几个力气大的男人扬场。男人的胳膊肌肉鼓起,用硕大的木锨铲起一锨麦粒,奋力地甩向半空,在半空划出一个扇形,草皮和杂物都被风吹走了,饱满的麦粒落下来。

麦秸被一层层地码起来,细心的人还要把麦秸堆做成锥形,以防漏雨。麦秸是农家的宝,既能修房子,苫墙壁,又能做燃料,还能做牛的饲料。

打下的麦子,除了送缴公粮,还有余粮,家家户户都分到了几箩麦子。这些麦子放在家里,人们就想把它变成好吃的挂面。

时间进入冬天,政策似乎松了些。这一天,队长家生孩子了,满月酒要用挂面。麦子是现成的,队长想到了父亲,就请父亲给他挂一架，父亲愉快地答应了。

父亲来到面坊，把面坊打扫干净，重新砌好面焙，按照过去舅爹教的那样一步步地做。

父亲每天都留心听天气预报，夜里出来看天空，天气不错。父亲和往常一样，开始了和面起面出面，待太阳出来时，面已上架了。

这次挂面，村里的人动了心，想起父亲已是一个挂面师傅。接着，第二家第三家都来请父亲挂面，眼看请父亲挂面的人排起了队，村子里整天都响着石磨磨麦的轰轰声。那个时候还没有市场经济这一说，父亲挂面只是义务的帮忙，这样下去，一冬会累死的。夜里，父母坐在灯下商量，商量来商量去，父母觉得哪家也不好推辞，都是乡里乡亲的，只好挂了吧。

这天下午，父亲刚下地回来，村里老何女人就挑着两只口袋过来了。

老何女人弯下细软的腰肢，把两只白布口袋朝地上轻轻地放下，然后直起身来，朝父亲嗯嗯地笑了笑，说："请你给我家挂点面啊。"

父亲把农具靠墙放下，直了一下腰，没有作声。

老何女人的笑脸一下子就变成黑脸了，说："你这是怎么啦，给谁家挂面都顺当，到我这儿怎么就难为我了。"

老何在镇里工作，老何女人带着孩子在家种地。因为村里人家有事少不了要找老何帮忙，村里人都让着她，时间一长，便养成了老何女人霸道的作风。父亲吃过她的亏，这件事一直堵在父亲的心里。

现在，老何女人找上门来求自己了，父亲心里一百个不愿意。父亲忙着手里的活，不拿眼睛看她。

老何女人说："切，你会个挂面了，就洋货起来了，我家能买起挂面的。"老何女人说话飞快，眼睛不停地转动，语言刻薄。

两个人在门前交起了锋，因为是求人帮忙，老何女人说话才开始还顾着一点面子,后来说话声音越来越高,父亲说一句,她已说上三句了。三言两语,父亲气得脸上的颜色都变了。

老何女人弯腰就要挑起袋子往外走,正好母亲来了,看到老何女人气呼呼的样子,就问是怎么回事。老何女人说:"你家男人现在有本事了,全村人都给挂面,怎么我家就不行。"

母亲一听就明白了一二,母亲知道这个女人得罪不起。就从她手中把面袋子拿了下来。说:"放这吧,我让他挂,生啥气。"

老何女人不情愿地把面袋给了母亲,胖胖的脸上瞬间就堆满了笑容,说:"唉,过年了,我家老何朋友多,来到家里总要管顿饭吧,还不是没办法。"

老何女人走后,父亲看着提回的面袋,对母亲气冲冲地说:"这不是明摆着欺负人吗?"

母亲就劝父亲说,得罪菩萨可以,得罪小人难,村里人谁不让着她,我们为啥偏要跟她作对呢?我们就辛苦一点,省得她在村子里搞得鸡飞狗跳的。

父亲开始给老何女人挂面了,村里人挂面的面粉,都是自家的麦子用石磨磨出来的,老何女人送的面粉是从粮站买的,俗话叫洋面,面粉雪白细腻,黏度高,能挂出好面,父亲用手一和就知道了,父亲很少挂这样的面。

小叔在帮忙,听父亲这样一说,停下手中的活,回家拿来一盆面,说:"哥,换点面下来,媳妇快要坐月子了,以后给她挂点好面吃,老何家这么多面,兑点我家的面粉,挂面也不耽误。"

父亲和面的手停了下来,让小叔去拿秤,称一下重量。小叔拿来秤,称好后,正准备往里掺,父亲让他停下。父亲想起舅爹说过,做生意人要诚实,不要认为别人没看见,菩萨是看见的。

父亲说:"算了吧,不要兑了。"

小叔睁大了眼睛,把盆往板上一磕,生气地说:"刚才不是说好的吗，怎么变卦了？又没有人知道。"

父亲说："我们换了老何女人的面粉，虽然没有人知道，但菩萨会知道的。"

小叔听不懂父亲的话，很生气，说父亲的黑墨水喝多了。

父亲坚决地说："我说不换，就不能换。"然后，又开始揣起面来，父亲揣面的姿势一上一下，有力，有致。

小叔气冲冲地回屋去，再也没有露面。

第二天下午，老何女人来取面了。老何女人看到一筐洁白的面条，简直不敢相信自己的眼睛，她更不知道父亲和小叔的争吵。老何女人自知理亏，想父亲可能要刁难她几句的。但父亲一句风凉话也没说，老何女人挑着面往外走，脚步却有点慌乱起来。

这一个冬天，父亲义务为生产队的每户人家都挂了一架面。过年了，家家都有了面条。来了客人，首先是下一锅面条，再卧上几个鸡蛋，这是村里招待客人最美的佳肴。

6

时间到了上世纪八十年代，我家的生活越来越贫困了。

这年冬天，母亲把一天三顿饭改为每天吃两顿，早晨吃的是大麦糊糊，大麦糊糊喝到嘴里，粗糙的麦片拉得喉咙疼。中午吃顿饭，晚上就不吃了，早早睡觉。我们躺在被窝里，睡不着，听到肚子里叽里咕噜的声音。

父母下地干活了，年少的我就在家里负责做饭。一天，我揭开米缸上的草盖子，缸里只有薄薄的一层碎米，用手一捋，就见光滑的缸底了。还有几条红红的米虫，它们扭动着白色的身子，拖着长长的丝子，我愤恨这几条米虫，用手把它按死。一小碗的米，显然不够家里的一顿饭。家里再没有什么吃的了，唯有一缸井水。

村子里的人家，都把孩子从学校摘下来，帮着家里干农活，我的父母舍不得摘下我们一个。村子里的人，经常拿我家开玩笑，"他家的一窝蛋，不就落几个蛋了，至少要有两个蛋是打光棍的。"

舅奶来我家走亲戚，看到我们弟兄四个，一个个杵着像枪一样，就心疼父母，这日子怎么过。给父母做工作，从我们弟兄四个中，抱养一个出去，减轻家里的负担。

那个年代，把孩子抱养出去，在乡下很普遍，父母也动心了，他们商量来商量去，最后决定把四弟抱出去。

四弟长得漂亮，虽然营养不良，但看上去仍然胖乎乎的。四弟好哭，哭起来扯着嗓子，声音震天，家里人都讨厌他。

过了几天，舅奶来告诉情况，说抱养这家情况好，生养了几个女孩子，就想要一个男孩子，四弟去了，是掌上明珠，是从糠箩掉进米箩了。

父母听了，心里也宽慰了许多。来抱四弟的日子越来越近了，四弟当然不知道这些，但仿佛是冥冥之中，这些天四弟不再哭了，反而变乖了。母亲心里不安起来，对四弟也越加好起来。没事时，就把四弟拉进怀里，给他捋捋头发，给他擦拭眼睛。四弟已长大了，他不习惯蹲在母亲的怀里，常挣扎着跑开，和我们一起玩起来。

不久，舅奶带人来了，四弟和我们在外面玩跳房子。

来抱养的中年男人，长着高大的个头，白净的脸孔，一副书生的样子。他站在旁边看着我们玩，舅奶就指给他认，男人看了四弟，心里很是满意。

吃过中饭，舅奶和书生样的男人，就要带四弟走了。

母亲把四弟拉过来，打来一盆温热的水，给四弟洗脸，母亲洗得很细致，四弟的鼻窝处、眼眶处、嘴角处、耳朵后都洗了一下。四弟昂着头，让母亲认真地擦拭，最后母亲又用毛巾把四弟的头发擦了擦，把四弟的手放在盆里用肥皂打，用手搓。一盆清清的水一会就变浑浊了，母亲心里软了一下，觉得平时对孩子们的关心太少了。

母亲的眼里水汪汪的，手里拿着毛巾对四弟说："舅奶带你去她家玩儿天，到了那里不要调皮，要听话。过几天我去接你。"

四弟睁着大眼睛，他还从没有出过家门，今天母亲怎么让他出去了？

四弟再望望眼前的舅奶，舅奶穿着一身黑衣服，头发花白了，脸上无多少肉，显得有些消瘦，四弟对她没有多少好感。

四弟挣脱开母亲，大声地说："我不想跟她去！"

舅奶蹲下身子，拉着四弟的手说："孩子，你跟我去，我家里有饼干，有糖果，你没吃过，都紧你吃，你在家里啥也吃不着的。"

我们都站在旁边看着，一圈人围着四弟，不知道四弟今天为什么成了中心。

四弟本来是愣怔着的，他突然冲开我们，朝外跑去。母亲见四弟跑了，爬起来就跟在身后追。四弟在前面跑，母亲在后面边追边喊："老四，你站住，你站住我就不打你。"

四弟不知从哪来的劲，越跑越快，母亲跟在后面追得气喘吁吁的。四弟跑出村子，跑到了田野里。

母亲终于追了上去，一把抓住了他。四弟瘫坐在地上，哇哇大哭，叫道："我不跟她走，我就不跟她走！"

母亲抓住四弟就气愤地朝他屁股上啪啪地打了巴掌，四弟哭得更狠了，母亲的眼泪也忍不住流了下来。这是自己的亲骨肉啊，自己养不活他们啊，带回去就是别人家的儿子了。

母亲抱着四弟，两个人的泪搅和在一起。忽然，母亲把四弟一推，丢下四弟独自往回走。家门口，舅奶和那个书生男人正等着母亲带四弟回来哩，一见母亲空着两手回来了，心里咯噔了一下。

母亲说："老四不抱了。"

舅奶面对这突然的变化，睁大了眼睛，问："不抱了？"

母亲说："不抱了！"

舅奶知道母亲疼孩子，停了一下，就劝说："外甥媳妇啊，我知道你的心是软的，孩子抱走了，你肯定是舍不得的，但过几天就好了，如果你想去看孩子，你就去看，跟在家里是一样的。你的儿子一个不少的，人家还把你养着。"

母亲说："我知道舅妈是为我这个家好，但觉得太对不起儿子了，三个儿子养和四个儿子养一样，难就难点吧。"

舅奶的脸就黑下来了，说："你这不是在拿我开玩笑吗？"

母亲说："对不起，我原来是想抱出去的，但现在不想抱了，再难也不抱了。"

舅奶还想做做母亲的工作，母亲转身进了屋，把他们晾了起来。

舅奶叹息一声，和男人叽咕了几句，男人很失望，两人气呼呼地拎起包走了，从此，舅奶就再没来过。

腊月到了，离过年还有一个多月，富裕人家都开始准备年盘了，而我家的年盘却没有一点着落，父母发愁着，不知这个年怎么过。

一天中午，村里老文圣来串门，老文圣串门喜欢手里捧着个茶壶，一边焐手，一边喝水。

老文圣来和父亲说一件事："底下（我们这儿把江南统称叫底下，不知是否是从地图上看的）人喜欢吃挂面，他们那叫吊面，但没有人挂，你会这个手艺，我们俩去挂，一冬下来，赚个年盘是没问题的。"

父亲一听就来了精神，俩人粗算了一下，如果天气好，每天两架面，离过年还有一个多月，这样下来，赚个年盘确实是没问题的。父亲的心也动了。

老文圣的岳父家在马鞍山那边，他对那边情况熟悉，而父亲对那边却两眼一抹黑，如果要去做这个生意必须要和老文圣一起绑着干。两人商量后的分工是，父亲专门挂面，老文圣专门联系货源，收费。

研究了几天，两人的想法就这样定下了，走之前，父亲把家里的活收拾好，但父亲放不下奶奶。晚年的奶奶在父亲和小叔家轮流生活。

奶奶少年时，得过风寒，到了晚年，便变成了支气管炎症。奶奶走路佝偻着瘦弱的身子，头上系着一方黑色的布巾，手里拄着一根棍子。每到冬天，天气寒冷，奶奶便下不了床，要坐在被窝里焐着，还不停地咳嗽，咳完就大口大口地喘息，吐出的痰黑色的浓浓的一大块，有时没有力气吐出来，就用手在嘴边抓一把扔在地上。她床头的地上，又湿又脏。母亲每次扫地，扫到她床头那里，没有办法扫，就用锹铲，连那块地的土都铲凹了。

奶奶的支气管炎禁不住寒冷，每到冬天，病就犯了，就要打针吃药。刚开始时，父亲每次要跑七八里路去找一个远房的侄子来打针。这个远房侄子是赤脚医生，方圆几十里，就他会看病，时间长了，他见父亲这样来回奔波太辛苦了。就教会了父亲如何给奶奶打针、吃药。因为奶奶患的是老毛病，用药没有什么变化，父亲很快就学会了，成了奶奶的保健医生。一到冬天，父亲和奶奶就没分开过。

这天，父亲来和奶奶商量出门的事。

父亲坐在奶奶的对面，父亲觉得自己不孝，话说得絮絮叨叨的，没有底气。奶奶听了半天才明白，奶奶说："你去，你这一大窝子，不挣点钱回来，年怎么过。"奶奶捧着火盆，手指上粘着灰，擤鼻子时，奶奶的鼻尖上有了淡淡的灰印。

父亲说："我走了后，你就摊到去弟弟家过了。"

奶奶半天说："一提去他家，我的腿就打颤，就像小鬼偷肉一样。唉，一娘养九子，九子不一样。古人不值钱，古话值钱。"奶奶知道小叔脾气不好，小叔素来与我家有矛盾，这种矛盾，小叔常常又牵涉到奶奶的身上，对奶奶有了怨言。

父亲说："我把你的药都准备好了，我走了，你病如果犯了，就按照过去的那样吃药。"父亲拿着几个咖啡色的玻璃瓶子交给奶奶，这瓶里装着的是奶奶经常用到的药，奶奶吃多了，对每个药也都熟悉了。

奶奶接过药瓶，说："我知道的，你去吧，不要担心我。"

父亲还是不放心奶奶，父亲拉了奶奶的手，奶奶穿得暖，手热热的，父亲一再叮嘱奶奶，说："我去底下挂面，就一个月时间，过年了，我就回来，你正好赶到我家过年。"

几天后，奶奶在我家的一个月生活结束了，就要去小叔家了。奶奶拄着拐杖在前面走，父亲提着包袱跟在后面，父亲和奶奶经常一起走路，但这次父亲觉得不一样，父亲从来没有这么长时间和奶奶分开过。奶奶在前面每走一步，父亲都慢慢地跟着，奶奶穿着粗布大襟袄，拄着拐杖，勾着腰，显得苍老弱小。两个人穿过村子，冬天的村子里显得十分安静，寒风吹着，没有了夏天时的鸡飞狗叫，人影也稀少。

快到小叔家了，奶奶停了下来，交代说："儿哟，外面的钱也不好挣，到了人家那里不要惜顾体力。"

父亲站着，说："妈，你说的我都懂，这几年在难处。"

父亲把包袱递给奶奶，奶奶接了就朝前走了，父亲看着奶奶拐了一个弯，身影就被一座房子挡住了。父亲叹息一下，转身回家了。

第二天，父亲要出门了，这是一个清冷的早晨，母亲早早地起床，开始给父亲炒饭，油炒饭也不是家里的人可以经常吃到的，只有像父亲出远门，或者家里请人做活才能吃上的，油炒饭好吃禁饿。母亲坐在灶间烧火，红色的火舌一会伸，一会缩，照得母亲的脸一阵亮一阵暗。锅烧热了，母亲就起身站到锅台前炒饭，炒饭的香味在清晨宁静的空气里飘逸，让人馋涎欲滴。父亲则在准备行李，其实，昨天晚上，母亲已帮他把行李收拾好了，但父亲还是不放心。把母亲多放的东西，再拿下来，他知道母亲在家也不容易。

吃完饭，父亲走出门外，外面黑乎乎的，迎面的风吹来，让父亲的身子紧缩了一下。风中还掺杂着一些雨点，冰冷的雨点打在脸上，像一颗颗小石子打得生疼。母亲又拿了一把破油布伞，撑开了，递到父亲的手中。母亲说，下雨了，走在路上别淋着了。父亲接过雨伞，叮嘱母亲，说这次出去好好挣一把。父亲的心情是喜悦的，笑容在黑暗中，母亲没有看到，父亲把行李在肩头上送了送，就走了。

父亲来到老文圣家，老文圣也早早地准备好了，在等着父亲来。

两个男人的脚步声，在这个寒冷的早晨，显得清脆、铿锵。脚步声惊醒了一条狗，狗先是呜咽了一下，接着便汪汪地叫了起来。

两人走到镇上，天才露出鱼肚白，车站十分简陋，就在一棵光秃秃的大树下，这时，已有几个候车的人了。大家都哈着腰，打着伞，表情木然地在等车。好久，一辆大客车缓慢地驶来，车前的灯还是亮的。车子停在人群前，放了一声气，门叭地打开，大家收了雨伞，一个个走了上去，找了一个座位坐下来。汽车轰鸣了一下，又开始前行了。车子在冬天的旷野上奔驰着，父亲和老文圣在车上打起瞌睡，待他们醒来时，天已大亮了，田野在一片白光里，渐渐地清晰起来，雨水里夹杂着许多雪花，雪花在车子的速度中，像柳絮一样轻轻地飘舞。扑到车窗的玻璃上，粘了不一会儿，就成了一片湿迹。

父亲说："晴了一冬不下，我们出门就下了起来。"

老文圣说："天气预报只讲是阴天的。"

父亲担忧地说："如果底下也下雨，这面就挂不成了。"

老文圣说："到底下，可能就是晴天了，这天大了，咋能都一样。"

父亲和老文圣到县城下车后,再转车到一个镇上,这个镇上有一个火车站,每天中午有一班火车到芜湖,乘这一段火车比直接乘汽车去马鞍山便宜。这一路的行程,不但艰苦,而且容不得半点出错,有一个环节出错,都会在半路上耽搁下来。

早一天赶到,早一天挣钱。这种愿望催促着两人风尘仆仆地赶路,他们一点也不疲惫。

父亲和老文圣是第二天下午到达马鞍山的,马鞍山这边果然是晴天,两个人的担忧一扫而光。

7

奶奶轮流到了小叔家生活,小叔家住的也不宽敞,小叔把门前的厨房收拾了一下,在靠灶前的地方放一张竹床,铺上一层稻草,再垫上棉垫子,奶奶就睡在上面。

这些天,小叔家的厨房由于年久失修,夜里开始漏雨,黄色的雨水像锈迹,半天一滴,漏在奶奶的床上。奶奶在早晨的寒冷中醒来,看到脚头的被子湿了一块,又急又气,就大声地喊小叔。

小叔正在堂屋里吃早饭,奶奶的喊叫,打扰了他,他放下手中的碗,怒气冲冲地走了过来。奶奶没有看到小叔站在跟前了,一边低着头在拧湿了的被子,一边仍在喊着。小叔看到眼前的情况,心里明白了十分。他一弯腰,抓住一条竹床的腿,用力往外一拖,竹床已朽了,哗地一下塌了下来,奶奶同被子都落在了地上。

奶奶缓过神,哭泣起来,骂道:"老天啊,你怎么不睁开眼啊,我怎么养了这个孽子啊,我哪世作的孽啊。"

奶奶在哭泣,小叔却不管不问,又回到桌前端起碗吃饭。小婶看不下去了,踢了他一脚,说:"她在那哭,你能吃下去?"

小叔说:"她哭一会就不哭了。"

奶奶咒骂了一会,见没有动静,只得自己拄着棍慢慢站了起来,把衣服穿好。奶奶来到小叔家的堂屋,小叔趴在桌子上,看到奶奶过来,扭过头去。奶奶说:"你这个孽子,你还是人吗?你把我撂地上,就不问啦。"

小叔抬眼看了一下奶奶,说:"屋漏我能有什么办法呢?就漏点水,比住在外面强吧。"

奶奶用棍咚咚地捣着地面:"那你还便宜我了!"

小叔不屑说:"你要觉得在我家过得不好,你看哪好,就去哪里过。"

奶奶气得嘴唇发抖,转身回到她的竹床前。然后蹲下身子,慢慢把竹床拼好,断了的一只腿,用一个板凳支着,把草挦上去,把被子铺好,然后又躺了上去。奶奶年老了,花白的头发蓬乱着,瘦弱的身子躺在床上,没有一点分量。她的面孔布满了皱褶,脸色枯黄,半天,两行老泪从她的眼角流出。中午,奶奶心里堵得饭也吃不下去。奶奶伤心了一天,绝望极了。夜里,她的手下意识地摸到了床头的药瓶,打开瓶盖倒了一把药片放在手心,奶奶犹豫了一下,绝望和伤感一起涌入奶奶的心头,她开始把药往嘴里吞,药丸噎得她的嘴张了一下,她用力地吞了下去,吞得老泪纵横……

仍是一夜的北风呼啸,偶尔,风从屋前的树梢上刮过,声音像一个人的尖叫,眼看就要接不上气了,但接着又猛然响起。天亮时,雨水已变成了漫天的雪花,一片一片把天地间搅得一片混乱,没有了天地之分。

第二天一早,小婶来厨房做饭,看奶奶没有动静,一看,奶奶脸色煞白,已经去世了。小婶吓得尖叫了一声。小叔也慌张地赶来,一看奶奶果真去世了。小叔没有呼号,而是回到堂屋坐了下来。

奶奶去世了,奶奶是喝了过量的药而中毒去世的。

奶奶是在小叔家的厨房里去世的，人总不能放在厨房里发丧吧。

队长来找小叔，让奶奶回堂屋发丧。小叔不愿意，说，要么在屋外搭个雨篷，要么从后墙上打一个洞，让奶奶从洞里进家。小叔的意思是怕奶奶在他家发丧，要承担许多费用。

队长没有办法，就来找母亲商量。

母亲一早就听到奶奶去世的消息了，母亲正在灶下烧火做饭，眼睛一红就哭泣起来了，灶里的火烧完了，火焰弱了下来，母亲也没有发现。

现在，母亲一听小叔的态度，就生气地说，婆婆这么大年纪了，也是一个有福之人，怎么能让她在大篷子里出丧呢？她一生也盖了房子的，他的房子，不就是婆婆盖的么，怎么不能进呢？婆婆也不是一条狗，婆婆怎么能从洞里进家呢？让她来我家吧。队长一听就哈哈笑了，说："要像你这样通情达理，还有啥说的哩。我们已去他家找了几趟了，他不同意。"

母亲把家里的堂屋收拾干净，奶奶的遗体被人背过来了，放到门板上躺下（这是我们这儿的风俗）。母亲给她盖好新被子，燃了长明灯，烧了火纸。母亲看着躺在门板上的奶奶，忍不住就悲从心来。她轮到小叔家才几天啊，怎么就去世了？

母亲首先安排人去镇上给父亲打电报，让他赶紧回来。

奶奶的安葬需要一笔钱，母亲不想去与小叔商量，便找到队长，让队长去说，队长胸有成竹地说，这事我去说。

队长去找小叔了，队长一跨进家门，小叔就知道八九不离十了。小叔端了一个板凳让队长坐下，队长说："你妈去世了，你哥不在家，本来这事应当摊在你的头上，现在你嫂子顶着办了，但所需的钱，你俩要二一添作五地摊，不能少一分钱。"

小叔双手抱在胸前，说："家里没钱，让她先垫着，我到时还她。"

队长一听就火了，他把烟吐到地上，把手拍着桌子，拍得叭叭响，队长大声地斥责道："你妈死了，你还要赊账啊。现在，你嫂子不是缺钱吗？"

队长怒气冲冲地回来了，然后把情况对母亲一说，母亲感到失望极了。母亲也没钱，但奶奶的遗体放在家里，入土为安是头等大事。

外面的亲戚都陆续地来了。

安葬需要的劳力也请来了。

家里拥满了人，这些人都要招待，还要买孝布、孝碗，等等，可家里一贫如洗，钱从哪来呢？

母亲坐在板凳上发呆，看着挺在门板上的奶奶，看着来来往往的人群，这些都是石头，沉重地压得母亲喘不过气来。母亲是一位妇女，一位妇女在乡下要操持这么大的事，还是没有过的。

下午雪停了，母亲来到村头，望着大路，田地上一片白皑皑的，一望无际的雪，像要把整个世界覆盖住，只露出长长的草尖儿，远处的村庄在雪地里黑乎乎的一片。阳光映在雪地上，闪着刺眼的光芒，父亲啥时才能回来啊。

夜里，母亲躺到床上，刚合上眼睛，又在惊愕中醒来。母亲想想有点后怕，这事不是发生在自家，本来应当与自己没有关系的，现在，自己这样做究竟对不对？母亲实在睡不着了，披着衣服下床，堂屋里，几个守夜的人在打牌，吆喝声在这深夜里单调空洞。奶奶躺在门板上，头前晃动着弱小的烛光，奶奶的脸被一张黄纸覆盖着。母亲弯下腰去，朝火盆里点燃了几块草纸，草纸在火中，慢慢变成黑色的灰烬。火光瞬间映着母亲的脸，母亲的脸上抽动了一下。母亲念叨着，这个死去的人啊，她不知道活着的人有多艰难！这个死去的人啊，请进来容易，送出去却很难了！这个死去的人啊，如果她能睁开双眼，一定要让她看看这个一贫如洗的家如何去变钱，可是她的双眼紧闭着!

母亲实在困了,在奶奶的门板前眯上了眼睛。不知过了多久,母亲被寒冷冻醒,新的一天来临了,早晨的光,雪白的淡淡的,没有一点温度和厚度。

拥上母亲心头的第一件事,是今天无论如何要弄到钱。全村的人都在观望着哩,有的人还在看笑话哩。母亲焦急地屋内转,母亲看到墙角的那圈稻,这是家里的口粮,家里一冬都在吃两顿,就是为了省点粮食,度明年的春荒,现在,母亲灵机一动,卖粮。

母亲喊来我们撑开麻袋的口,然后,把稻谷往麻袋里装,装了一袋,再装第二袋,忽然铁锨碰到了圈底,母亲停下来,眼泪哗地就滚了出来。

母亲拉着一车稻,去粮站卖。

邻居们见了,吃惊地说:"你把口粮卖了,开春了,一大家扛皮(饿肚子)啊。"

母亲眼睛红红地说:"不管了,车到山前必有路。"

邻居说:"家家都有难念的经。"

母亲说:"不难念,再不行,我就领着孩子们去讨饭。"

从村子到镇上,有一段泥土路,平板车在雪地上扎下两道深深的歪歪扭扭的车辙,母亲用力地向前,肩上的绳子紧紧地勒着她的身体,像一条巨蟒缠住了她,要让她停住呼吸,但悲痛让母亲的内心产生着巨大的力量,她要把这件事办好,她不能让村子里的人看笑话。泥泞黏上了平板车的胶轮,平板车的胶轮越来越粗,走不动了。母亲就停下来用树枝拨下,然后再走。拉到镇上,母亲的身上已是一片汗水。

母亲把稻谷拉到粮站,粮站母亲是熟悉的,每年午季和秋季母亲都要来卖粮,但那是和父亲一起的。那时的粮站内是热闹的,卖粮的车子排着队,卖粮的人来来往往。现在,粮站内冷冷清清的。

收粮的是一位中年人,他坐在桌子前,一边听着收音机,叽叽啦啦的,一边嗑着瓜子,嘴角有着瓜子的沫子,地上吐着一片瓜子皮。

母亲拉着平板车在仓库门口一站,中年人抬头看了她一下,他已明白是怎么回事了,站起来问:"卖粮?"

母亲说:"卖粮。"

中年人问:"家里有事了?"

这个时候来卖粮的人很少,一般多余的粮,早卖过了,家里留下的都是口粮。还有就是,粮食放到现在没有了水分,都是实货了,卖不出好斤两,因此现在来卖粮,都是家里有了急事的贫困人家。

母亲说:"婆婆死了。"

中年人:"哦,男人怎么不来。"

母亲:"男人不在家。"

中年人愕然了:"男人不在家,你一个女人操办!"

母亲:"唉,没法子。"

中年人拖来磅秤,磅秤在水泥地上,发出哗哗的声响,然后拖到母亲的脚下,帮着母亲把平板车上的麻袋搬下来,放到磅秤上。他拨拉着秤砣,秤砣在白色金属的杠杆上缓缓地移动,正好平了,但中年人又往前稍稍地移了一下,多称了十斤。

称好重量,中年人写好取钱的票据,递给了母亲,母亲拿着去会计那取了钱。

有了钱,母亲开始操办奶奶的丧事了。

母亲请人在堂屋前设了一个灵堂,灵堂前,放着奶奶放大了的黑白照片,两边垂着黑色的布条,遗像前是一排饭、肉、鱼、鸡,等等,几只红蜡烛在燃烧着,晃动着红红的微弱的光,前面放着几个蒲团。晚辈们来了,都要跪上去,对着奶奶的遗像磕上三个头。

舅爹也赶来了,我们这儿的习俗,女性死了,娘家人为大。舅爹已老了，与年轻时的相貌相差太远。他的牙掉了，两侧下颏处向里凹了，说话时不注意口水就会顺着嘴角涎下来，他就用手抹一下。他一看到躺在门板上的奶奶，就哽咽起来，几滴老泪已从眼角深深的皱褶里滚下。

舅爹问父亲怎么不在家。

母亲说他去底下挂面了，母亲说："他这么多年也没出过门，今年才出的门，家里就出了这么大的事，还叫人怎么活啊。"母亲说着说着，眼圈就红了，这两天，她的压力太大了，也不知道父亲可接到电报了，什么时候能回来。

舅爹叹息了一声，说："我教会了他挂面，没想到他却把娘挂没了。"

到吃晚饭的时候了，屋子里摆了五张桌子，人坐齐后，开始上菜。

酒过两巡之后，大家开始相互敬酒，本地的风俗，敬酒是要站起来，以表示对对方的尊重，一时，半桌子的人都站了起来。另一桌坐的都是村子里的妇女，一个少妇坐在桌子上，怀里的孩子不停地扒拉着，少妇知道孩子想吃奶了，就掀开了衣服，把奶头塞进孩子的嘴子里，孩子吃了一会就睡着了。

母亲忙碌完，回到桌子上吃饭时，桌子上已没有几个人了，小叔还在桌子上坐着，脸已喝得红红的了。小叔本来想看母亲的笑话，没想到母亲把这事办得很排场，觉得自己丢了人，心里窝着火。现在看母亲过来了，寒着脸，喘着气，半天指着母亲说："老太太生前留了不少钱给你们，你们办点事，还要摊我钱。"

母亲一听血就往头顶上涌，母亲说："你黑良心了，她一个老太太，饭都搞不上口，哪来的私房钱留给我们。我昨天去卖粮你可看见了？你看看我家里的口粮可有了？"母亲说着说着心就酸了。

村里人就过来劝母亲，母亲刚站起来，小叔借着酒劲，抓起一只酒杯叭地朝母亲砸过来,母亲一偏身子,酒杯砸到身后的墙上,哗地碎了。

母亲哭了,母亲从没有这样伤心过,积压了几天的泪水,顷刻飞溅出来。几位老人拉着她的手,把她拉到门口的灯光下,安慰说:"你不要和他计较,家里的老人还没上山哩,千万要忍忍,他是啥人,大家都知道的。"

母亲哭泣着说:"让我咋忍啊,他是欺人太甚了。"

舅爹也赶过来,瞪着眼睛要找小叔算账,小叔早躲了起来。

奶奶的葬礼在母亲的操持下有条不紊地进行着,母亲眼巴巴地朝村头看。母亲想看到父亲回来的身影,但父亲的身影一直没有出现。——上世纪80年代,乡村最快的通讯就是打电报,这电报打过去,也就像一块石头丢进了水里,没有任何音信。

父亲没有音信,奶奶的遗体还躺在门板上,家里每天都是哄哄的人群。乡村里的习俗死者是不能在家停三天的,否则影响往生。母亲有点着急了,如果父亲没有回来,把奶奶安葬了,父亲见不上一眼,怎么交代。

母亲拿不定主意,便找舅爹商量,舅爹说:"死人为大,入土为安,按习俗办事,明天让你婆婆上山。"

舅爹的话,使母亲有了靠山。

第二天上午,奶奶发丧了。几位老人,把奶奶装进棺材,然后合上棺盖。家里的亲人和亲戚都穿着白色的孝衣跪在地上大哭起来。

抬重的人,抬着棺材出门,最后一位抬重的人,伸手把拴在板凳腿上的鸡抓住,一刀砍了头,这叫断头鸡。外面鞭炮齐鸣,烟屑腾起,有的人捂着耳朵躲避,有的人不慌不忙地从炮竹的纸屑中走过。

奶奶的棺材抬出门了,每走一段路,子女们都要在棺材前跪下磕头,这叫给死人跪路,然后,撒下一些纸钱,这叫买路钱。

到了岗头上，这里是一片白杨树，冬天的树落光了叶子，根根枝杈显得干净利索，没有半点牵挂。树林下，是深深的荒草，草长长的叶子，呈现出金黄的颜色，一片一片的，可以想象夏季的勃勃生机。

先来的人，已在荒地上，挖出一块平整的新地，中间是一个方形的坑，棺材缓缓落下，开始封土了，鞭炮齐鸣，一会，奶奶的棺材就被黄土埋没了，亲人们跪下，撕心裂肺地哭喊着。

母亲拍着新起的坟堆哭诉着说："老太太啊，你为啥这个时候走啊，你的儿还不知道在哪里，不能来给你送行了。你的儿一辈子没出过门啊，就这次出去想挣两个钱，你就等不得了，他回来只能见到这堆土了。你的心真狠啊，他这一辈子服侍你打针吃药，哪样对你不好……"

母亲用黏着泥泞的手不停地拭着泪水，捋起额前散发下来的头发。很快母亲的脸上发上都黏满了黄色的泥泞，像一个泥人似的。

村里的几位妇女把母亲搀扶起来，劝说道："你对得起你婆婆了，你不用哭了，这么冷的天，别哭坏了身子，家里的一大摊子事还要你料理哩。"

过了一会，哭泣的人都起身了，只有小叔仍跪在坟前，没有人去劝说，小叔呜呜地哭着，但眼没有红。看人陆续要走了，小婶狠劲地揉了一下小叔，小叔自己站了起来，跟着人群往回走。

往回走的路上，是不准哭泣的，一排黑色的长长的人群，在初冬的田地上蠕动着。到了家门口，在家留守的人已点燃了一个火堆，火堆不大，火焰飘动着，忽高忽低，一股黑烟贴着火堆升起，然后在风中飘散开去。每个人从火堆上跨过，这叫与阴间告别了，因为阴间是怕火的。

这跨火的过程，就有点像游戏了，特别是那些孩子们，感到十分的好玩，跨来跨去的，大人呵斥着，才停止下来。

8

父亲和老文圣是下午到达马鞍山的。

这是一个古老的村子，和江北的村子截然不同，村子里都是高高的飞檐，黑色的墙壁，父亲走在里面，对每一座房子，每一块石头，都要停下来张望半天。青石板的小路，在窄窄的巷道里弯弯曲曲，路边的门头上，雕琢着花砖，花砖上矗立着几棵枯草在风中摇晃。有时，青石板小路在半路上岔开，走进去，又是无尽的深处。走到一座桥头，上面是一座古老的亭子，亭子里可以坐下休息。桥下是清澈的流水，流水经过一处石坎，发出"哗哗"的声音，像布匹一样在阳光下闪亮。父亲在村子里走了半天，才走了出来，这让父亲很兴奋。

晚上，老文圣的内弟请他们去吃饭。

老文圣的内弟叫老华，家也住着一座老房子，走进去是高大的黑色木柱子，正屋中央放着一张大桌子，桌子四边都是木雕，四把长条板凳，板凳腿处也是木雕。老华介绍说，这个村子已有几百年的历史了，他家的房子也是一座老房子，他爷爷小时候，就在这座房子里住。父亲听了，嘴张得老大。想想自己村子里，那些低矮的草房子真是感到天壤之别。

大家坐下，老华拉着父亲一定要坐到上首，父亲不愿，老华和老文圣都比自己长一大截，应当是他们坐上首。老华说："我们虽然比你长几岁，但白长了。你是一个手艺人，技艺压身哩。"

父亲作为一个手艺人，在异乡受到尊重，心里暖和和的，父亲推辞不过，只好坐到了上首。

正说着话，一个年轻人就把菜端上来了，老华打开酒瓶就陪父亲和姐夫老文圣喝了起来。老华热情豪爽，酒量好，他用的是玻璃杯子喝酒，父亲不胜酒力，只能用小酒杯陪着他，老文圣能喝，与老华对饮起来。父亲看他们把酒大口大口地往肚子里倒，十分的羡慕。

老文圣对父亲说："我内弟人好，我们来挂面，就靠他了。"

老华说："姐夫带来的人，就是我家的人，你们在这干活不要见外，有困难就跟我讲。"

桌上的菜，都盛在粗瓷碗里。老华招呼大家吃，面前是一碗泥鳅，黑瘦瘦的，每条泥鳅都弯曲着。老华说，这是他们村子边大沙河里的特产，叫沙鳅。沙河里水清沙细，这种沙鳅就生长在里面，吃不到泥土，只吃沙子，所以个头小，但营养丰富，好吃。老华说，过去，我们这儿有道名菜叫泥鳅吊面，后来，没有吊面了，就做不成这道菜了，现在，你们来了，把吊面吊起来，这道名菜就可以恢复了。

老文圣说："你明天到村子里吆喝吆喝，有吊面的，抓紧吊。"

老华说："你们没来，村子里就传开了，明天就有人送面来，你们先把吊面家伙收拾好，就怕你们忙不过来。"

几个人已喝得满脸通红了，老华也喝得有点晕了，父亲来了兴致说，到厨房去，看看你家的大厨。老华哈哈大笑了，厨房就在院子里，里面热气腾腾。老华对站在锅前烧菜的妇人喊，妈，他们来看你了。老华的妈转过身来，一个头发花白佝偻着腰的老太太。父亲说，不好意思了，劳驾你老人家。老人精神矍铄地说，我身体结实哩，干这点活儿不累，也不知道你吃得可习惯。父亲说好吃好吃。

老文圣喊了一声："妈，快歇歇，累了吧。"

老太说："不累。"然后又看了一下老文圣说，"你看你，出门了，也不穿身新衣服。"

老文圣低头瞅瞅身上，不好意思地笑笑。父亲接过话，打圆场说:"他这次来是干活的,穿新衣服不方便。"

晚上,父亲和老文圣回到屋里住下,老文圣喝多了酒,倒床就睡了,父亲开始整理挂面用的筷子、面盆。在这个异地他乡,父亲就指望这次大干一场了。

老文圣躺床上呼呼地睡着,发出轻轻的鼾声,他的嘴角,流着长长的涎水。

父亲一直拾掇到半夜,冬天的寒冷从父亲的脚底一点点往上爬,父亲感到了寒意。他关灯睡觉,期待着明天的到来。

第二天,两个人还在睡觉,就响起了咚咚的敲门声,父亲和老文圣同时醒来了。老文圣要下来开门,父亲已先一步下了床,打开门,是内弟老华领着一位妇女来了,妇女站在老华的背后,手里提着一只口袋,老华说:"人家来吊面了。"

父亲忙把两人让到屋里,妇女把口袋放到地上,两人见他们刚起床,寒暄了一阵就退了出去。

生意就这样开始了。

一个上午,已陆续收到四家送来的面粉,看来这生意比预料的好。父亲在屋子里忙碌开来,老文圣帮不上忙,只是嘿嘿地笑着,陪父亲说话。老文圣说话大喉咙:"这样做下去,今年我们可以过个肥年了,有个手艺到哪都有饭吃。江南的天也好啊,这天气正适合我们挂面,每天应当能出两架面吧。这次赚了钱,我回去要做一身好衣裳,每次来岳丈家,都没有行头,真是丢人。"

父亲身子热了,就把棉衣一件一件往下脱,父亲脱了棉衣,干起活来更利索了。

老文圣说:"你不能这样脱,要感冒的,今年冬天就指望你这头老黄牛了。"

父亲说:"不要紧,你放心,今年我们好好挣一笔。"

下午,老华来了。老华身后跟着一位穿着绿衣,身上背着一个大邮包，推着绿色自行车的邮差，他们走到父亲跟前，邮差拿出一个夹子，从里面取出一份电报给了父亲。电报是白色的封套，里面装着一张薄薄的纸，父亲签了字，邮差骑上自行车就走了。自行车在青石板的路上颠簸着，发出格咚咚的声音。

父亲用黏着面粉的手打开电报，上面只短短的一行字：母逝速归。

父亲的眼睛有点发花，头开始发晕，他揉了揉眼睛，再看，还是那行字，没有错一个字。父亲踉跄着，身后有一个板凳，一屁股就坐了上去，面色煞白。

老文圣看到父亲这样，也知道家里有大事了，要不然也不会打电报过来的，老文圣问怎么回事。

父亲坐在板凳上，用拿电报的手撑着头，父亲好长时间没有声音，然后悲怆地说了一声："我妈死了！"

老文圣听了，吃了一惊，说："我们来时，她不是好好的吗？这才两天。"

父亲又说了一句："我妈死了！"

父亲说完，已泣不成声，父亲的肩头一耸一耸着，鼻孔里发出低沉的悲咽声，那张薄薄的电报纸，在父亲黏着面粉的手中不停地颤抖。

老文圣站在父亲的面前，踱着步不知所措，在乡下，这是一件大事。老文圣说："你不能光哭，赶紧想怎么办吧？"

父亲头昏脑涨，扶着墙壁，过了一会，父亲缓慢地站起身来，红红的眼睛望着老文圣说："我这个没用的人，一辈子没有出过远门，这次想出远门挣点辛苦钱，妈怎么就死了！"父亲说话，已连不成句子，他每说一句，喉咙就要哽咽一次。

父亲开始收拾东西，老文圣坐在板凳上，望着面前送来的几口袋面粉发呆，看来，这面是挂不成了，今年冬天的希望要泡汤了。

父亲简单地收拾了东西，两人站在几袋面粉前，父亲说："人家送来的面粉怎么办？"

老文圣叹口气说："给人家送回去吧。家里出了这么大的事，你要回去啊。你走了，我也不会挂。"

父亲说："只能这样了，实在对不起你。"

老文圣说："哪能这样说，家里出了这事，谁也不是好意的。你赶紧回去，别误了车，面粉我和内弟送给人家去。"

父亲出门了，老文圣提着他的行李，一直把他送到镇子头的车站，这是下午的最后一班车。老文圣帮父亲算过了，如果赶得紧，不误点，夜里在火车上睡，明天下午可以赶到家。

父亲怀着巨大的悲痛，风尘仆仆地往家赶。

父亲从县城下了火车，已是深夜了。县城的火车站不大，就一排高大的平房，父亲从出站口走出来，迎面就是浸入肌骨的寒风。沿着广场，有一排路灯，发出昏沉的光线，几个旅人黑乎乎的身影慢慢走远了，台阶上只剩下父亲一个人孤单的身影。不一会儿，身后响起了火车的喘息声和哐当声，绿皮火车又冒着寒冷开始行走了。

车站冰冷得没有一点人情。父亲沿着台阶往下走了走，旁边有一个小巷口，朦胧的灯光下，竖着一块小旅馆的牌子，白底红字，颜色已经陈旧了。这个时候，已没有一辆班车。

父亲望了一会儿，他决定徒步走回家去。

从县城到家里有四五十里路，父亲算了一下，到家时，正好天亮。现在，家里发生了这么大的事，是天塌下来了，他要迫切地赶回去，与奶奶见上一面。

父亲从巷口穿过，然后上了一条石子公路。父亲在马路上急促地行走着，路的两旁是落光了叶子的杨树，黑黝黝的树梢在朦胧的夜色里直插天空。县城的楼房越来越远了，路上越来越寂静，可以清晰地听到自己踢踢踏踏的脚步声。父亲的身上，渐渐有了汗水。

穿过一个小集镇，离家就不远了，父亲决定从马路上拐下来，抄近路走。

田埂在地里弯来弯去，父亲有时只有放弃田埂，直接从地里走。父亲往家的方向一个劲地走。大地是沉静的，村子是熟睡的，一切都像什么事都没有发生过，只有父亲的心是火烧火燎的。

翻过一个塘坝，朝下是一条细长的小路，从一片坟地中间穿过。这里地势低洼，路的两边长着荒乱的杂草，过去曾有人在这里自尽过，白天从这里经过，都有点怕人，不要说是在阴沉的夜间了，但这是唯一的一条路。父亲硬着头皮朝前走着，忽然发现前面几十米的地方，有着一堆黑乎乎的东西动了一下。父亲的头发一下子就炸了起来，父亲只有挪着脚子往前走。那团黑乎乎的东西站了起来，变得高大无比，父亲的的腿有点发软了，父亲攥紧了拳头。走到跟前才看到，这是邻村的一个疯子。父亲叹了一口气，迅速地穿过坟地，提到嗓子眼的心也放了下来。

父亲踉踉跄跄地在田野上奔走着，远处已有了鸡叫，天渐渐地亮了，村庄在地平线上也呈现出了轮廓。

父亲到家时，母亲刚起来。父亲头发蓬乱，满身的泥巴，眼睛直直的，脸孔僵硬的，像一个从深山里跑出来的怪兽。父亲的突然出现，让母亲吃了一惊。母亲愣了一会儿，才明白过来。

父亲一头钻进了家里，家里空空荡荡的，并没有他想象的奶奶挺在门板上，到处都是闹哄哄奔丧的人。

父亲大声地问："我妈呢？我妈呢？"

几天来，巨大的悲伤和重量，压在母亲的心头，此刻，母亲放松了下来，母亲捶打着父亲说："你见不到你妈了，你妈已埋在土里了。"

父亲的眼睛瞪得圆圆的，露出一股凶光，伸手给了母亲一个耳光，喊道："我妈怎么死的？"这是父亲第一次打母亲。

母亲没想到父亲会打她，母亲捂着脸哭喊着，从门后找来一根木叉子,就要和父亲拼命,母亲的叉子刚打过去时,父亲伸手就把叉子抓住了。两个人拽着叉子,母亲大声地骂父亲:"你这个没良心的东西,你知道我在家里受了多大的罪!你不问问就动手打人了。"

父亲打过母亲后,又后悔起来,父亲说:"再怎么难,你也要等等我啊!"

母亲说:"一个死人挺在家里,比挺一座山还重,你死在外面,也没有音信,这能等得起吗?"

邻居看到了,赶过来拉开。邻居斥责父亲说:"你打她对不起人,一个女人真不容易,如果没有她,你妈的丧还发不出去哩。"

父亲沉默了。

上午,母亲陪着父亲去地里,路上的泥泞让父亲每走一步都要趔趄一下。冬天的旷野里一片肃静,一眼望去,土地上黑沉沉的,没有人影。父亲往那片地头走去,远远的,就看到隆起来的一堆新土了。父亲三步并作两步赶了过去,一座新坟在地头是那么的醒目。父亲一下子扑到坟上,号啕大哭起来。

父亲说:"妈呀,儿子没用呀,我一辈子没出过门,这次想出去挣两个钱,你怎么就走了。我的妈呀,你怎么不等等我啊,我哪里对不起你啊!我走时,你还和我说话,我回来,你就在土里了……"

父亲的身上,黏满了泥土,半天,父亲已像一个泥人了。母亲把父亲扶起来,说:"哭不回来了,她走了还是一个有福之人,苦日子我们活人还要过。"

父亲像一个泥人,跟着母亲回到家去。

9

父亲回到家,他决定要去找小叔了解一下情况。

从我家到小叔家隔着半个村子,父亲走得很慢,因为有着隔阂,这几年来父亲与小叔几乎没有了交流。父亲想着见到小叔如何和他说话，才不至于吵了起来，父亲同时又做好了吵架的准备。父亲的心里比路上还泥泞。父亲一不小心踩到了一个小水坑，泥水溅了一身，父亲赶紧走到干处，用手小心地清理，黄的泥泞在衣服上东一块西一块的令人作呕。

父亲来到小叔家，小叔和小婶正在吃早饭，小叔见父亲来了，放下了碗筷。

父亲走进小叔家低矮的屋门，父亲看到小叔的臂上还戴着"孝"，脚上还穿着白布的孝鞋，父亲的心就软了一下，毕竟是一娘所养啊。

父亲站在门旁沉默着，本来在路上想好的话，现在全都卡在喉咙，一句也没有说出。小叔说："哥，我知道你要来，我都准备好了。"

小叔说完就起身，过了一会，怀里抱了一堆杂七杂八的东西，往父亲的脚下一放，说："妈走了，就留下这些东西，我们俩分分吧，你看中哪样，你先拿。"

父亲气得七窍生烟，刚才产生的一点兄弟之情，顿时荡然无存。父亲颤抖着指着他说："畜生，我不是来分东西的，妈在你家死的，你要给我讲讲怎么回事吧。"

小叔愣了，半天没吭声，圪蹴了下去，说："妈是在我家死的，你难道有啥不放心的，她是你妈，也是我妈，我还能害她。"

这句话，父亲在路上已想到了，因此，父亲也有了心理准备。父亲说："我没说你害妈，我是想问问，妈去世时，你知道不知道，你把知道的情况跟我说说。"

小叔说："她是老毛病了，你也不是不知道，这几天天太冷，她老毛病犯了。谁能想到她没挺过来。"小叔心里直打鼓，他没有把知道的真实情况说出来。

父亲哽咽着说:"我走时,妈还好好的,没有见她生病,怎么才两天就死了,也太快了吧。"

小叔双手拍得叭叭响,吵嚷着说:"哎哟,那还有人吃吃饭就死了的哩。你怎么能这样问人,你要是不放心,就让公安局来调查吧。"

父亲被小叔呛得不行,拳头攥得格格响,他想朝面前的小叔一拳打去,但还是没有打下去。父亲拔起腿往外走。走到半路上,父亲想起自己过去给奶奶吊的那件羊皮棉袄。当初父亲为了给奶奶做一件羊皮袄过冬,养了一冬的山羊,杀了后,用羊皮吊下的。奶奶自从有了这件羊皮棉袄后,冬天就好过多了,父亲决定去把这件羊皮袄拿回来,他对这件羊皮袄是有感情的。

小叔看父亲又回来了,惊诧了一下,以为父亲又来找什么碴子。父亲蹲下身子,在小叔抱来的一抱杂物中,找出那件羊皮袄,拿在手上,拍打一下,就往外走。

小叔站在身后,刚想喊父亲再回来拿几件东西,但被一股北风呛了一下,没有喊出口。

10

第二天头遍鸡刚叫,母亲还睡在床上,就被家里一阵砰砰声惊醒,母亲披衣起来一看,只见父亲站在早晨朦胧的光里,举起挂面的面盆,一下一下地摔在地上。母亲大惊,赶上去拉着父亲的手说:"你发啥疯!你攒面盆干啥!"

父亲的胳臂用力地拐了一下母亲,弯腰把摔了几下没有摔破的面盆又拾起来,高高地举过头顶,再一次用力地摔下去。这一次面盆在地上砰地碎成了几块。父亲停下来喘息着说:"我没给我妈摔孝盆哩,这次就算是摔孝盆了。"

母亲大声地呵斥说:"面盆摔了,以后还怎么挂面?"

父亲说:"我妈都挂没了,我还挂啥面。"

两个人站在早晨渐渐亮起来的光线里,屋外的鸡叫声潮水一样涌起,笼里的几只大公鸡也拍着翅膀,大声地叫了起来。在大地上,农家们嘈杂而淳朴的一天开始了。

从此,我的父亲便再没有挂过面了。

第七章　借钱

1

这是一个星期天的早晨，门口的大椿树上，几只喜鹊拍着翅膀飞来飞去地叫着，东方的天空上，一大块云朵也被刚升起的太阳映成了红色，一切都充满了春天的气息。

父亲站在门口刷牙，父亲的牙刷用了很久，已像一只鞋刷，刷牙时父亲能感到毛在牙齿上拉动的难受。父亲已多次想换个新牙刷了，但父亲没有钱，只好再拢着用。牙膏是当地生产的，很便宜，父亲满嘴里都是牙膏芳香的味道。父亲仰起脖子，往嘴里倒了一口水，用力地漱了几下，水在喉咙里咕噜噜地滚动，然后哗地吐在地上，干的地面上便湿了一小片。涮完牙，父亲把牙刷放到缸子里搅动了几下，把剩余的水泼了出去。

父亲进屋，正迎面遇上小妹扛着锄头下地去，她的手里还拿着家里的半导体收音机。小妹锄地喜欢把收音机放在几米远的地方，一边锄地，一边听里面一男一女讲授英语。小妹是个中学生，虽然营养不良，但掩饰不了她青春身体的生长。小妹的面庞清秀，扎着两根短短的辫子，胸脯已隐隐地鼓起。小妹是个懂事的孩子，每个星期回来，都泡在田地里，尽可能多地帮家里做点事。村里上学的都是男孩子，小妹是村里唯一在上学的女孩子，许多人就不屑，认为在女孩子身上花钱是白搭。母亲虽然是个不识字的农民，但她觉得识字的好处，她挣命也要让家里的五个孩子都能上学读书。

母亲在屋内做早饭，母亲团了一团稻草塞进灶膛，用火叉拨了一下，灶膛里的火红通通的，舔着铁锅黑黑的尖底。母亲一边烧着锅，一边想着小妹下午就要上学的学费问题。母亲的心里像一团乱稻草一样，她想掏出来放在灶膛里，一把火烧了，但烧不了，心里更加地乱。火旺起来时，火光映着母亲的面孔是红的，火弱下来时，母亲的脸就黑了一下。锅上面的热气先是袅袅的一缕，锅里的水发出轻微的嗞嗞声，不久，锅上面的热气便蒸腾起来，锅里的水发出沸腾的声音。母亲做好了早饭，从灶下站起身，拍拍身上粘着的草屑。

父亲坐在桌子前，往大粗瓷碗里打了一个鸡蛋，然后用筷子搅拌，再用开水冲了喝。父亲身体不好，但地里的力气活全指望他，据说鸡蛋这样喝可以强壮身体。

母亲走过来，把粗大的手在围裙上擦擦，对父亲说："小妹要缴学费了，可家里一分钱也拿不出来。"家里人都不喊小妹大名，一直喊她小妹，显得疼爱。

这事母亲不说，父亲也知道的，父亲停下手中的筷子，问："怎么办？"

母亲说："我想了，只有去借钱。"

父亲端着碗的手停在了半空，他叹息了一声说："那就借吧。"

母亲说："你去借。"

父亲喝了一口鸡蛋汤，然后把碗放在桌子上，说："我不去借，我上哪去借钱？"

父亲最怕借钱，借钱是拿自己的热脸蹭人家的冷屁股，不好受，父亲身上又有大男子汉的味道，他受不了这口气。

母亲说："昨天，你弟弟打工从城里回来了，身上肯定有钱，你去借，他还能不给你这个当哥的面子？"

父亲一听，就气咻咻的大声地说："我的天，你真促侠，怎么给我出这个馊主意，你不知道我和他尿不到一壶？"

母亲停了一会，说："你必须要去，我都码算过了，这是一笔不小的钱，村里只有他有。你们是兄弟，头顶一个字，他不会不帮忙的。"

父亲斩钉截铁地说："我不去低这个头，去年为了地里放水，他打了我，这口气我还没咽下，你现在又让我去上门找他借钱，这不是在打我脸吗？我不去！"

父亲生气地说，父亲一生气，说话就不顺畅，脸也憋得通红的。去年，小叔为抢田里的秧水，曾把父亲一把推跌坐在烂泥田里，要打父亲，父亲至今想起心里还是生气。

"我怎么不知道？知道。但人到屋檐下，不得不低头，你借钱是为孩子上学，也不是赌博抽大烟，有啥难看的。"母亲知道父亲的心思，她耐心地劝解着，母亲说，"我们家这些小老虎快要睁眼了。"母亲常说我们兄弟几个人是没睁开眼的小老虎。

父亲没有作声，只是使劲地挠着头，本来就乱的头发，现在就更乱了，父亲挠了一会，又叹息了一声，把手中的大粗瓷碗往桌子上一蹾，说："甭说了，我舍下这老脸去求一下吧。"

父亲刚走出门，母亲又喊了他一下。父亲站住，疑惑地看着她，母亲交代说："他要说难听话，就忍忍，不要两句话一说脾气就上来，吵起来了啊。"

父亲觉得母亲真是啰唆,没有吱声就走了。

父亲低着头走着,一段短短的路,父亲走得那么难,觉得如上高山。

走到村子了,喧闹声涌起来。看到小叔家的那几间砖瓦房了,房子的后面有几棵高大的杨树,刚萌出的叶子远远望去还没有茂盛,枝头显得光秃秃的,但在父亲的眼里却散发着高贵逼人的气势。

父亲忽然折转身,往队长家走去,他想去队长家想想办法,或许也能借到钱。

队长和父亲关系不错,过去父亲一直是生产队里的会计,他们俩的合作常被队里人说是毛主席和周总理的关系。现在,虽然生产队解散了,但他俩的关系还一如既往。

父亲到队长家时,队长正扛着锹准备下地去。队长看到父亲站住了,热情地招呼着,父亲绷了一路的脸这时才松弛下来。父亲进屋坐下来,队长坐在对面的凳子上,点着烟抽了起来,队长有抽烟的习惯,他喜欢用牙把烟屁股咬着抽。

队长吸了一口烟吐出来,笑着问:"有事吗?"

父亲吞吞吐吐了半天,才不好意思地说出想借钱的事。

队长的眉头顿时皱成了一小把,队长说:"我家里哪有钱?我家小五也回来要学费了,我正愁死了。如果有钱还不是一句话。"

父亲开了口,队长没有钱觉得十分对不起父亲,一边说一边用粗大的手掌不停地抹着嘴巴。父亲相信队长的话是真的,他怎么就没想到队长家日子过得也紧巴巴的?队长焦急地替父亲想办法,说着说着队长一拍大腿说小叔昨天打工刚从城里回来,应该有钱,队长说:"你兄弟有钱,你去借。"

父亲苦笑着说:"我也码算到了,我走到他家屋后又不想去了,你知道,我们兄弟俩尿不到一壶。"

队长说:"打仗亲兄弟,上阵父子兵,你俩亲兄弟,他会帮你的。"

父亲说："我们亲兄弟，还不如我俩这个隔姓兄弟哩。"

队长说："我带你去，你不要说，我去说，他要不借，我骂他，不用你骂。"

队长说着，就起身往门外走，父亲不情愿地跟在后面，像个犯错的孩子去见老师，胆怯而懦弱。父亲想，这个不争气的弟弟啊，要是关系好，这点事哪用得着别人来参与哩，父亲倒觉得他和队长是亲兄弟了。父亲越想越生气，他停下脚步。队长走在前面，不时大声地咳着，队长听不见后面父亲的脚步声，他回头一看，见父亲站住了，就跺着脚说："呀，走呀！"

父亲低着头又跟上来。

2

小叔在家里喝茶。

小叔原来是一个农民，风里来雨里去，挺辛苦的，自从去城里打工后，就养成了许多跟乡下不一样的生活习惯，比如喝茶。一个农民早晨起来，一般都是要忙忙碌碌的，但小叔却悠闲地坐在桌子前喝茶。小叔不喝隔夜的开水，要一早烧开的，倒到透明的玻璃杯里，看茶叶在水里翻滚，然后静下来。小叔就开始喝茶，滚烫的水烫得嘴唇一缩，但小叔就喜欢这样。

小婶看不习惯，常拧着眉头，黑着脸说："你还像个农民吗？也不怕人家笑话。"

小叔慢慢地啜了一口，把一片茶叶又轻轻地吐到杯里，抬起头说："你别看他们忙的，他们忙一季的庄稼，还不如我打工一个月赚的钱多。"

"你有钱了，也不能这样张扬，你看人家大广在城里赚的钱也不比你少，人家在家里忙进忙出的，还不是个农民。"

小叔不屑地说："我为什么要像他呢，我要享受生活，他那是老黄牛命。"

小婶懒得再和他理论，出门一群鸡就跟在她的后面。小婶走到外面，把簸箕里的瘪稻和杂物朝地上一撒，一群鸡就埋头啄了起来。

小婶一抬头，看见队长和父亲朝她家走过来，她看了一下，然后就回来跟小叔说："队长和你哥来了，他们来干啥？"

小叔也纳闷，父亲已好几年没有来过他家了，这次和队长一道来，确实稀罕。小叔是个聪明的人，他眼珠子一转，就明白了，他们是无事不登三宝殿，肯定是借钱。

为了躲避他们，小叔起身打开后门往外走。

队长先走进小叔家门前的，队长大声地喊了一下小叔，但没人应，小婶在忙着唤鸡。父亲在不远处站着，看着这一切。

队长问："你男人呢？"

小婶心里明白，打掩护说："他一早就下冲干活去了。"

"下冲去了？"队长说，"真是太阳从西边出来了。"

小婶问队长有啥事，队长说："也没啥事，你哥家的小妹要上学了，没学费，带他来借点钱。"

小婶一拍手说："我家哪有钱，打工的两个钱，都在他身上，我一分也没见到。"

队长说："那我们就等他回来吧。"

小婶说："我也说不准他啥时候回来。"

队长说着，就进了家门，看父亲没有跟上来，又回头喊父亲过来，父亲挠着头走了过来，队长端了板凳，两个人坐着。

两个人不走了，小婶很烦躁，一生气就开始撵一只大公鸡，大公鸡拍着紫红色的翅膀，边跑边咯咯地叫着。大公鸡跑进了屋里，连飞带跑，扬起灰尘，搅得队长心里挺不快的。队长的脸就长了，这哪是在追鸡，分明是在追人么。

父亲看到桌子上的茶杯，就明白小叔没走远，是在躲他们。父亲提提队长的衣服，小声地说："走吧。"

队长说："不走，还没见到他人哩。"

正说着，大公鸡从队长的面前跑过，队长一弯腰，伸手把大公鸡抓住了，大公鸡在队长的手里拍了几下翅膀就老实下来。队长把大公鸡递给了小婶，小婶接了，用手打着鸡头，骂道："让你跑，我打死你。"大公鸡在她手里又开始咯咯地叫着挣扎。

折腾了一会，小婶停了下来。

队长这时小便急了，起身拉开小叔家的后门要去上茅坑，刚走了两步，就看见小叔的身影了。小叔原想在茅坑里躲一下，等他们找不到就走，没想到队长坐下来不走了。小叔在茅坑里已蹲了多时，正蹲得腿酸，看到队长也就势站起了身。

队长抱怨地说："伙家，我们在你家坐了一大会了，你在茅坑里蹲着。"

小叔提着裤子说："唉，肚子不好，真是的。"

队长和小叔一前一后地回了家，父亲见到小叔，站起身，不停地挠头。按照规矩，父亲来到他家，也是低头了。小叔应当喊父亲一声哥，表示对父亲的尊敬。但小叔没有喊，而是径直走到桌子前坐下来，右手的手指放在桌面上有节奏的敲打起来，如马蹄的奔跑。队长拽了一下父亲的衣服，两人坐了下来。

队长说："你哥不好意思说，我来说，你哥家小妹回来要学费了。你哥没钱，来你这儿借点钱，小妹也是你亲侄女，这个关头你孬好要帮一下子。"

队长的话果不出小叔所料，小叔眉头一皱，脸瞬间就阴沉了下来。

父亲的双手放在腿间紧搓着，心里忐忑不安，既然队长把话说得这么亮了，他也不好再说什么，他盼望着眼前的兄弟答应了，帮自己一把。

过了好一会，小叔说："我回来也没带多少钱，都给老婆了。"

这时，刚才追鸡追得鸡满天飞的小婶已不知去哪里了。

队长说："你老婆刚说钱在你身上的，怎么又在她身上了？"

队长说话直，一步到台口。小叔的脸一下子通红起来了，谎话被识破后，他感到难堪极了。

队长说："你找找，老婆可能放在家里哩。"

队长这是在给小叔台阶下，小叔起身去了屋里。父亲想，这个兄弟鬼主意多，又不知道生啥点子。父亲打量着小叔的家，房子上面几根桁条黑黝黝的，上面垒着一只白色的燕窝，去年的燕子飞走了，今年的燕子还没飞回来。侧室是一圈高高的粮囤，上面杂乱地堆放着一些大人小孩的衣服，底下散放着一些破鞋子，上面粘着干泥巴。中堂墙上挂着一幅年画，三个伟人穿着大衣站在苍松前面，很有气势。父亲再看看脚下，干巴的地面上，拉着几泡鸡屎。

过了一会，小叔从房子里走了出来，他的手里拿着几张十元的钞票，走到队长跟前，往队长面前一递，说："就这几十元，家底都在这了。"

队长说："你给你哥，是他借钱。"

小叔把身子转向父亲，父亲望着小叔手里的钞票，眼睛里满是惊喜，身上流过一阵暖流，紧绷的面庞变得有生气了，他接过钞票，说："兄弟，难为你了。"

小叔说："拿去吧，谁家都有难处。"

队长和父亲从小叔家出来，两个人在半路上分了手。

父亲一个人走在回家的路上，心里感到十分惭愧，他觉得对不起小叔。这几年没和小叔交过心，小叔变了，并不是像自己想象的那样坏，是自己误解他了，自己与他毕竟是一母所生，这种血脉是怎么也割不断的。

父亲大步地从村子里穿过，阳光下的村子里，树木行行，炊烟袅袅。遇见一个熟人，父亲大声地打着招呼，父亲的心头荡漾着久违的亲情。

3

父亲出去后，母亲做完了家务，开始给小妹炒豆腐渣带上学做菜吃。

小妹平时住在学校里，一般是每个星期回来一次，讨点菜去吃。家里也实在没什么菜可讨了，母亲就去村里的豆腐店讨点豆腐渣回来炒熟了装在罐子里，让她带到学校去做菜吃。豆腐店里的豆腐渣也很紧俏，老板家养了两头肥猪，全靠这豆腐渣喂。母亲每次去讨时，豆腐店的老板脸都拉得多长，随手舀了点，倒在母亲的盆子里，母亲千恩万谢地回家去。

豆腐渣要炒熟了才能做菜吃。母亲先是把铁锅涮干净，土垒的灶上，有两口锅，一口大锅是专门做饭吃的，一口小锅是专门用来炒菜的，但家里已很长时间没有炒过菜了，小锅的锅底里已上了一层黄锈。母亲舀了一舀水放进去，用刷把使劲地刷，浅浅的水里顿时泛起黄的颜色，直到小锅露出铁的锃亮，再把水舀出。母亲先是倒进油，油壶外面包裹着一层油渍，壶里的油已不多了，母亲小心地倒着，金黄的油从壶嘴里像一条线一样流出，母亲在锅里转了一圈，赶紧收起。然后，坐在灶下点燃稻草，先是一点小小的火苗在干燥的稻草上慢慢地爬，接着越来越大，轰的一下，整个灶膛里都是熊熊的火焰了。母亲一边添着稻草，一边用铁的火叉拨动着，使灶膛里的火始终是旺旺的。锅里的油响了，母亲从灶下起身把豆腐渣倒进锅里翻炒，豆腐渣渐渐发出了香味。

母亲把豆腐渣炒熟后，放到一个黑黝黝的瓷罐子里。这时父亲进门了，母亲看到父亲神情很好，就知道是借到钱了。父亲走到母亲跟前，从口袋里拿出钱，递给了母亲。

母亲接了，夸奖说："面子不小么。"

父亲说："和队长一起去的。"

"你还挺有心的。"母亲想了一下说，"他不是看着队长的面子吧。"

父亲一听就不高兴了，生气地冲母亲说："你别狗眼看人低。"

母亲说："我没说你兄弟不好，好了不是更好么。"

父亲没有作声了，他下地去看秧水。

春天的田野里，到处都是欣欣然的样子，塘边的柳树在轻风中摇摆着，野菜的叶子平展地铺在地面上，尽情地生长。几块关着水的田里，在阳光下像一块块镜子闪着光，这是春天农民准备下秧苗用的田地。

父亲路过小叔家的秧母田，看见田埂上有一处在漏水，低处的旱地里漏出了长长的水带，父亲就想小叔太懒了，也不下地看看，春天的水贵如油，漏了下秧苗怎么办？父亲弯腰瞅了一下，没有找到漏水的地方，父亲便脱了鞋子下水。父亲的一条腿伸到水里，冰凉的水就像针扎一样透进父亲的身体，父亲嘴里嘘了一下，又把另一条腿伸进水里。父亲在水里踩了一会，找到漏出浑水的地方，双手挖泥把漏洞堵了起来，看到不漏水了，父亲才松了一口气，洗洗脚穿上鞋走开。

下午，小妹在房里收拾东西准备上学去，墙壁上贴着一排小妹获得的奖状。母亲走到她的身旁，把钱递给她，小妹望着母亲粗糙的大手里捏着的几张钞票，愣了一下，问："借的吧。"

母亲说："借的。"

小妹心里沉甸甸地难过，说："下星期哥哥们回来可能也要学费了。"

"拿着吧。"母亲说,"一个一个来,车到山前必有路。"

小妹接过钱折叠好,把裤腰挣了一下,把钱装进内里的口袋里。

母亲叮嘱说:"装好。"

小妹用手按按说:"装好了。"

母亲说:"到学校要好好上学,不要贪玩。"

这话虽然是老生常谈,但小妹还是认真地回答:"上次期中考试在班里前几名哩。"

母亲的心里就欢喜起来。

收拾完,小妹拥抱了一下母亲,就上路了,母亲跟在后面送她,送到村头,小妹就不让母亲送了。母亲站着,看着小妹疾步地走着。装着豆腐渣的罐子在手里晃荡了一下,照出一块硬币大的光亮。小妹走了几条田埂远,又回过头来,看到母亲还站在村头,就挥了挥手,让她回去。母亲回去了,小妹也走了。

4

三天后,队长来找父亲给老大讲媳妇。

队长坐在桌子上,抽着烟,父亲坐在对面,咧着嘴笑。父亲脱掉的衣服搭在板凳上,衣服的颜色就像脏兮兮的沙子,白衬衫腋窝处,露出两大块汗渍。

队长介绍的女孩是隔壁村的,她父亲是一个老木匠,女孩长得还秀气,但从小患过病,走路腿一颠一颠的。

父亲说:"家里这么穷,拿什么讲媳妇啊?"

队长说:"有儿穷不久,无儿久久穷。木匠和我是姨老表,要不然我还讲不了。不瞒你,这女孩就是走路有点毛病,但下地干活没问题,只要你家不嫌弃就行。"

"我家这么穷哪还有资格去嫌弃人家,只要人家不嫌弃我们就行了。"母亲一边在灶台上做饭,一边开心地说。

父亲也心知肚明,要不是那女孩有毛病,木匠那个精明人不会同意和他这个穷家开亲的,但眼下,一家有女百家求,队长来讲亲事,也是给了很大的面子。

中午,队长要回家吃饭,父亲拉着不让他走,在乡下,人家来讲亲是天大的面子,哪有不吃个饭的。母亲就忙着做饭,家里也没什么菜,一只老母鸡刚下完蛋,正咯咯地叫着从稻草的鸡窝里跳下来,母亲眼睛一亮,从鸡窝里摸出还是热乎乎的鸡蛋,打开,放锅里蒸了一盘,又炒了两个青菜,凑了几个菜,端上桌子,让他们吃了起来。

父亲刚和队长端起杯子,小叔过来了,父亲没看见,队长对父亲努了一下嘴,父亲看到小叔已走到门口,站起身来,笑着招呼小叔进屋来和队长喝两杯。自从前天父亲从小叔那借到钱后,父亲对小叔的印象也改了,心里多年的块垒也消融了。

小叔嘟着嘴,既没理睬父亲,也没进屋,而是站在门前,黑着脸。

父亲仍笑着,上前拉了小叔一下,招呼他进家,小叔狠劲地甩了一下胳膊,父亲惊讶了一下,不知道小叔为何这样?是不是哪里不开心了?

小叔梗着脖子,大声地说:"我是来要钱的,你把借我的钱还我!"

父亲吃了一惊,刚借的钱,家里还没缓过劲来,就来要钱了,哪有这样的。

父亲说:"兄弟,我现在手头一分钱也没有呀,你给我缓个劲,我会一分不少地还你的。"

小叔说:"不行,今天你要把钱还我。"原来小叔借完钱后就后悔了，他觉得父亲如此重视对子女的教育，他的家庭一定胜过自己的家庭，小叔不愿看到这些，决定要钱。

"昨天我下地瞧秧水，还把你田里的一个漏子堵了，你可知道。"父亲笑着说，春天明媚的阳光照在他满是皱纹的脸上，满是敦厚和慈善。

小叔没吭声，顿了一下，又说："秧水漏完了，我会花钱买的，你把钱还我。"

小叔双手插在裤兜里，矮胖的身子在春天的阳光下，面孔紫黑。

这世上有钱什么都能买到，但这手足之情也能买到吗？父亲没想到小叔说话这么冲，翻脸这么快，这几天来荡漾在心头的兄弟之情，慢慢地退去。

队长听到父亲与小叔的对话，他站起身来，走到门外，不高兴地对小叔说："你进屋来喝两杯，有话好好说，发这么大脾气干啥！"

小叔不听队长这套，他把手从裤兜里拿出来，抱在胸前，说："我是来要钱的，我不稀罕这饭！"

队长站在那里，下不了台。父亲上前说："队长在给老大讲媳妇，你这样做不是在拆台吗？"

"我是来要钱的，我不管这些。"小叔强调说。

父亲哭丧着脸说："兄弟，你这不是在帮我哟，你这是在拿刀子杀我哩。"

父亲、队长和小叔的对话，母亲就在屋子里听着，母亲的眼睛一遍遍地发黑，她用手撑头。母亲是一个刚气的人，她还没被人上家门来欺负过。

母亲走出来，冷静地对小叔说："我明天就还你钱，兄弟你回去。"

小叔还没走，母亲说："这个家你哥当不起，我是当家的，我说明天还你，就明天还你。"

父亲和队长都扭过头来惊诧地望着母亲，不知道母亲哪来的信心，母亲的脸在阳光下平静，母亲的目光里坚决、湿润。

小叔不信，仍站在原地。

母亲讽刺道："你哥不是人，是个畜生，但我说话还是兑现的，你放心回去吧。"

小叔被噎着，悻悻地走了，走了几步，又回过头来，说："明天要是不还钱，别怪我来掼屎罐子啊。"掼屎罐子，在乡下是最羞辱人的事了。

大家又坐回桌子上，但都没了吃饭的心情。

母亲说："当时借钱，就说了，他是看在队长的面子，你不信，现在信了吧。"

父亲没有作声，面孔一阵黑一阵白，恨得牙齿痛。父亲挠着头叹息了一声，这声音仿佛撕破的锦帛，长长的，清脆的，在寂静的空间使人的心头一皱。

队长说："这钱也有我一份哩。"

母亲劝道："甭提这事了，再喝两杯吧。"

队长说："吃饭。"

母亲盛上饭，几个人埋头吃了起来。

5

下午，父亲问母亲："你说明天还他钱，你从哪搞钱去，你是不是头脑发热了。"

母亲说："我头脑没发热，我想好了。"

父亲说："你想好了？你说我听听。"

母亲说："你明天一早去学校把小妹叫回来。"

"叫她回来干啥？"

"叫她回来，她的学费还没缴。"

"你想不让她上学了！"父亲大吃一惊地问。

母亲的鼻子一酸，眼睛就红了，母亲用手擤了一把鼻涕，颤抖着说："我也没办法了，长大了她怪我也没办法了。"

父亲生气地说："她正一身劲念书，我叫不回来她。"

顿了一下，母亲撩起衣襟擦了一下眼睛，说："你就对她说，妈想她了，她就会回来了。我养的孩子我知道。"

父亲在屋里踱来踱去，他可不想去撒这个谎。

母亲生气地说："你像个狗转圈一样，转个啥！这事只能这样了，没法子。"

第二天一早，父亲就上路去几十里外的区中学找小妹去了。

父亲走在黄土的大路上，脚上的布鞋歪扭着，两只粗大的脚趾露在外面，不断有泥屑灌进来，父亲粗大的脚已适应了。

大路的两旁是高大的杨树，偶尔有几只鸟停在路上，羽毛黑亮，并不怕人，直到父亲走到跟前，才扑棱着翅膀飞起，停在杨树高高的枝头。

中午时，终于看到那个小镇了，从高高的岗上望去，小镇上的房子起起伏伏十分有气势，一条石子公路从岗上笔直地通向镇里，然后穿过小镇从另一头消失在广阔的土地上，一辆大货车拖着尘埃在马路上隆隆地奔驰。

学校在镇子的后面，几排瓦房，墙壁涂得雪白的，远远望去很是醒目。

父亲来到学校，校园里静悄悄的，只听到几位老师洪亮的讲课声音。

父亲坐在花坛的边上休息，花坛里开着茂盛的花儿，红色的，像一个个小孩的笑脸喜人。父亲伸出粗大的手抚摸一下，想认出是什么花。花的叶子像田埂上的野草，但仔细一看又不像，父亲还是没认出来。教室前是长长的走廊，透过墙壁上硕大的玻璃窗，可以看到里面学生们黑压压的头。

小妹考进区里的中学读书已一个学期了，父亲还是第一次来学校，父亲觉得区里的学校与乡下泥房子泥台子的学校就是不同，洋气，有文化。父亲想小妹在这里上学多有福气多有奔头，自己再苦再累也值得。父亲已忘了来劝小妹退学的，直到下课铃声骤然响起，接着一群学生哄哄地从教室里走出，教室前顿时成了一只巨大的风箱。

父亲站起身来，看着眼前黑压压一片的学生，他想找到小妹的身影，但找不到。他走上前去问了一个女生，女生睁着黑油油的眼睛打量了一下他，父亲介绍了自己，女生带着父亲来到教室门前，朝里喊了一下小妹的名字。父亲看到小妹正站在桌子前和两个同学说话，听到喊声，扭过头来，她看到站在门口的父亲，惊诧了一下，然后跑过来，高兴地问父亲什么时候到的，有啥事。

父亲把小妹叫到旁边，望着站在面前单纯而活泼的小妹，喉咙滚动了几下，嗫嚅着说："你妈想你，让你回家一下。"

小妹望着父亲，两只眼睛扑闪着，说："刚从家里来，又想我。"

父亲说："你妈就这样的，儿女心太重。"

小妹理解母亲，说："放学了，我就跟你回去。"

说完，上课的铃声又响了，小妹和同学们都走进了教室。

6

放学了，小妹和父亲回家了。

小妹走在前面，长长的书包随着她的腰肢走动而左右晃荡。父亲跟在后面，觉得小妹像一棵树苗，忽然就长大了，长得秀气了。

这条路，小妹每个星期都在上面奔波，这里的每片草地，天空中的每块云朵，都映照过小妹风尘仆仆的身影，但这次回去后，她就再也走不回来了。父亲心情很重，觉得对不起她，不断地叹息。小妹就回过头来问："你一路上总是叹个没完，心里有啥事？"

父亲说："能有啥事？走路累了。"

走到一处高坡，父亲说："坐下来歇一会吧。"

捡一块草皮，父亲先坐下来。小妹没坐，看到前面有一棵开得艳丽的花，跑去拆了来，插到书包里。花枝从书包的布盖子里伸出来，看着十分爽目。

农村吃中饭晚，两人到家时，农村刚吃中饭。母亲看到小妹回来，老远就迎上前去，母亲把她的书包接过来，看到她的脸上挂着几滴汗珠，就用手轻轻地拭去，小妹站着，一动没动。

进到屋里，母亲端了一个板凳，让小妹坐下。

小妹说："我刚走两天，你怎么就想我了。"

母亲垂着手，站在她的面前，眼望着脚尖，半天说："我是想你了，孩子，学费你可缴了？"

小妹说："没缴，我就准备这两天缴上去的。"

母亲说："不要缴了，妈想过了，你也不要上学了，只有你能救这个家了。"

小妹睁大了眼睛，对这个突然发生的事情，她还听不明白。

母亲就把事情的经过说了一遍，小妹双手紧拧着衣角，跑到屋里，头埋在床上哭了起来。她青春的身子，随着抽动一起一伏着。过了一会，小妹眼睛红红地走出房子，把钱递给了母亲。

母亲接过钱，泪水又哗地流了下来。"孩子，我对不起你，我也是走投无路了。有一分钱的路子，我也不会这样做。"母亲哽咽着说，内心里带着深深的忏悔。

"妈，我不上学了。"小妹又过来安慰母亲，平静地说，"村子里的女孩子不是都在家么。"

母亲把钱交给父亲，说："你去还他钱吧。"

父亲接过钱，几张纸票在他的手里像被大风刮着，不停地抖动。

母亲转身进屋喊小妹下地去，母亲知道她难过，她不能让小妹待在家里，去地里干干活，说说话，小妹的心里就会好过些。小妹很纯善，拿着收音机，跟在母亲的后面，收音机里，一男一女正在进行英语对话。

父亲去给小叔还钱，走到半路上，父亲看到队长在门口收拾农具，就拐过去，喊他一道。

队长望着父亲说："你真的搞到钱了！从哪搞到的？"

父亲说："她妈不让她念书了。"

哦！队长瞪大了眼，大张着嘴，嘴唇上的胡须根根直立如刺猬的毛。接着，队长把手中的农具朝地上一扔，发出哗啦的声音，抹了一下嘴巴说："走！"

两个人来到小叔家，小叔正坐在桌子前喝茶，茶叶在玻璃杯里浮着，小叔放在桌子上轻轻地蹾着。看到门口两个黑黑的身影，抬起头来，一看是队长和父亲，又回头去蹾着桌上的玻璃杯。

队长说："你哥还你钱来了。"

小叔停了下来。

父亲从口袋里把几张钞票拿出来，放到桌子上，讽刺地说："还是你那几张，原样的。"

小叔伸手挟了，父亲打断他说："你数一下可对，不要我们走了，你说少了。"

小叔用两根手指头随便地搓捏了一下，说："正好。"然后插进口袋里。

队长剜了他一眼，指着他说："你侄女失学了，你知道吧。"

小叔不屑地说："这，这和我有啥关系！"

还了钱，父亲和队长一前一后地往家走。

分手后，父亲大步地走到村头，看到远处自家的地里，一大一小的两个劳作的身影，大的身影是母亲，小的身影是小妹。父亲作为一个男人，觉得对不起她们，他狠狠地打了自己一个耳光，响亮的声音只有父亲自己听到了。

第八章　土地

1

时间到了 1980 年后，我们生产队也开始准备实施分田到户了。刚开始的时候，看到别的生产队率先搞起来了，队长还想观望一下再说。但拖了两年，生产队内部开始出现分歧，有的人想挣脱生产队的束缚，向往分田到户的自由。

随后发生的一件事，让队长决定分队。

村子的南冲有座抽水机台，长长的坡地上，生产队栽了许多榆树，这些树经过几年生长，已有碗口粗了，夏日里一片浓荫。抽水抗旱时，看柴油机的人，可以在树荫下歇息。村民在地里干活，累了的时候，也可以到树荫下坐坐。傍晚，鸟儿落满了枝头，叽叽喳喳像开会一样热闹。

一天早晨，队长发现最粗壮的一棵榆树被人锯了，白色的树桩贴着地面，太阳一照明亮得那么刺眼，像一只有力的拳头砸了队长一下，队长觉得十分难受。

队长点了一支烟，深深地吸了一口，倚着旁边的一棵树蹲下来。这些年来，生产队里的东西，没少过一样，他在队里做事一摸不硌手。现在，竟有人在他的眼皮底下，偷偷把这棵大树锯了，这还了得。村子里的每家每户每个人的面孔，他闭着眼睛也能想起来，他估摸了一下是谁，觉得八九不离十，便呸地啐了一口，用力把烟屁股从嘴上吐出，怒气冲冲地往村里去，看看这个人真的想造反了吗？

队长小碎步走得很快，踢了两次坷垃脚也不觉得疼。本来一股怒火的队长，走到村头时，心里却莫名地平静了下来，他不想为此撕破了脸，他决定静观一下，让这个锯树的人自己站出来。

村子里是平静的，鸡照常在打鸣，牛照常在哞叫，猪照常在外面撒尿，妇女们骂小孩的声音，永远是凶狠的。少了一棵树，并没影响到大家的生活。

可是第二天早晨，队长发现，抽水机台坡上的树全没了，一片白花花的树桩，只剩下几棵弱小的树，弓着身子像是在吊唁，充满了悲哀。接着村子里的许多人都知道了这个事情，没有了树的抽水机台，光秃秃的，是那么的难看。

队长气得七窍生烟，嘴里衔着烟，趿着鞋，一只裤子的裤脚卷在小腿上，另一只裤脚拖在地上，在树桩间焦躁地走来走去，他想这天下难道要大乱了。

村民们都陆续地来到抽水机台上，有的人抱着膀子，说话唾沫横飞；有的人蹲着，用树枝在地上乱画；有的人低着头，走来走去。坡地上闹哄哄的，各怀心事。队长刚想怒骂，但又把拥到嗓子眼的话咽了下去。一个念头油然而生——分队，队长清楚，人心散了，拢不起来了。

队长一扭头就往村子里走，队长没发表意见，这让大家感到惊诧。队长走远了，过了一会儿，大家也都跟着三三两两往家去。

队长走到家里，一屁股坐在板凳上，长长地叹息了一声，老伴问他咋办。

队长说："分队，反正分队是迟早的事。"

老伴说："队分了容易，但合起来难。队分了，你就不是队长了，只是家长了。"

队长一肚子怒火，现在，老伴又说这风凉话，心里更堵。嚷道："滚！"

吃过午饭，队长就在村子里吹起了哨子，哨子的声音像一头疯牛，一会撞到东墙，一会撞到西墙。队长边吹边扯起嗓子呦喊："开会了，家家都要派一个人去老文圣家开会。"老文圣家有六间大房子，是村里房子最大的，一般开会都放在他家。

在村子里吹了一通哨子，队长就先来到老文圣家坐下来，从口袋里掏出烟吸起来，烟在他的面前缠绕一下，使他的脸在阴沉中，有了一层凝重。

老文圣问："不下地了？"

队长吸了一下鼻子，说："不下地了，开个会。"

队长一般把地里的活安排得紧紧的，不让劳力浪费，但今天大白天不下地干活，却来开会，这是头一次。

队里的男男女女都陆续地来了，大家各自找个板凳坐了下来，劣质的烟味在房子里弥漫，有大声说话的，咳嗽的，放屁的，还有的妇女带着孩子来了，孩子在人群中跑来跑去，乱成一片。

父亲坐在队长的对面，父亲是生产队的会计，在村里是一个有文化的人。队长开会时，常常有些事情记不得，或者讲不清，就会问父亲，多年来，他们两人就是这样配合默契着。

队长见人到齐了，吆喝了几声，房子里才渐渐安静下来，队长清了清嗓子说："我们来开个会。"队长扫了一眼黑压压的人群，大家都在望着他，干咳了几下，"我想了好久，决定分队。这也是上面的政策，早晚是要分的。北队早就分了，我们队为什么没有分，是因为我想留留大家。"队长喜欢用政策这个词，表明自己的身份，也好用来说服大家。

队长没有说树的事，说的是分队的事，大家都感到愕然，刚刚静下去的屋子，又哄哄起来，议论纷纷。

队长说："我想听听你们的意见，有什么意见你们就说出来，我们讨论讨论。"

大家都想得不一样，那些劳力弱、势单力薄的人家，还是想依靠生产队的，生产队毕竟是一个大家庭，天塌下来，有高个子顶着。那些强势、劳力多的人家，早就想分开单干了，他们觉得单干了，就不受生产队的控制了，自己有多大本事，使多大本事，不要依靠任何人。还有一部分人在观望，他们摇摆不定，想看看队长的决定。

"为什么要分队？分队我心里也难过，但没有办法。"队长说话声音渐渐大了起来，"大家早晨都看到了，那些树一夜就被锯了。锯树说明什么，说明大家的心散了，捆在一起，也没啥意思。"

有几个妇女开始咒骂锯树的人，被队长制止了。

分队就这样决定下来了。分队的会议，一共开了五天，最后达成了分配制度。

2

那几天，地里都是一窝一窝黑乎乎的人，寂静的田野像一个大马蜂窝，哄哄的，热闹非凡。妇女和孩子跟着看热闹，男人们背着手，指指点点。队长走在前头，父亲拿着笔和本子跟在后面，几个人拿着皮尺，一块地一块地的丈量。每丈量一块地，父亲就在本子上记录一下。队里的地，大家从小就在上面生长，长大了又在上面耕作，每块地大家都了如指掌。

南冲的地都是水田，地势平坦，每块地都是四方四正的，一条大路从中间穿过。地也好丈量，皮尺横竖一拉，面积就出来了。岗头上的地，都是旱地，地势高高低低，地也不成形，有的地成方形，有的地成梯形，有的地成圆形，大大小小没有规则，这样的地丈量难些。

丈量完了，大家坐在一起，把这些地拼图一样，好的和孬的打包在一起。这样老文圣家的屋子里又成烧开的锅，沸腾不已，每块地大家都七嘴八舌地议论一番，各有各的意见，但最后还是队长拍板定下来。一直分到深夜，终于把队里的地分成了几十份。

抓阄那天，母亲一早就起来了。过去，母亲一早起来做的第一件事，是喂猪，烧早饭，但今天早晨，母亲没有做这些，母亲是先开了门，然后拿了两炷香，去土地庙烧香，让土地老爷保佑父亲能抓到好田。母亲有这个习惯，每当我们家里有什么大事，自己控制不了时，母亲就去烧香许愿。在这个强大的自然面前，母亲觉得会有一只手在背后掌控着，让她充满了虔诚。

母亲打开门，天还早，东边的天还是蛋青色，母亲匆匆地走着。烧香有趁早的习俗，母亲想到了，也怕别人会想到，在前头把香烧了。土地庙就坐落在离村子不远的地头，只一人高，上面铺着一层灰瓦，里面是泥塑的两个胖墩墩的人物，一个是土地爷爷，一个是土地奶奶。母亲来到土地庙一看，没有人来过，母亲真的就是第一位烧香的人，母亲的心里就欣喜了一下。母亲把香插到香炉里，用火柴点燃，然后双手合十地跪下，母亲许愿说，我们家里孩子多，生活困难，在村子里又是单名小姓的人家，全靠菩萨保佑，希望菩萨保佑我们家能分到一份好田，要不这一家人怎么养活。母亲喃喃自语着，声音只有她自己能听见。清晨的空气中，飘着淡淡的香烟，为这份祈祷增加了吉祥。

母亲祈祷完，起身往回走时，村子里的上空已飘起了一层淡淡的炊烟，村子里的人家都在做早饭了。

母亲回到家，围起布裙，开始忙碌，父亲也起床了，正在屋前刷牙。父亲的牙刷已好久没有换了，牙刷张开着像一把鞋刷子，父亲漱了一口水，吐到地上，然后回身到家。父亲问母亲起这么早到哪去了。因为有了一份祈祷在心里，母亲的心里甜甜的，她没有马上回答父亲，而是说："干啥，你能想到啥？"

父亲没有说话，接着去舀水准备洗脸。母亲又拿来一块香皂，让父亲把手好好洗洗，父亲感到这个早晨母亲有点不一样，就说："我的手脏啥了，还要打肥皂了？"

母亲嗔怪了他一眼说："今天你要抓阄子，早晨我都去土地庙烧香了。这田一分，就是一辈子的事，不抓个好田，这一大家子喝西北风啊！"

父亲这才想起来今天要抓阄，但父亲毕竟是一个文化人，他不屑地说："就你样子多，成天……"

父亲还没讲完，就被母亲用拌猪食的手捂住了，母亲阻止了他，嗔怪地说："不许放差子，臭嘴！"

父亲嗅到母亲的手上有一股泔水和草料混杂的味道，父亲没有再说了，把母亲的手从嘴上用力地甩开。

父亲默默地洗脸洗手，肥皂的沫子包裹了父亲的双手，父亲使劲地搓着，一盆清水立马就浑了起来。父亲拿起手，觉得手真的又白又净了，过去这双手在泥里抛，在灰里挠，父亲什么时候注意过自己的双手，但现在父亲觉得这双手是"天将降大任于斯人"了。

上午，父亲赶到老文圣家时，屋里已坐了不少人，队长坐在大方桌前重要的位置。

屋子里仍然是哄哄的。

阄子分两次抓，队长把做好的阄子装在老文圣家的玻璃糖罐里，站在屋子中央，用力晃晃，然后大声地宣布说："一家只能派一个人抓阄，一次只能抓一个阄子啊。听见了没有。"

底下的众人说："听见了。"

"阄子一抓就算数啊，这阄子做得也没有记号，谁也不认识，对谁也偏心不了，全靠手气了。"队长望着众人，众人都睁着双眼望他，队长又说，"这地我们都分了几天了，公开公正，保证谁家都有饭吃！"

队长边说，边把罐子放到桌上，然后，每喊一家的名字，就上来一个人抓阄子。抓了阄子的人，迫不及待地打开，一看是自己满意的田，就咧开嘴大笑起来。

小叔也上来抓阄子了，小叔把手伸进罐子里，花了几下，阄子在他的手下翻动着，小叔抓了一个阄子，躲到偏僻处，打开一看，是两块好田，小叔并没有像别人那样欢呼，而是沉静地站在人群背后看着。

临到父亲抓阄子了，父亲走上前，把手伸进糖罐。父亲看到玻璃罐里面早晨洗过的手，又白又净，真的好看。母亲也来了，母亲就坐在下面，心里默默地祈祷着，紧张地看到父亲。父亲捏起一个阄子，抓了出来，母亲也赶了过来。父亲打开一看，是一块白土田，配岗头上的一块小簸箕田。

白土田在南冲，靠河边，只要抽水机一放，就能从河里打上水。而且土质细腻肥沃，易耕作，是村里公认的好田，父亲很满意，但与白土田配在一起分来的是小簸箕，父亲最不喜欢这块田，这块地在岗头的坡地上，存不住水，四季荒草蔓延，地里的泥土多是砂礓土，不肥沃，种任何庄稼都长不起来，父亲长长地叹了一口气。

这次分队，我家共分到了几块地，它们是白土田、大白刀、深田、牯牛塘等。

大白刀田顾名思义，就是这块田的形状有点像一把菜刀的形状，一头大一头小，这块田是白土田，泥土细腻，翻耕容易，适宜庄稼生长。但这块田因为面积大，被从中间分成两半，巧的是，半个被我小叔抓去了，半个被我父亲抓来了，也就是说，这块地，是父亲和小叔共有。

总之，我家分到的地，在村里算上等的，母亲说这都是菩萨保佑的。

这天一早，父亲早早地起了床，和母亲一起下地把每块田走走看看。

地里的一棵老树上，一只鸟在叫，声音婉转、清脆、流畅，仿佛可以看到它在枝头跳跃的身影，不，它们是两只鸟在对话，时而是长长的一句，时而是短促的一句，声音在它们细小的喉咙里滚动，充满了神性。它们的声音使清晨刚刚到来的薄薄的光变得透明，甚至在舌尖上能品尝到甜蜜。

父母在村前村后的土地上缓慢地行走着，他们熟悉每一块地的面貌，如田垄的走向，田埂的宽窄，他们能讲出每块地上发生的故事，甚至可以嗅出每块地在太阳下蒸发出的不同气息。在这片土地上，洒过先辈的汗水，先辈消失了，土地又流传到他们的手中，他们将是这块地的主人。

父亲感到身子里有一股力量，感到双脚像庄稼的根茎深深地扎在了这片土地里了。父亲把两只胳膊伸开，用力地在空中挥了挥，他虽然什么也没击中，但他能感到身体里的力量，正在积攒，正在撞击，仿佛他的双手已打开了生活的大门，一个五彩的世界已呈现在他的面前。

父母在一棵树下坐下来，父亲拨了一根长长的草茎，截了一节，慢慢地掏起牙来。草茎在他稀疏的牙缝里进进出出，像一只小动物一样让人享受。

母亲说："有了这些地，可就要看我们本事了，别让人笑话了。"

父亲说:"可不是,现在队分开了,有的人就在等着看别人笑话了,但地球离了谁都转。"

队分开后的第一个午季,就遭到了干旱。

好久没有下雨了。地里的土干得用脚一踢就能冒烟,秧苗长在田母里,插不下去,一天天变黄变老。

大河的两岸趴满了抽水的小柴油机,白天黑夜突突地响着,本来被太阳膨胀了的空间,现在像要爆炸了。

河是自然形成的,河岸曲曲弯弯。河水在一天天地下降,终于见了底,河边的村民拥进河床狂欢式地捕了两天鱼后,河床恢复了平静,在太阳底下开始龟裂。

村民们望天,祈祷能下一场暴雨,往往从东边天空飘来一片浓云,乌压压的一片,像下雨的样子,但飘着飘着,云就散开了,就无影无踪了。

唯有村头大坝里还蓄着一塘水,汪汪的像明镜一般。大家都在观望着塘里的这点水,队长迟迟不愿把塘里的水放了,是想留下这点水让人洗洗澡,让牛饮饮水。再说队长计算过了,即使这塘水放了,也救不了低处的几十亩土地。

这样又熬过了数日,队长明显感到村民的压力了。一天上午,队长扛着锹,来到大坝上,挖开涵洞,开始放水。

水也好像憋得太久,涵洞一打开,一股清亮亮的水流就越过涵洞在小渠里奔涌起来,渠道两边奔波着村民们匆匆的身影,他们挖开渠道两旁的口子,让水流向自家的地里。这是多年来形成的规则,大坝的水是公共的,谁家都可以用。

父亲和小叔共着的大白刀田,离大坝距离远。水渠里的水经过分段截流后,流过来时,已很细了。

大白刀田,父亲这半块地是高的,小叔家那半块地是低的,水先是流进了小叔家的地里。在过去不旱的年景里,小叔家地里的水满了后，就会慢慢地衬上来，然后，父亲这半个田也就水满了。但今年不同了，大坝里的水很快就见底了，小叔家地里的水满了，却只衬上来一层，刚把泥土湿了，还不能插秧。

父亲已来大白刀田观察几次了，父亲看到渠道里的水先是像一条带子，后来就像一条线，再接着就在眼底下消失了。父亲急得头发着了火。大白刀易耕作，土也肥沃，是一块重要的口粮田，如果插不下去秧，家里的收成将受到很大的影响。

父亲去找小叔商量，看能不能从他家地里车点水上来，把秧栽了。

中午，小叔在树荫下喝茶。一个农民渴了，往往是舀一碗井水，仰起脖子咕咚咕咚地灌下一气，抹抹嘴就行了，而小叔却与别人不一样，他悠闲地喝茶，这是被人不屑的，但小叔不在乎。

小叔趿拉着破布鞋，坐在凳子上，硕大的脚上，还粘着泥巴。身边是一个黑乎乎的小方桌子，小叔一手拿起茶壶，一手端着那只白色的瓷杯子，手一倒，一条白线就注入了杯子里，几片粗大的茶叶浮在水面上，小叔端起来抿了一口，然后，又把白瓷杯子放到黑乎乎的桌面上。

父亲看不惯小叔这个做派，但父亲是来求他的，只好忍着。

父亲叫了一声小叔的名字，然后满面笑容地站到他的跟前，周围的空气热得烫人，但浓树荫下还是凉快的。

小叔倒了一杯茶，放到桌子上让父亲喝，父亲没有去接。父亲说："大白刀田里的水，你那半个已满了，我这半个地还缺一点水就能栽秧了。大坝里的水已没有了，衬不上来了。"

小叔没有望父亲，而是望着地面，说："衬不上去，我有啥办法？"

父亲说："我想车点水上去，把秧栽了。这天总要下雨的。"

小叔半天没有作声，然后不屑地说："这么旱的天，从人家地里车水,天下有这个道理吗?"

父亲说:"不多的,就缺一层水,不影响你田里栽秧。"

父亲知道小叔会这样说的,被噎得一愣一愣的。根据乡里的习惯,这水是公共的,也不是自家用柴油机抽上来的,一般大家都相互帮助着,匀着用,把秧栽下去。

父亲说:"这是救火,秧栽不下去就没有收成。"

小叔说:"你有了收成,我没了收成怎么办?"

父亲的笑容在一点点减少,说:"现在分单干了,不是在集体了,我们两小户人家要帮着,不能让别人看笑话。"

小叔喝了一口茶,把二郎腿放下,说:"我们两家只能保一家,两家田都荒了才被别人笑话哩。"

父亲说着说着就生气了,转身气咻咻地走了。

父亲回到家,一屁股坐在凳子上直叹气,父亲想,这个兄弟啊他一点不救我哩,就是左右邻居,见我这样,也不会见死不救的啊。这个兄弟的心太毒辣了,他是怎么想的哩,我处处都让着他,他是见我没本事啊。父亲越想心里越难受,心里实在是咽不下这口气。

母亲来问事情怎么样了,父亲说:"他不同意!"

母亲沉默了一下,说:"不行就算了,这老天总会下雨的吧。"

父亲起身在屋子里焦急地踱步,然后走出屋外,他决定自己亲自去大白刀田车水。父亲扛着一架水车,来到大白刀田,把水车往田头一放,扎好,在水车的尾处挖了一个坑,就开始车水,水顺着水车的叶子,缓缓地流进地里。父亲不想车多,只想能把秧栽下去就行了,他相信只要先斩后奏,小叔会给他这个当哥的面子。

混浊的水流进了地里,父亲心里的气也慢慢地消了。

这时小叔从远处疯狂地跑了过来,由于奔跑,小叔满面汗水,面孔紫红,小叔的两只大脚板趿拉着破布鞋在地上踏起一层灰尘。小叔跑到父亲跟前,父亲停下手中的水车。父亲笑着说:"我只要一层水，能栽秧就行了。"

小叔用力蹬了一下水车，水车晃动了一下。父亲仍然咧着嘴笑着，他想让小叔把火气熄了。父亲的笑显得尴尬，这是一种屈服。

小叔上来用力推了父亲一下，父亲一个踉跄跌倒在泥地里，烂泥糊了父亲一身，父亲撑起身站了起来，面孔扭曲着，他没想到这个兄弟会对他动手。父亲气愤地伸出手去，想抓住小叔，和他厮打一下，但小叔又使劲推了一下，父亲又跌到了田里。

小叔叉着腰，站在父亲的面前。父亲跌坐在泥地里，两手撑着，仰面看着他，他从没看到眼前的兄弟会变成了巨兽，眼睛里流露着凶光，小叔说："你敢偷我的水！你敢偷我的水！"

"我俩不是一个娘养的！"父亲气急败坏地说着，这等于在骂自己的娘。

小叔说："你要再车水，我就……"小叔手朝上举了一下，还想说更严重的话，但看到父亲眼里流下了泪水，没有说下去，转身走了。

父亲坐在田埂上，又是怨又是恨。他的衣服上是泥，双手上是泥，脸孔上是泥，简直就是一个泥塑的人了，泪水止不住地在面孔上流着。

母亲赶了过来，见父亲这个样子，从田里抄起水，把他手上和脸上的泥巴洗净，母亲劝慰父亲说："谁让你来车水了，可车到一口水的，就搞这样了。回去，这个田不收了，也饿不死我们的，天无绝人之路。"

父亲和母亲抬着水车往家去。

第二天，队长来处理小叔打人的事，才了解了小叔的真实想法，小叔是想把父亲从大白刀田挤出去，一个人独享。

队长说："那你拿块田换吧，你总不能讹你哥吧。"

小叔不想用好田来换，说了几个田，队长没有同意。队长对每个田都是了如指掌的，建议让小叔用头节沟的田换，头节沟在小河的下游，一放水就能淌到，旱有水，涝能排，是一个上等的田。队长说："你哥家也一大窝孩子，也要吃饭的，既然你想要他的田，就不能让他吃亏，政策也不允许的。"

队长来劝父亲。

队长说："我都挂过相了，你们兄弟俩尿不到一壶的，隔得越远越好。这地换就换了吧，反正田还在你们兄弟俩手里，又不是换给了外姓，免得以后不知道又会发生什么矛盾。"

小叔要换田，这是父亲没有想到的。父亲一生都说，小叔的点子多，但都没用在正道上。现在，小叔要独吞下大白刀田，父亲想想肉都颤，父亲最后同意了。从此大白刀田就成了小叔一个人的了。但父亲每次路过大白刀田都绕着走，他怕看到了伤心。

虽然遭到了干旱，但这年秋天，地里还是打下了不少粮食，这让父母的心里宽慰了许多。

一位农民想让每块田都要打下粮食，父亲最不放心的就小簸箕这块田。一个冬天，父亲把猪粪、鸡粪、草木灰一担一担地挑过去，抛撒在地里，想改变土质。闲时，别人都在墙根下拢着袖子晒太阳，父亲就扛着锹来地里翻，把团块的砂礓翻出来，用手捡了，扔到地头。把那些荒草的根茎挖出来，放到太阳底下晒，把它们斩草除根。

父亲自觉小簸箕田打理好了，春天里，母亲在地里种了花生。

这个地方由于离村庄远，坡上长满了野菜。拉拉肠的茎是柔弱的，但圆圆的叶子带着齿边，一层层地往上盘着，到了顶上，开着淡蓝色的小花；四角菜是猪最喜欢吃的，父亲经常到地里挖上一篮子回去喂猪，但老了的四角菜叶子的边上有着小刺，要是刺到肉里是很难受的；小蓼才长出来，茎红红的，像刚喝了酒；还有嫩嫩的青草，牛最喜欢吃了，用舌头一卷一大撮。野蒿子到处都是，茎上毛茸茸的……

父亲到东冲地里，总要到小簸箕田看看花生长得怎样了，但花生的秧子仍长得黄黄的像一个营养不良的人。秋天到了，父母挑着担子来小簸箕田挖花生，父亲把锹使劲地往地里一插，当的一声地上只是一道白印，溅起浅浅的一层灰尘。父亲使劲一蹬锹往下去了一点，蹬了几下，父亲一用力，挖出一株花生，秧子底下结着几颗零零散散的花生果子，父亲很失望。

父亲挖了一上午，挖了半个田，只摘了半篮子花生，要是在别的地方，最少是一篮子花生了。父亲叹息了一声，对着小簸箕田说："唉，我喂了你那么多好东西，你都吃哪去了呢？其他地都争气，就你不争气，你这是在拖家里的后腿哩，如果它们都像你这样，我们全家就饿死了。"

父亲挖累了，他歇息下来，躺在半坡的地面上，晒着暖暖的阳光。父亲半眯着眼睛，不远处有一口水塘，清澈的水泛着细碎的阳光，父亲看着看着，睡意就上来了。

半天，父亲醒来，起来拍拍身上的灰，说这小簸箕田睡觉还行哩，然后，挑着担子回家去。

3

时光如流水，我们都一步步地长大了。

父亲决定盖房子。房子在乡下，是一个农民的尊严、地位和能力。我们四个兄弟都一个个长大了，像四杆枪一样杵立。村子里有人就笑话了，"他家这四个蛋不就是一窝蛋了"，意思就是打光棍了，没出息。这让父母不堪侮辱。

盖房子首先考虑的是宅基地的事。

父亲和小叔共用一块宅基地，住在村子的前面，与村子中间隔着两块大秧田，由一条田埂通往村子。田埂上有一个放水的缺口，上面用一块短短的石板架着,后来听说这块石板是一块墓碑。由于石板短,缺口两端的泥土,一下雨就塌了,石板就掉了下去,雨停了,父亲又得把石板重新架上,这样每年反复着。

这块宅基地不大,四周都是水田。宅地的四周,长满了杂树。宅地的西边是一排杂树,有檀树、刺槐、糖榴树、杨树等,更深刻的是有一棵树干弯曲颜色如铁的杏树,树的干只有在国画上看过,曲折、凹陷、粗短、斜出。春天还没有长出叶子,就开出满树的花,这种花是粉红色的,热烈、激情、浪漫。可以说,这是全村子唯一的一棵果树。每当树头结下一颗颗小小的毛茸茸的杏子,村里的孩子们就开始来偷了,偷回去也不能吃,但偷是一种快乐。

宅地的南边有一条小沟,是两家人洗洗涮涮的用水,沟里水流清澈,鱼翔浅底,沟的边上,有一棵梨树,秀气得像一个青春的少年。

地的北边是两座猪圈,猪圈后面,有一棵铁榆,粗短的树干斜着长,不成材,但树皮是一块一块卷起的圆形。

紧挨屋后的,是一棵高大的树,树干紧贴着屋檐,枝头的树叶圆而密,秋天变成红色,树上结满了白色的粒子,我们就叫粒子树,后来才知道是乌桕树。

屋的南边有一棵高大的刺槐树,夏天一到,枝头挂满了一串串白色的花朵,蜜蜂嗡嗡地飞着,空气中飘满了清香。每到春荒不接时,母亲便绑了镰刀去钩槐树上的槐花做粮食吃。母亲把镰刀伸上去,轻轻往下一拽,一枝翠绿中带着洁白的槐花就掉了下来。母亲把槐花从枝上撸下来,用开水焯后晒干,放到米饭里掺着吃。新采下的树枝拿在手中,我会把鼻子贴近那一串洁白盛开的槐花,使劲地嗅那一丝丝香甜的味道。我对花的启蒙认识,也来自这种洁白的槐花。记得有一年风雨过后,我看到老槐树上那些洁白的花儿落在污泥里,感到很伤心,就用铲子挖了一个小沟,把许多花儿放进去掩埋，那个时候我还没有看过《红楼梦》，还不知道有黛玉葬花这一说。

家里住着几间草房子。草房子矮矮的，屋顶上的草每年秋天都要换一下。换了新草的地方，是新鲜的黄色，而没换草的地方，仍然是陈旧的草，是黑色的。一块黄色的，一块黑色的，在阳光下斑驳着，像莫奈的抽象派油画，像花斑狗的皮。如果遇到了雨季，家里还是东一块西一块地漏水。房子的墙是泥土的，上面挖了两个窗子，窗棂是用树枝插上的。陈旧的墙面，一动就掉土。

在这块小小的宅地上，两家人生生息息。

父亲想多盖几间房子，老宅基地显然小了，要扩大。但父亲不想走远，父亲就想到宅基地旁边有一块地叫小方田，是小叔家的，如果能换来，就和老宅基地连在一块，成为一块完整的宅基地了。

小方田在村头，旁边住着几户人家，田里的庄稼牲口好糟蹋，小叔为这事和几户人家吵过架，父亲觉得如果能换过来盖房，解决了小叔的负担，小叔何乐而不为。另外，当年小叔要换自己的大白刀田，父亲都同意了，现在，父亲要换一个宅基地，他应当同意的。

父亲因为与小叔有隔阂，不便直接去找小叔，便胸有成竹地来找队长，让队长去说。

父亲把换地的想法、成功的把握和队长分析了一下，队长也胸有成竹地说行。

队长去小叔家，队长对他说："你哥要盖房子了，他的孩子都大了，不盖房子，怎么讲媳妇。"

小叔不咸不淡地"哦"了一声。

队长说："你哥家的老宅地不够用了，你哥想换你的小方田做宅基地。"队长话讲得缓慢，边讲边想探一下小叔的口气。

小叔就来了劲，头直摇，说："不换不换。"

队长义正词严地说："你为小方田吵了多少架，换成了口粮田，不是很划得来么。你要换大白刀田,你哥不是也换给你吗?到他要你帮忙时,你怎么就不行了呢?你还能就看着你几个侄子讲不到人吗?"

小叔感到理亏,半天没有作声,然后说:"村头的田多着呢,哪家不能换。"

队长感到很没面子,一跺脚就走了。

队长来对父亲说,父亲很失望。

如何解决宅基地,父亲想了许多办法,但还是觉得老宅基地好。父亲留念老宅基地,觉得兄弟俩住在一起好,要是搬到别的地方盖房子,兄弟俩就分开了。

这天,父亲去赶集,在集上正好碰到队长,中午了,两个人就相邀着去饭店吃饭,两个人叫了两个炒菜,边喝酒边说话。酒喝到酣处,父亲又说起家里讲媳妇的事,父亲说:"几个儿子都大了,一个媳妇都没有,真是急死人了,孩子就像地里的庄稼,这一季耽误了,一年就没收成了。"

队长说:"要盖房子,你这三间茅草房,一个儿子一间都分不到,谁家敢把女儿讲到你家来。"

父亲说:"盖房,哪有地呢?"

队长吃了一口菜,边嚼边说:"他(小叔)也太不像话了,只你帮过他,他从来没帮过你。真是一娘生九子,九子各不同。"

父亲说:"不知道他咋这样?只要他愿意,要我哪块田都行。"

队长把筷子朝桌子叭地一放说:"这还有啥说的,我再去找他说说。"

第二天,队长用了一个方法,把小叔和父亲约到自己家,三个人当面谈换地的事来。

三个人像三个棋子坐在门口的三个地方。小叔捧着茶杯,不时地抿上一口,茶叶在玻璃杯底沉下厚厚的一层。队长抽着烟,一吸一大口，吐出一股烟来。父亲双手抚在膝盖上，搓来搓去的，快要把膝盖上的布搓出毛来了。太阳从门外照进来，照在脚前的地上，宁静而安详。

队长先开了口，说："你俩是亲兄弟，打断骨头连着筋，有事应当好商量，让我这个外人来掺和，我都觉得不好意思。"队长这是开场白，意思是先打亲情牌，做好铺垫，然后再往主题上说。

队长还是上次那个讲法。上次小叔就没给队长面子，队长走后，小叔也翻来覆去地想了好久。这次小叔觉得不能再驳队长的面子了。小叔把玻璃杯往桌子上一放，说："可以呀，但小方田是我家的口粮田。"

队长看小叔口松了，心里就有了底，说："这个我懂，你俩谈谈怎么换，我可以做个证人。"

父亲一听小叔愿意，心里一喜，父亲想好了，换地也不能让小叔吃亏。

小叔停了一下，说："我要白土田。"

父亲一听，就傻了，说："白土田是我家的口粮田啊。再说，这个田面积也不够啊，还要配个田。"父亲的话，有央求小叔手下留情的意思。

小叔没有退步，继续说："配个田也可以。"

父亲想了想，说："当时，白土田和小簸箕是配在一起抓阄抓过来的，那就还配小簸箕吧。"

小叔一听，口里不屑地"切"了一下，说："小簸箕的土是砂礓土，又在岗头上，鬼不生蛋的地方，谁要！"

父亲问："配哪块田？"

小叔说："头节沟。"

父亲叹息了一声，觉得小叔心眼太深了太狠了，在要挟自己哩。现在，不但要白土田，还把他过去换过来的头节沟要回去了。但为了宅基地，父亲还是咬咬牙，屈服地说："好，就白土田和头节沟。"

队长一听两个人说好了，松了一口气，队长说："你俩咬过牙印了，这事就这样定了，政策上也是这样的，不要再扯皮了。"

小叔愿意把小方田换给我家做宅基地，父亲很感激，觉得小叔终究是自己的兄弟，关键的时候，还是他帮了自己一把。

自这年春天起，我家的头节沟和白土田就归小叔家种了。每到秋天，父亲只能从小方田打下不到一半的粮食，但想想这是一块上好的宅基地，也就舒了一口气。

为了筹集盖房子的钱，冬天了，父亲拉着平板车，去合肥坝上集批发蔬菜水果回来卖。从家去合肥有五六十公里路，每天鸡叫头遍，父亲拉着平板车徒步走去，中午到市里，批发完蔬菜，连夜徒步往回赶。

一天，天黑隆隆地父亲就出门了，吃过中饭，天更加阴沉，北风刮在脸上，父亲先是感到寒冷，紧缩着身子，木头的车把像烧红的烙铁，父亲的手不敢往上碰。但父亲必须要赶回去，这一车的菜，多耽误了一天，菜就会不新鲜，就卖不上好价钱。父亲两只腿在石子路上奔走着，城里黑魆魆的楼群在身后越来越远，土地越来越空旷，光秃秃的树在风中摇摆着，发出低沉的呜呜的声音。

不久，天开始下起雨来，父亲穿上塑料皮的雨衣。细小的雨点像一粒粒小石子砸在脸上生疼，父亲呼出的热气，瞬间就变成了雾气，迎面扑在脸上。天地茫茫间，只父亲一个人影在路上奔波着，黑色的影子、孤单的影子、沉重的影子……影子向前倾着，是负重的，是冲刺的，有一股力量在他的身体里积攒，使他快要脱离肉的身体像要飞翔。

雨水顺着发梢淋下来，淋进父亲的眼里，父亲的眼睛一阵阵疼痛，他不停地用手抹着脸上的雨水。

父亲的脚步越来越坚定了，不再踉跄。

父亲赶到家时,已是夜晚了,夜色像父亲出门前一样黑隆隆的。老远父亲就看见家里的那一星灯光了,灯光被黑暗压缩成一点点,在北风中显得弱小没有力量,但在父亲的心里却是无比的温暖,父亲紧绷着的身子,一下松弛下来。家里的黑狗狂吠起来,父亲大声地呵斥着,黑狗听到是主人的声音,呜咽了几声,摇着尾巴迎了上来。母亲听到父亲的声音了,也从屋里走了出来,和父亲使劲把车子拉回家里。

母亲忙着把车上的蔬菜卸下来,菜叶上都结成了一层冰碴。

父亲每个星期去合肥进一次货,父亲这样来来往往着。从城里带回许多新鲜的东西,如城里人不吃猪头皮,父亲就把一块块猪头皮带回来,这可是我们的美食。如城里人不吃猪油,父亲就把一块块猪油带回来,猪油炼过后的油渣又是我们的美食。

母亲把父亲批发回来的蔬菜挑到周围集市上去卖。

母亲卖菜非常地道,她觉得大家都是种地的人,赚点辛苦钱,但不能赚黑心钱。母亲头天晚上,把黄的菜叶子择去,把菜上的泥土抖掉,把菜码放整齐。第二天,母亲赶早挑到集上。母亲的菜新鲜干净整洁,大家都喜欢买。而街上菜贩子的菜,黄叶子多,价格高,这样母亲便得罪了他们。

有一次,母亲卖甘蔗,几个人把甘蔗吃了一半,又回来找母亲说甘蔗不甜,母亲就给他们换了。事后,母亲就感觉不对了,甘蔗甜不甜,也没有硬的指标,全靠自己的感觉,这感觉怎么能说得清?母亲想这是有人在找她麻烦了。

过了一会,又有几个买甘蔗的人找了回来,仍然说甘蔗不甜。母亲就和他争执起来,青年凶狠地拿着甘蔗就往母亲的嘴里杵,说看看可甜看看可甜。

母亲愤怒地一把推开青年,眼里含着泪水斥责道:"你们这是在找我碴,哪是甘蔗不甜。雷会打你们的!"

青年骂骂咧咧地走开了，母亲收拾了担子快快地回家去。

父亲不让母亲去赶集了，但母亲坚持要去，不赶集批来的菜咋办？母亲忍着委屈继续去赶集。

经过两年的辛苦，家里积累了一笔钱。到了秋天，田地里的庄稼收割完毕，父母就开始准备着盖房了。

秋天的太阳晒在人身上暖和和的，没有了夏日的热辣，地头许多花都消失了，只有野菊花还在绽放，它的眼睛里，有着经历巨大痛苦后的喜悦。

一条小河就是它的脉动，连绵的群山就是它鼓起的雄性肌肉。低飞的鸟儿，静止的树林……它们是一束束鲜花，被无数双有力的大手高高地挥舞着，为父亲加油，为父亲欢呼。

几个太阳晒过后，小方田里的泥土软而不硬的时候，父母用牛拖着石磙子在上面一遍遍地压实，压平，好做地基。牛拖着石磙发出吱呀吱呀的声音，像听一首快乐的旋律，村子里的人也都知道我家要盖房子了。

这天一大早，父亲正在小方田里平地，小叔忽然迈着方步踱了过来。小叔站在地头，眼睛眯着，似乎在费力遥望着远处的事物，但他望的却是近处父亲忙碌的背影。

在小叔的眼里，父亲一会弯腰蹲着，一会站起身来，像一个被线牵着的木偶，令人可笑。

小叔嘴一撇，冷笑地冲父亲说："你不要忙了，忙也是瞎忙。"

父亲一回身看到小叔站在身后，愣了一下，刚才他说的话，父亲觉得没有听清。

小叔又重复了一下，说："你不要忙了，忙也是瞎忙。"

父亲这会听清了，父亲站着没动，说："啥叫瞎忙，我盖房的材料早买好，这两天就要请人，盖房的木匠也找好了。"

小叔说："不是这个意思，地我不换了。"

父亲血往头上涌,如五雷轰顶:"地你不换了?"

"是的,我不换了!"

"当初我们是咬过牙印的,队长还在,你怎么翻脸了。"父亲没想到小叔会使这一阴招,大睁着眼睛问。

"咬过牙印算屁,文字在哪?田是我家的,我说不换就不换。"

"你是一个男人,你说话不是放屁。你把我的田收了两年了,这不是事实?我现在就要在这个田上盖房了。"父亲上前走了两步,大声地说,阳光从背后照过来,把父亲的身影拉得长长的,似乎是一个巨人。

"你盖房试试看!"小叔阴阴地说,"我今天就要在地里安庄稼了。"

父亲气得浑身抖擞,一屁股坐在地上,大口大口地喘气。

过了一会儿,小叔挑着一担粪便过来,拿起粪勺就朝小方田里泼粪,黄的大便十分刺目,臭气在空气中飘散,这个清新的早晨一下子被打破了。

小叔说:"我在我的地里施肥你能怎么样?"

父亲的眼睛里燃烧着火,父亲的双腿灌满了力量,父亲蹿上来,啪地给了小叔一个耳光,小叔用手揪住父亲的领口,朝父亲胸口打了一拳,两个男人开始厮打起来。但父亲毕竟没小叔有力,两个回合下来,小叔就抓住了父亲的双手,父亲开始用脚踢他,小叔躲让着。

母亲也从家里赶了过来。母亲怕父亲吃亏,赶紧上来死命地拉小叔的手,但小叔的手像钢筋一样铁硬,母亲根本没有力量拉开。

小婶也从家里赶过来了,一看我家是俩人,他家是小叔一个人,小叔又占着上风,没有吃亏。小婶就心生一计,大叫起来:"你们都看着啦,他们两个人打我家一个人啊,这日子还能过吗?"

小婶这一吆喊,母亲听起来更气了,母亲松开手说:"他两兄弟打架,谁打死谁倒霉,谁也不拉了。"

村里的人看到父亲和小叔在打架,赶了过来,七手八脚地把两人拉开。两兄弟打架,在乡下是稀罕的,有的人赶过来看笑话。

父亲的衣服撕烂了,露着半个身子,上面有着几条红红的血印子,父亲一边怒骂着一边大口大口地喘气。父亲一激动,嗓音就嘶哑,说话连不成句子,本来想大声地说,但说出来的声音却很小。父亲说了半天,大家这才知道打架的原因。

队长也来了,队长问清了原因,怒斥小叔说:"这地我们说好的,都换两年了,你也用人家的田收过禾了,现在怎么反悔了?你懂政策吗?"

小叔站在旁边叉着腰,仍是一副气势汹汹的样子,说:"换地是我同意的,当时他要盖了,也就算了。现在我不换了,我儿子也大了,我要留着自己盖房。"

队长说:"你尽说屁话,你把地换过了,就不能反悔了,人家什么时候盖房是人家的事。"

小叔说:"我不管这些,但这地我就是不换了,要换,就用人命来换。"

小叔把话说绝了,队长气得脸色发紫,劝父亲回家去,等等再说。

父亲起身时,指着小叔说:"我和你不是一个妈养的。"

房子盖不成了,父亲愁得在家转来转去,长吁短叹。

一天夜里,父亲在睡梦中惊叫,母亲慌忙用脚把它蹬醒。父亲醒来,点亮油灯,母亲问他做什么梦了。父亲垂着头,长叹一声说:"昨夜做梦,给他(小叔)掐了。"

母亲问怎么回事,父亲说,在梦里,小叔掐他的脖子,要他往一个地方去,那个地方黑乎乎的。他不愿去,小叔就使命地掐他,把他掐得喘不过气来。父亲想喊人救命,但周围没有一个人,然后就惊醒了。

父亲的眼睛里还留着噩梦里的恐惧,父亲双手捶打着床沿,大声地说:"我搞不过他,一提到他,我的肉就颤。我妈生了我,为什么要生他这个怪人呢?"

母亲怕父亲太过激动,劝父亲想开点。父亲倚着墙壁,不愿再回到梦中。两个人就在灯光下坐着,听着屋外的狂风呼啸。

这风应当是黑色的,它们白天在树荫下、沟渠边、荒草地里潜伏,夜晚便拥挤而来,把本是宁静的夜晚,搅得一片混乱,那些本是整块的夜色,被撕成了碎片,抛弃得遍地。窗外的风又在用力了,尖啸的声音一声比一声紧,一声比一声急,逼得人喘不过气来。油灯小小的光亮在玻璃罩里摇晃着,一股冷风从门底下吹进来,又呼啸着在屋角散开来。

直到远处的鸡叫声不断传来,父亲实在熬不住了,才头昏脑涨地躺下睡去。

几天后,队长来开导父亲:"你兄弟俩尿不到一壶,不要老想着小方田了,换个地方吧。如果非要在小方田盖房子,你兄弟俩会出人命的;你有这两个好田,在村里换谁家的地都能换到;住家要处好邻居,你和他在一起住家,今后能舒心吗?"

在队长的开导下,父亲终于想通了,放弃了在小方田盖房子的想法,父亲觉得团结不了小叔,就离他远远的,各过各的日子。

队长给我家在村后选了一块地,这块地靠村子的大路,交通方便,父亲就定了下来。这年冬天,我家盖了六间砖墙瓦房,大路上来来往往的人看了羡慕不已。不久,村里就有人上门来给我讲对象了,我开始了第一次相对象,她是邻村一个木匠的女儿。

但多少年后,小叔也没在小方田上盖房子,反而换给了别人盖房子,这件事一直堵在父亲的心里。

4

时间到了上世纪九十年代初,这年夏天,小叔开始到城里打工了,小叔是村子里第一个去城里打工的人。

小叔才开始是在合肥城里一个叫站塘路的地方打零工。

站塘路和其他市内居民区的路没有什么两样。不宽的水泥路面,两旁是葱郁的梧桐,在地面投下一片一片的浓郁,夏日走在里面感到清凉无比。梧桐树的后面,是一家家店铺,因为开着空调,玻璃门虚掩着,穿着时尚的女子,坐在玻璃门后面,如年画上的美人。路上看不到人来人往,一切秩序井然。越往里走,梧桐树便越来越少了,最后没有了,露出光秃秃的狭窄的马路来,头顶上的电线也没有规则地穿过来穿过去,有破旧的小楼,有红砖的平房。但人却越来越多,车和人拥挤着,显得混乱不堪。

站塘路到头,场地开阔起来,人流更加混乱,电瓶车、三轮车、小货车等拥挤着。低矮破旧的房子上,挂着红色的店面招牌,如站塘大食堂、107牛肉面、马哥大排档等,还有在城里见不到的店面,如解放鞋雨鞋厂家直销等,小贩的小喇叭声彼此起伏,恍如处身在乡下的小集镇。在这些来往的人群中,更多的是那些男男女女,他们头戴着黄色的胶壳帽,身上背着一个大大的帆布包,包里不外乎装着一个大大的塑料水杯和瓦刀、钎子、锤子等干活的工具。他们敞开着胸,破旧的衣服上粘着泥土、油渍。他们的脚上大多穿着解放鞋,与城里的时尚格格不入。他们是民工,很容易从人群中分辨出来。

站塘是一个庞大的劳务市场,在合肥搞工程的人,没有不知道这地方的,到站塘来的,都是干粗活的农村人。

站塘有一个不成文的规定，在这里不能说老，如果你说人家老了，人家会骂你，说，放你一嘴狗屁，我怎么老了，我看你还老了哩。因为年龄大了，就没有人要了。一般见面了，要说人家年轻，本来是六十多岁的人，你也要说，哈，大哥，刚五十出头吧。人家就会高兴地说，哈，你的眼力好，一下子就猜准了。穿衣服也有讲究，衣服要穿紧身一点，身上要脏一点，像一个干活人的样子。头要剃成二分头，这样显得年轻。平时，还要练练跳跃，这是上车时用的，要不，你一上车，拖腿不动爬半天，老板一看，你就是一个老人，也不要你，还要像一个年轻人，手按车帮，一跳就上去了。

小叔来合肥打工时，已有五十多岁了，在民工中，也算老人了。小叔就剪了一个二分头，穿着一身紧身衣，跟在一群民工后挤。

小叔每次去得早，他最怕天亮，因为，他一头花白的头发，满脸都是皱纹，天一亮就看清楚了，没人要。天没亮前，黑乎乎的，小叔戴着一个胶壳帽，盖着脸，人家看不出来。所以，天亮前一定要被带走，要是走不了，一天就完蛋了。小叔每次上到车上时，都往里面拱，在角落里缩着身子，不作声，这样老板不注意。

站塘还有一个不成文的规矩，在这里不要说自己不行，老板问你可会开飞机，你要说会开，老板问你可会开坦克，你要说会开，没有不会的，只要把你拉去了，这一天的工钱就有了。到了工地真的不行，就给人家打下手，反正工地上杂活多，有活干的。有一次，老板问小叔会不会开搅拌机，小叔说会。可是搅拌机小叔看都没看过，心里直打鼓，到搅拌机前一站，小叔瞅瞅眼前这堆黑乎乎的家伙，上面有字，什么倒转，顺转，一看就猜个八九不离十，试着转两转，真的就会了。还有一次，老板问小叔会不会开电梯，小叔说会。可是电梯什么样子小叔也见过，到了里面一看，12345……标得清清楚楚的，上下箭头一看就懂了，用手按按，会了。

小叔的聪明，很快就发挥出来了，在民工里有小诸葛的外号。

有一次，大家在一家工地干了几天活，结工钱时，工头找不到了，怎么办？晚上，睡在四周看见亮的工棚里，大家愁得唉声叹气。小叔一个激灵，从地铺上坐起来说："这个事听我的，明天我带你们去要钱。"

工棚里的人，都怀疑地看着小叔，觉得他是否吃错药了，要钱的事，不是一般人能行的。

小叔接着说："这个事，我们祖上就遇到过。"

小叔给大家讲了一个故事：解放前，有一年春天，一个外地人来我们村子卖犁头，一个在田里干活的人，上到田埂来，把他的犁头赊下了。卖犁头的人问他叫什么名字，他说叫田耕玉。卖犁头的人不知道这是个假名字，就记下了。午季结束了，一般人家卖了庄稼就有了钱，卖犁头的人到村子里来找田耕玉讨钱，问了全村的人，都说没有这个人。卖犁头的人说，没这个人，我就找这个田埂要。他拿了一把锹，到当时田耕玉赊他犁头的田埂上挖了起来。田埂被挖了一大截，事情搞大了，这个人就自己站出来，把钱给了。

小叔讲完了，问大家听懂了没有。大家还是怀疑地看着他，他们为要不到工钱，愁死了，谁还有心事听他讲故事。

小叔说："这个故事告诉我们，我们谁也不要找，就找这幢楼要钱，这楼就是那条田埂，它会有主的。"

第二天，大家抱着试试看的心情，跟着小叔去要账。小叔领着一群人找到项目部，项目部的人不理他们，说："你有条子吗？"

小叔就把条子拿给他看，项目部的人看了后，又说："这个包工头子工地多了，怎么证明你们就在我们这儿干的活呢？"

这下可把小叔难倒了，小叔想了想说："我可以找你们食堂炊事员，我们这几天可在他这儿吃饭的，如果没有在他这儿吃饭，说明我没在你家工地干活。"

项目部的人不作声了，小叔看他心虚了，又心生一计，说："我们村子不出人，就出了一个大记者，你要是不给钱，我一个电话打过去，他就来了。"现在，这些老板们最怕记者，记者只要一曝光，他明年接工程的资格就没了。

对方一听说能找到记者，就赶紧打电话找工头，原来，这个工头好赌钱，赌输了十几万，把大家的工钱结去还债了。项目部的人虽然电话打通了，但那工头不见人，项目部的人手一摊说："你们看到了，我也帮你们找了，他不来我有什么办法呢？"

小叔眼看事情就要黄了，心里很急，生气地说："你们是想上报纸还是想上电视，我打个电话，我们家记者半个小时就到，如果不到，这个工钱我就不要了。"这话一出口，小叔自己也吓了一跳，他心中没底啊。

对方听小叔敢拿工钱来打这个赌，更怯了，赶忙说："他不给，我们给。"

旁边的人见机就做结子说："老赵，你就不要添乱子了，人家不是在给我们想法子么。"

项目部的人也跟着喊："老赵你消消气。"

中午了，见大家还没吃晚饭，项目部的人就领着大家去小饭店吃饭。

到了小饭店，项目部的人说："你们点个菜吧，看是吃羊肉火锅还是吃牛肉火锅。"

小叔说："我们干活的，需要力气，不吃羊肉火锅，就吃牛肉火锅。"

火锅吃完了，钱送来了，一群人领了工钱，就开心地回去了。大家都说，这次要到工钱，是老赵的功劳，老赵点子多，头脑聪明。

半年后，小叔被一处工地的老板看中了。老板给了他一个工程，让他自己带人粉刷楼房。这就是一个粗活，没有什么技术含量，小叔带着几个民工，干了半个月就完工了，捞到了第一桶金。

一年后，小叔组建了一个几十人的工程队，就跟着这个老板干活，活越干越大，小叔成了一个包工头子。每次戴着黄色的胶壳帽，在工地上转来转去，已不干活了。

一天中午，小叔正在家里睡觉，电话忽然响了，小叔不耐烦地一接听，只听里面带队的慌慌张张地说，工地有人从楼上掉下去了！小叔一下子就跳了起来，趿拉着鞋就出门打车赶到了工地。

工楼上都是密密麻麻的脚手架，常人不好走，但小叔走起来没有任何阻挡。小叔赶到时，前面已围了一圈人。小叔冲进去一看，一位民工四脚八叉地仰躺在地上，面色惨白，头底下流着一摊血。民工跟小叔干了好多年，平时在一起兄弟长兄弟短的。小叔看着，头嗡地就炸了，然后派人赶快送到医院去。

小叔知道这人是没法救了，但送不送医院是态度问题。

第二天，民工家属来了，妇女一看就是山里人，身材瘦小，肤色黑黑，满脸都是皱褶，头上披着长长的白布，领着两个孩子。孩子全身也穿着白衣，几个人一见小叔就跪下来，号啕大哭起来，哭得撕肠裂肺，鼻涕满面。

小叔早安排好了，几个人上来，把妇女搀扶起来。妇女不愿起来，身子往下蹲。说要还她的人，她活不下去了。搀扶的人，也被哭红了眼睛，扭过脸去。

大家原来想，小叔会给这位妇女多赔偿一些钱的，毕竟人家是一条人命，两个人的关系还这么铁。可小叔脸一黑说给点钱也是一个安抚，不是赔偿，如果要赔偿就走法院的路子。妇女是山里人，也没什么主意，小叔赔了很少的钱，就把事情了了，大家都说小叔的心肠硬，人一走茶就凉。

5

小叔在城里发财了，把家里的人接到城里去了，家里的地开始抛荒。

村里的老人每次走过小叔家的抛荒地，都要骂几句，这么好的地怎么就不种庄稼，给荒了？

小叔好多年没有回家了，村里关于小叔的传言也多了起来。

有人说，在城里见过小叔，他戴着墨镜，腋下夹着个皮包，皮鞋锃亮，是个大老板了，根本不像一位农民。

有人说，小叔失联了，现在欠了一屁股债，不敢见人了。

有人说，小叔因工资纠纷，腿被民工打断了。

这年腊月，父亲和一群老人在家门前边晒太阳边聊天。

老人们回忆往年村子里的热闹，现在的冷清，不理解一个好端端的村子怎么变成了这个样子。有人说，这都是村里的风水被破坏了。通往村里的大路本来是要修成直的，穿过村里直通南冲，这个气就通出去了。可现在他们把路修弯了，弯到村中间，成了断头路，这气就在村子中间出不去，村子里就要出事了。

原来，村头的大路，过去是一条土路，几乎没有人走，人们上集都是走小路抄近。后来，政府把大路修成了村村通的水泥路，在修村村通时，村里的权势者，就把大路在村子中间拐了个弯，像一条S形的路，大路在村子中间断头了。

难怪这条大路成了罪魁祸首。

老人们聊天，总是说一些稀奇古怪的东西，玄而又玄，显示自己的阅历。

这时，大路上驶来一辆小轿车，大家停住了聊天，开始张望起来。

车子开到跟前，下来的是小叔。小叔穿着西服，西服里面是白领子的衬衫，脚上的皮鞋擦得锃亮。小叔说话，撇着城里的腔调，拿着一包红彤彤的中华烟散。村里人一看，小叔已不是过去的小叔了，而是一个陌生人。

队长问："听说你在城里把腿被打断了，是真的吗？"

小叔生气地说："哪有的事。"

大家不信，让他把裤子捋起来看看，小叔捋起裤子，腿白生生的，没有一个疤痕，大家就笑了。

父亲和小叔已数年没见过面了，这次小叔来到家门前，父亲觉得有点亲热，就准备上前打个招呼。

小叔扭过身子问旁边的人说："他是哪个啊？"

队长不屑地说："他不是你哥吗？"

小叔故作恍惚，说："我认不得了，我认不得了。"然后走到父亲身边，拉拉父亲的衣服，说，"你穿得这样好，认不得了。"

父亲就气了，说："你一辈子就会装神弄鬼的，我这衣服在村子都穿好多年了，有什么好的呢？我一个老农民你要认识我干啥？"

大家都笑起来，小叔觉得没了面子，赶快开车走了。

小叔这次回来，做了一个轰动全村的事，把老房子卖了。

小叔要卖房，这在村里可是从来没有过的事，队长怀疑地来找小叔问情况。队长吸了一口烟，问："你要卖房？"

小叔笑着说："是的，这房子长时间不住人会倒的。"

队长把烟又深吸了一口，说："城里花花绿绿的，能挣两个钱，但落叶还要归根的，你有个房子回来还有个窝，要是卖了，回来到哪落脚去。"

小叔沉默了一会儿，说："我给这烂泥田套（方言：踩）伤了。"

队长就明白小叔的意思了，他是不想回这个村子了，他对生养他的这块地没有感情了。

队长很焦虑，烟屁股还长着，就抛在地上了，问："你的地怎么办？总不能长年抛荒吧？"

小叔想了想说："地不要了。我在城里干一个月挣的钱，比种地一年的收入都强啊！"

队长说："那就按政策收回队里。"

小叔说："行。"

队长离开小叔家就来找父亲。

队长问父亲："他回来卖房子，你知道不知道？"

父亲说："知道了。"

队长说："这个败家子，他忘祖了，连家也不要了。"队长问父亲买不买。

父亲叹口气说："我连娶了两房媳妇，手头紧张，哪买得起。"

队长想想也是的。

最后，小叔把房子卖给了村里的小木匠，房子卖得出奇的便宜。

卖房时，父亲到那块宅基地转了很久，父亲舍不得这块地，这里有过他太多的记忆，但很快就成为别人的地了。父亲恨得牙齿咬得吱吱地响，父亲也控制不了这个局面。

小木匠买了小叔的房子后，首先就是锯树，他家要盖新房子，小木匠认为这些树落下的叶子太脏了，扫也扫不净。

小木匠先是锯门口的那棵老槐树，小木匠用一根绳子，绕在树的高处，往空旷的地方拉紧，固定住，小木匠手握电动锯子，锯子兴奋地叫着，冒出一股浓浓的黑烟，锯子触到了树的身子，响起了撕咬的声音。很快老槐树被锯倒了，它倒地的时候，发出一声沉闷的声音，它的身体一阵颤抖后，很快又平静下来。倒下的树干裸露着，可以看到深处那一圈圈隐秘的年轮，这些年轮里隐藏着它和我们一家人相依为命的日子。

他们就这样一棵一棵地锯着，接下来，他们拿出皮尺，在锯倒的树干上量来量去，把树干锯成一段一段的，然后拉到集上去卖。

最后锯的是那棵老杏树，小木匠围着这棵老杏树转了几圈，骂道："这棵树长得这么丑，啥材也不是，只能烧火。"

小木匠的电锯插入老杏树的身体时，老杏树里飞出的是红色的锯末，树根下瞬间就堆起了一层，似血。小木匠害怕了，把锯子停了，抓起一把锯末攥攥，然后展开看看手上有没有染上血，手上干干净净。小木匠又开动电锯，老杏树砰地一声倒了下去。

这是一场屠宰，现场虽然没有一滴血，但可以闻见血的腥味。

他们忙了几天，把锯好的树码放到手扶拖拉机的拖斗里，每一个断处，都是一个白色的圆圈，这些圆圈堆放在一起形成了许多不瞑的眼睛。

小手扶拖着这些树突突地走了。

父亲舍不下的那块老宅地，面目全非荡然无存了。

6

乡下的土地抛荒得越来越多了，村子里的人也越来越少，青壮年都去城里打工了。父母亲还住在当年亲手盖的六间瓦房里，虽然我们在城里都有房子，劝父母也搬到城里来住，但父亲不愿意。

父亲已经年老了，还舍不得把地荒了，拣了几亩好种的地种着。每年给我们带上大米、花生、山芋什么的。父亲说这东西是无公害的，人吃了健康。

自从把村里的房子卖了后，小叔已十几年没回过村子了。据说他在城里的资产不断扩大，住上了别墅。

有人就拿父亲和小叔比，觉得小叔混得好，父亲混得差。劝父亲去城里找找小叔，也许能粘点光哩："他那么大的场面，手里漏点也够你吃的了。"

父亲直摇头："那是嗟来之食，吃不得，乡下养人哩。"

今年清明节后，队长又来找父亲了。

现在村子里住着的都是一些老人和儿童，村子里空荡了，队长也清闲下来。

队长也老了，因为年轻时受过凉，晚年的腿得了风湿，走路再不像过去那样风风火火了，而是拄着棍，但抽烟仍然没有减少，嘴里仍衔着烟，没见空过。

队长来了，父亲端了一个板凳让他坐下来。队长把烟屁股朝地上一吐，朝父亲笑着。

队长的牙掉了不少，一笑嘴里露出的是一个黑黑的洞，而不再是满嘴白牙了。

队长说："中午在家啃骨头，把一颗牙啃掉了。"

父亲一拍大腿说："那你这个骨头值钱了，一颗牙最少也得值一千元。"

队长说："一千块钱也买不到了。"

两个人说说笑笑，父亲问队长来有啥事，队长把笑容收了，说："有人托我来商量个事，想出钱买你的地。"

父亲笑了，说："现在到处都是抛荒地。狗屎都不值，谁还来买？"

队长说："唉，这个你就不知道了，真的有人要买你的地。"

原来，是小叔托队长，想买父亲的小簸箕田做坟地。

父亲惊诧地问："他生病了？"

队长说："没有，活蹦乱跳的，好着哩。"

父亲不明白了："那他现在买坟地干啥！"

队长说："叶落要归根啊，城里只管活人住，死了，要到乡下来。"

父亲哈哈大笑说:"当年换给他,他不要,现在要花钱来买。不卖!我早算好了,年老了做我的坟地。"

队长也笑了。

两人分析了一下,小簸箕地向南晒着太阳,前面有水塘,背后有高坡做靠山,下雨沥水快。这块不长庄稼的地,却是一块风水宝地的坟地哩,小叔年轻时哪会想到这事。

第九章　下杜村

1

多年前，我在看《百年孤独》中的马孔多镇时，我就油然会想起了故乡的下杜村，这个村子也有许多寓言的品质和孤独的味道。

下杜村是一个小村庄，它的东边有一边弯弯的河流，河水被分割成几段，每个河段里都有一个很土的名字，如升田、下潦沟、老大坝、小河湾等，这只是故乡口头上的叫法，还没有形成过文字，不知道我这样写对不对。下杜村的西边也是一条河，但也没有一个学名，因为河面宽阔河水源远流长，乡亲们就叫它大河。东边的河和西边的河在村子南边汇合，然后，滚滚地流向远方。这些河里流淌的是乳汁，一代一代的人，就在这条河边繁衍生息。

村子向南几十公里，是蜿蜒的群山，山里有一个空军战斗机机场。农民在耕地时，往往就能看到先进的战机在头顶上训练，翻跟斗，排队列，巨大的声音在头顶上轰鸣而过。男人往往就停下劳动，仰着头，久久地望着，忘了还站在地里，直到女人催促，才俯下身来劳作。

有一年冬天，村子晒太阳的人，看到一架战斗机轰鸣着，低低地飞过村庄的上空，然后摇摇晃晃地一头栽在村东的岗头上。只听一声巨响，接着是一股黑烟像龙卷风一样直上云霄，看得村里人惊恐万分，知道这是出大事了。不到半个时辰，岗头上一片警笛声，一队队武警战士拿着枪，戴着黑色钢盔从车里下来，迅速把现场包围了，不让一个人靠近。事后报道说，这架战机出了故障，但飞行员为了不伤害村庄里的人，把战机驾到离村子较远的田地里坠下。飞行员被授予光荣烈士称号。

村子向西几十公里，是省会合肥城了。有一年夏天，刮了一夜的大风，第二天早晨，村里的老人光明下地去干活，在大河里，看到河面上漂着一个硕大的红色的东西，随着波浪起起伏伏，光明以为是河怪，很是惊悚。去村里喊来几个年轻人，他们游到河里把漂浮物拖上岸，说，这是城里做广告用的气球，昨晚被大风吹到这里来了。年轻人去过城里，对这东西熟悉。他们把半瘪的气球抬到村里，光明要用打气筒把气球重新打上气，放在让自家的门前，让小孙子们玩。光明用家里的打气筒一下一下地打着，他甚至想象到这个红色的气球飘在家门前是多么的壮观精彩，但气球太大了，不像平板车的轮胎，每打一下，轮胎都鼓起一下，光明打了半天，不见一丝鼓起，身上已汗流浃背。围着的几个年轻人看了，都大笑起来。其中一个叫大砖的青年，心生一计说，把气球抬我家去，我把家里的柴油机发动起来，用柴油机的排气孔鼓气。大家都说这个主意好，因为过去也用这个办法鼓过气。

大砖家的柴油机放在房子里，房子是矮小的土墙瓦房，几个人把气球抬进来，把气球的嘴按上柴油机的排气孔，大砖摇响了柴油机，柴油机冒起一股黑烟，咚咚地响了起来。眼看硕大的气球鼓了起来，越来越大。有人说，这么大的气球，门这么小，怎么抬出去。有人说，这么大的气球买可能要好几千元哩。就在大家七嘴八舌兴奋不已时，只听砰的一声巨响。房子里腾起一股烟雾，众人都被一股强大的气流横七竖八地推倒在地。过了一会，待烟雾散去，众人清醒过来，只见房子的瓦顶被掀开了一个大洞，一边的土墙也被推倒了一块。再看眼前的红气球，只剩几块红色的胶皮碎片了，柴油机还在咚咚地响着。大家惊悚地你瞅瞅我，我瞅瞅你，好在没有人受伤。原来，他们不知道这城里人的气球里充的是氢气，残余的氢气在遇到了火星后发生了爆炸。

这块土地同样也养育了我，但回想往事，我曾经对它是那么的叛逆过。我的整个青春期，就是一心想着脱离这块土地。那时，我对下杜村写过这样的句子，"如果它是一艘船，我要潜到水里去把它凿穿，让它沉没；如果它是一只风筝，我要剪断手中的绳子，让它飘得无影无踪。"我不能去看这片黄土地，我甚至不能看这片土地上生长出来的庄稼，我觉得它们都是我的呕吐对象。走在金黄色的油菜花地里，我使劲把粘在身上的黄色花粉打去，感不到一丝诗意。只要一切与泥土有区别的东西我都喜欢，譬如石头，这种东西是多么符合内心里的想象啊，在连阴的雨水中，保持着坚硬和光滑。可我发现，我越想脱离下杜村，它反而与我胶粘得越紧，这使我很绝望。

我开始越来越叛逆了，我甚至不能与我的父母说话，我与他们有了语言上的冲突，常常把颈子犟得硬硬的，为此，没少和父母怄过气。父亲想用他的暴力来征服我，但只能使我的皮肉受到痛苦，而丝毫不能改变我的内心。孤独时，我常到河边去散步，去呆坐，清亮的河水就在我的眼前轻轻地荡漾，不能带给我任何荫蔽，但河流是那个时期我唯一可以说话的人，我从河边再回来时，心里便平静了许多。

我的内心里充满着痛苦，大人们的心里却是一片平静。他们在这片土地上日出而作日落而息，把每一块庄稼地都打扮得像一个要出门的小姑娘一样漂亮。他们不能待在家里，他们把能不能下地干活，作为衡量一个人生存的标准。如果说某某人不能下地了，那么这个人就是一个废人了；一个生了大病的人，他一站起来，首先就是跟跟跄跄地扛着农具下地去，这就等于给大家一个亮相，啊，瞧我好啦，没事啦。而我有着全身的力气，却喜欢待在家里，这个时期书籍是我最好的伴侣，我觉得这里面有我的寄托，但从书中抬起头来又感到十分的迷茫。我不停地读，不停地写，而不愿意到地里走一步，在乡亲们眼里，我似乎也是一个废人了。记得有一次，我徒步到十几里外的区文化站借了一本巴金的《家》回来看，父亲知道后，气愤地将书撕成了数段。为此，我们大吵了一番。

　　许多年前，村子里有一位长辈，去县城工作后，就再也没有回来了，甚至连他的母亲去世也没有回来过，他的兄弟们都不认他了。我虽然没见过这个长辈，但我想象着他的内心世界，是不是与眼下的我一样：与下杜村的决绝、叛逆。

　　终于，我离开这片土地，到城里工作了。多少年后，我的人生经过沉淀、淬火，下杜村这个名字在我的心头呈现出另一种意象来，它不再是我曾经叛逆的土地了，它是我的教堂了，在土地上劳作的乡亲们就是我的牧师了，村庄里的喧嚣就是我的雅歌。我每次回家探亲，都要到田地里去走走。看看绿色，看看村落里的老房子，想象着我的童年。村子里，那些老人们一个一个悄然离世了，和我一同成长的女孩子们都远嫁他乡了。又成长起来的年轻人，他们面孔陌生着，身体愣愣地擦肩而过。我不知道他们的青春期是否与我一样，正汹涌着对故乡的叛逆。

　　下杜村坐落在肥沃的土地上，和千千万万个村庄一样俭朴、安详。现在我可以呼它为故乡了，这个金质的名字是我用近二十年的时光打磨出来的。

2

在我们那儿的乡下，一个村子的名里有一个姓氏，往往就是一个族群的聚集地，人文习俗带有很强的封建性。

下杜村里"杜"虽然是个姓氏，但这个村子却并不都姓杜，而是由杜、谈、何、葛、王、钟当然还有我家的赵姓组成，从人口流动学来说，杂居的地方，往往表示着进步、民主和融合。大家聚居在一起，共同面对大自然，取得生存的权利。

在这片土地上住得久了，就有几个文化人开始探讨下杜村的来历，他们翻谱书，访宗族，终于得出一个眉目。原来，在数百年前，杜姓两个兄弟打架，进行了血拼，其中弟弟打输了，被驱赶了出来。弟弟拖儿带口迁徙到现在这个地方，看水草丰美，就落脚下来，随后其他姓氏的人，也陆续迁移了过来，组成了现在的下杜村。

解放前，我爷爷在下杜村打长工，解放后，就留了下来，在下杜村安家落户。

在下杜村向南数里，原来有一个叫小宜集的村子，这是我们赵姓宗族的聚居地。大概是上世纪七十年代，我的父亲还带我去过这个村子。村里有数排茅草房子，村前有一条小河，村子四周杂树生花。记忆最深刻的是村头有一座土窑，烧一些陶制品。后来，村里的两兄弟不和，发展成为两个大家庭之间打斗，结果，这个村子拆散了，大家各投门路。现在，小宜集已荡然无存，只记载在谱书里。

在下杜村，那一年，我家与小叔家闹得很凶，父亲决定搬到十几里外的三户赵村去住。那里方圆几十里的村子都姓赵，生产队长也同意接收了，但最后，父亲还是放弃了。有时我就想，假如我家真的搬出了下杜村，我的故乡将在哪里？我会融入那个陌生的村庄吗？

下杜村不光是我地理意义上的故乡，还是我精神意义上的故乡。

地理意义上的故乡，是指不管这块土地多么贫瘠，甚至是吃不饱肚子，但这块土地生养了你，给了你生命，这是任何一块其他土地所不能代替的。精神上的故乡，是指你在这块土地上长大，你的说话口音，你的行为习惯，都深深地烙上了这块土地上的印迹。尽管你已远离了这块土地，不吃这块土地上的一粒粮食，或者十年八年也不回到这块土地，但仍有一根无形的线在牵扯着你，这就是故乡。

在和平年代，人们背离故乡去寻找理想，在战乱年代，人们第一个逃向的是故乡。一个没有故乡的人，便是人类的一个弃儿。

故乡可以给一个作家的成长提供无尽的源泉，但作为一个作家，能给故乡回报的什么？记得一个哲人说过，一块土地上成长了一个作家，那么这块沉默的土地便开口说话。作家要努力成为这块土地的代言人。

3

春节，我和妻子从城里回到下杜村。

上午，我带妻子去地里转转，妻子很少回来，想让她了解一下这个村子。

出了村子就是田野了，由于今冬的干旱，田野里见不到过去一望无际的绿色，油菜在地里蔫着，叶子枯黄的，与土地的颜色混为一起。田埂上是一蓬蓬枯萎的野草，每到冬季回家，我最喜欢的就是放野火。我把打火机拿出来，点着了一蓬茅草，星星之火在枯黄的草茎上像数个虫子在跳跃，接着在风的吹拂下，很快就熊熊燃烧起来，火在田埂上蔓延，像一条火龙。

走到河边，河水清且涟兮，站在河畔看了好久，看到河中间的那块滩地了，我告诉妻子，水浅时，河滩和岸上是相通的，春天上面生长着浅浅的青草，上学时，我喜欢拿着书到上面去背。妻子看了，也感兴趣起来，但现在河水深了，河滩与河岸已被水隔断。

回身看看村子，村子边缘照样是一排树木，树上已落光了叶子，光秃秃的树梢上，那只鸟窝显得更加沉重、坚硬。偶尔有几个炮竹窜到半空炸响，发出清脆的声音，呈现着新年的欢乐。

和妻子从田地里回来，就到吃中饭时间了。母亲他们在厨房炸年货，桌子上码着圆子和丸子，炉子上烀着鸡和肉，厨房里飘荡着浓浓的香味，让人垂涎欲滴。

下午，我正在床上午睡，母亲来喊我，要我和弟弟们一道去土地庙去烧香，这是过年的习俗。我不愿意去，母亲说，土地庙一定要去的，土地老爷会保佑你们的。村民们是很崇拜土地老爷的，他能帮助粮食丰收，家庭平安。因此，这里的每个村子都有一个土地庙。

女儿在城里长大，听说要去庙里烧香，高兴起来，她认为这个庙像城里的大庙，一定好玩的，就催促我起来赶快去。

我起了床，和几个弟弟拿着鞭炮和香火去了。

土地庙在村子东南方向的田野里，一间不大的小房子。墙壁是白色的，上面盖着灰瓦。土地庙里也没有土地老爷的像，只有凭着想象了，弟媳们把香火点上，放在台子上，弟弟们把鞭炮拉开，放在田埂上，用香烟点着了，噼噼叭叭地响了起来，腾起一片烟雾。兴奋的女儿看到庙是这个样子的，感到很失望。

天渐渐地黑了下来，吃年夜饭开始了。过去这个时候，村子里会响起此起彼伏的鞭炮声，热烈而隆重，现在，许多人都在城里打工，全家都到城里过年去了，村子渐渐空了，鞭炮的声音也稀稀落落起来。

放完炮,就开始吃年饭了,按习俗是要把大门关上的,这叫不让财气跑了。小侄子去关门时,砰地把两扇厚重的门关严实了,母亲说要留一条缝隙,小侄子问为什么。母亲说,这是给要饭的人留着的,要饭的人到你家门前一靠,喊一声给点吧,家里人要知道,把门关严了,人家就没法要饭了。小侄子听了,又把门开了一条缝。除夕来要饭的,我年轻时见过,现在,已没有要饭的人了,但这种传统的习俗还保留着。

桌子上的菜肴十分丰盛,我们大快朵颐,相互敬酒,一家人其乐融融,父母十分开心地看着我们,母亲就不免给我们回忆起过去生活的艰难。那时,父母领着我们兄妹,七个人生活,贫困的日子不堪回首。

吃过年夜饭,我们正在家里打牌,在外玩耍的小侄子慌慌张张地跑来说,大冈跑了,我们没有在意。接着邻居二勤来借电灯,她紧张地说,大冈和他爷吵架了,现在不知道跑哪去了,要去帮忙寻找。我们停了下来,感到不能理解,传统上,除夕都讲究全家团圆、吉祥,他们怎么能在家吵架?

大冈是村里的一个青年,长年在外打工,过年才回来的。去年,大冈在外谈了一个对象,女方和他已住在一起了,年前女方打电话来,催问家里买房子的事,如果不买房子婚事就吹了。大冈已是三十多岁的人了,家里贫穷,哪有钱在城里买房子。今年春节,那个女孩子真的就没有来了,看来,这门婚姻也要黄了。大冈心里郁闷,除夕多喝了酒,说到婚姻的事,和父母吵了起来。

村子的人都出去找大冈了,这是村里多年来的传统,一户人家有了事,大家都要帮忙的。三弟四弟也拿着手电出去了。

我站在门口朝远处望,黑黝黝的田野里,有许多灯光在晃动像夏夜里的萤火虫。

过了好久，大冈自己回来了，一身潮湿、泥巴。他家的门前又响起一片哇哇的嘈杂声，大冈发怒的粗暴声、邻居亲切的劝架声、大冈母亲伤心的哭泣声和远近零星的鞭炮声混杂在这个年夜里。

除夕的夜晚，经过大冈这一番折腾，人们又多了许多噱头，村子慢慢平静了下来，又恢复了过年的祥和气氛。

到了年初三，我要回城里了，有几个邻居过来打听，他们想跟我的车子。母亲私下里不想让我带，怕他们晕车把我的车子吐脏了，我没有同意。

车子上路了，穿过那片杨树林就上省道了，家乡在身后越来越远，偶尔从车内后视镜里，看到后排坐着的三个乡亲，他们的面孔木木着，他们带着下杜村人的面孔，怀揣着梦想奔赴城市，而曾经人烟丰盛的下杜村开始日渐凋敝。

后记：天下父亲

从我记忆起，家里就在不断说着父亲的各种事情，如父亲怎么受别人的欺负，怎么为了成为"公家人"而一次次奔波。本来平静的生活，因为父亲的事情而波澜起伏。

后来我决定写他，因为父亲的形象烂熟于心，写起来似乎得心应手，但写着写着，就觉得文章里的父亲已不只是一个普通的人物，而是我们生活的坐标。父亲已从我的笔下延伸开去，到达了远方，远方也一定有许许多多这样的父亲，我要写出他们。

在写这篇小说时，我的耳边一直响着鲁迅《兄弟》小说里的那几句对话：

"到昨天，他们又打起架来了，从堂屋一直打到门口。我怎么喝也喝不住。"他生着几根花白胡子的嘴唇还抖着，"老三说，老五折在公债票上的钱是不能开公账的，应该自己赔出来……。"

"你看，还是为钱，"张沛君就慷慨地从破的躺椅上站起来，两眼在深眼眶里慈爱地闪烁，"我真不解自家的弟兄何必这样斤斤计较，岂不是横竖都一样？……"

"像你们的弟兄，哪里有呢。"益堂说。

鲁迅写的是上世纪 20 年代的兄弟，而我写的兄弟却是现在的。

在一个大家庭里，兄弟姊妹会发生许多故事，因为亲情呈现的更多的是正面感情，所以亲情也是最难写的，作者往往一下笔就在读者的预料之中，这对于作者来说是痛苦的。我尝试把亲情扭曲着来写，写小叔对父亲的伤害，亲情的丧失。在扭曲里让它疼痛，让它流血，让它露出骨头。在扭曲里放大人性，截取生活的本质。

在这本书里，我努力想表现人性的挣扎，灵魂的安放，不知道可做到了？我把父亲放在灾难里，让生活不断地击打他，让他在"本没有路的地方，走出路来"，让他的人性在小叔的击打中，呈现出代表中国底层百姓坚韧、善良、多难的光芒。

在结构上，我打破传统的按时间先后的线型叙事，而是每篇围绕一个主题集中写，但整本书的人物不变，主题不变。

这本书在未出版之前，一些篇章就作为中短篇小说发表了出来，评论家认为："赵宏兴不愿将生活撕得太碎、太烂，也不愿让读者对人性过于绝望，所以父亲在小说中就显得至关重要。这是一个隐忍、克己、宽容、善良的形象，是一个成功而动人的形象，他受够了委屈甚至是侮辱，但他还是以自己的道义和担当支撑起了家庭，也支撑起了不灭的人性光辉。"

说一千道一万，一本书最终还是要面对读者，不知道我所表达的现实世界是否得到读者的认同，是否写出了文学作品中"这一个"的父亲形象。

写作，对于我来说是一架永动机，平常的日子运动到那一环，就会出现一个动力,就会要向前奔去。

2016 年 12 月 30 日周五下午于办公室
2017 年 1 月 26 日春节前

附：生存焦虑下的亲情旨归
——评赵宏兴小说《父亲和他的兄弟》

阚玉篇

赵宏兴生于上世纪 60 年代末，早年以诗人和编辑的双重身份登上文坛。对于这位成名于散文诗，几乎将前半生的精力都倾注于此的作家而言，投笔于小说世界，可以说是一次崭新而冒险的探索，同时也折射出他志不限于此和内心绵延不绝的叙事热情。相对于他在散文诗中所创造的绚丽清扬的空间，赵宏兴的小说更执着于生存与情感的揣摩，以逼真的文本书写来关照底层人物命运的悲情波折。

《父亲和他的兄弟》是赵宏兴继《隐秘的岁月》之后，创作的又一长篇力作，小说以安徽肥东农村作为叙事场域，再现父辈们的命运流转和亲情纠葛，架构在亲情血缘关系上的兄弟关系却指向手足情深的对立面。小说中，父亲与小叔的恩怨纠葛历时数十年，亲情手足早已被淡化。在人性暗流丛生的背景下，兄弟失和不仅仅是指兄弟情谊的分崩离析，更是指在特定历史时期中，人物的生存苦难与精神虚妄。赵宏兴从知识分子传统的关怀意识出发，体认历史，拷问人性，牵引出藏匿在背后的生存焦虑，将故土与苦难，亲情与救赎于轻逸、沉重之中娓娓道来。

生存焦虑与苦难意识

E.M. 福斯特在其著作《小说面面观》中指出，"小说的基本层面就是讲故事的层面"，从讲故事的层面来反观长篇小说《父亲和他的兄弟》，其故事并不复杂，主要叙述了父亲的命运遭遇和兄弟间的恩怨纠葛，农民出身的父亲通过自身努力，成为一名供销社职员，成了"公家人"，得到了身份的认同。因突遇家庭变故，父亲为拯救濒临消亡的家庭，辞去了工作，再次当上了地地道道的农民。而后，当供销社的工作再次向父亲伸出橄榄枝时，却因小叔的诬蔑，父亲与供销社的工作失之交臂。无奈之下，父亲继续当上了农民，期间因为土地、伙牛、丧母等事件，父亲和小叔之间关系彻底破裂。赵宏兴用抽丝剥茧的手法来描绘父亲的苦难宿命与兄弟失和，作为农村知识分子的父亲历经百转千回之后，终究还是以农民的身份存活于世，面临着艰难的生存困境与手足破碎的尴尬处境。

在长篇小说《父亲和他的兄弟》中，赵宏兴留下了大量乡土化的笔墨，从故乡的自然风光到风土人情，都饱含着浓郁的地域文化色彩，并以亲历者的视角，展开一段较为私人化的文学写作。他追本溯源，原乡浓郁的乡土气息、亲情伦理都成为他思考的源头和想象，带着对过往历史的延续与追忆，还原了肥东农村的地域文化与风土人情。这种文学地理坐标表现在小说中时，不仅仅是地理意义上的家园想象，同时也凝聚着作家对原乡的认知与解读。肥东农村是小说中的核心地带，生活在那个年月、那片土地上的农民生存艰难，食不果腹。"物质"是人的生存基础，贫困年代里的广大农民又透视着这个群体"物质贫苦""生存苦难"的特殊面相。在物质贫乏的境遇中，生存的焦虑和人物命运的跌宕都成为这片土地上苦难的回声。

小说的苦难意识主要集中在生存这个维度上。在文本中，时常流转一幅幅生动辛酸的生存图景，如爷爷与大伯被活活饿死，父亲为拯救家庭放弃公职和刚萌生的爱情，小叔为私欲而设计陷害自己的亲哥哥，奶奶被小叔活生生地折磨至死等，这些关乎生存艰难与生命消亡的画面，无不冲击挑战着读者的承受力，让人心情沉重，扼腕叹息。在这篇极力探究特殊年代里人物生存与命运的小说中，总是晃动着岁月深重的倒影，人物的命运遭遇和精神困境颇具俄罗斯文学中的苦难意识。作家秉持以还原历史真实、揭示生存境遇的写作目的，有力执笔，不遗余力地开掘底层人物生存的焦灼与艰涩。

父亲一家的生存、父亲与小叔的恩怨纠葛、父亲个人命运的点点屐痕，都被作家一一塑形。父亲跌宕起伏的命运轨迹，遍布荆棘与周折，从开篇描写年迈的父亲进城看病，到结尾处父亲变得老态龙钟，斗转星移，生存苦难似乎已经衰老在时间的进程中。在父亲幽幽的生命历程中，跟随他一生的有两个暗点，一是与兄弟小叔间的恩怨纠葛；二是个人波折多难的悲情人生。当以回望的视角观摩整部小说时，父亲的人生走向已然成为特殊年代里农村知识分子动荡命运的缩影，这些都包含着饶富乡土、苦难的意味。

亲情颠覆与救赎意蕴

小说颠覆了以往多数文学作品中描绘的兄弟情深，骨肉至上的亲情故事。这种亲情颠覆也体现在人物的设置上，小说人物形象爱憎分明，一正一反，父亲和小叔兄弟二人分别隐喻着不同的人格，父亲的善良、宽厚、正直，小叔的自私、邪恶、冷漠形成强烈反差。

父亲如同海明威笔下圣地亚哥老人般的硬汉形象，这种硬汉形象正象征着一个时代不朽的精神脊梁；小叔的人物形象隐喻着的是"恶"之源，妒忌心强，漠视亲情，甚至对亲人以怨报德变本加厉地迫害，对于自己的行为没有丝毫的愧疚和忏悔。

很显然，《父亲和他的兄弟》并不是一篇颂扬兄弟手足情深的小说，而是把亲情反写，如赵宏兴在"后记：把亲情扭曲来写"中写道的一般，"在西方哲学家那里：'悲剧是个最高境界。'这样，我想把亲情扭曲着来写。"人物在生存境遇中波折不断，已经跌入了苦难的深渊，在此情景下，小说以父亲和他的兄弟小叔之间的恩怨纠葛来丈量道德的底线和人性的温度。在个人私欲和利益面前，亲情显得尤为脆弱，不堪一击，亲情手足不再是温暖深厚的，取而代之的是无法想象的算计与迫害。

在逐渐深入阅读文本时，我开始期待小说对待这段手足之情有弦外之音。幸运的是，在亲情复杂交错的背景下，裹挟着救赎的意味。小说在揭示世道人心的险恶与人们内心深处的虚妄之时，存在着关乎人性与救赎的思考。与先锋作家余华在小说《现实一种》中营造了兄弟相残、疯狂怪诞的现实世界不同的是，赵宏兴在《父亲和他的兄弟中》叙写父亲和小叔间的兄弟关系时，显得较为温和，有着独特而善良的理解。小叔单方面的掣肘，陷害父亲，丝毫不顾手足亲情，在"伙牛"事件中，小叔伙同毫无亲情关系的同乡老文圣来设计陷害自己的亲兄弟，被手足抛弃的父亲承受着双重的背叛和打击。而作为兄长的父亲，一再忍让，企图唤醒小叔的亲情手足意识。可无论如何忍让，终究是徒劳，兄弟二人最后走向了破裂。原本，对于小叔的种种恶行，父亲可以对小叔进行防备或反击，但小说并没有如此叙写，它让父亲一直隐忍、包容，构筑一种强大的宽容形象，去救赎小叔人性深处的邪恶。

长篇小说《父亲和他的兄弟》剥离了亲情温暖的种种假想，将颓败的人生境遇置于人心险恶的底色之上，呈现出命运的倔强与脆弱。追溯着历史进程中"亲情"这个古老的命题，作家另辟蹊径地书写出了别样的亲情手足，同时也发出坚硬的追问：亲情手足是否一直是亘古不变的温暖？当人物掉入了"邪恶"的深渊时，是否还需要包容与救赎？人物在面对无法规避的亲情冲突与矛盾时，又该何去何从？赵宏兴把原乡与苦难相对照，亲情与救赎相勾连，远离了一般意义上乡土文学叙事的窠臼，对于兄弟情谊的反思和体悟，已经跃然纸上。

结　语

　　新媒体时代，随着人们阅读方式的更替，众多轻而快的网络文学纷至沓来。当下的一些文学作品中，对于浮华都市、欲望景观、黑暗世道等的描述数不胜数，而对于特殊历史时期中底层人物逼仄的生存境遇及亲情伦理，显得较为单薄与疏离。由此而言，小说《父亲和他的兄弟》便显得尤为珍贵。作家带着对于底层人物的悲悯与关切，呈现了人物内心的撕裂和精神的创痕，在生存焦虑的时代情绪中披荆斩棘，竭力在亲情颠覆与人心险恶的废墟上寻找真正的出路，思索亲情的旨归，为坚毅善良、朴素宽厚的人格加冕。可以说，小说中的父亲，正是那个特定年代里千千万万个农民父亲的缩影，是作家用灵魂的血质铸就的精神脊梁。

　　熟悉赵宏兴的读者都知道，亲情是他创作中的一贯命题，从诗歌、散文，及至小说创作，亲情的追溯与原乡的情怀无不贯穿在作品的字里行间。在阅读长篇小说《父亲和他的兄弟》之前，我读过赵宏兴多篇作品，在这些作品中，作家对于底层人物和生存境遇的书写，见微知著，笔锋之处，饱含了传统的忧患意识与深厚的道德关怀。他并不苛求字句间浮华的魅影，以雍容夸张的外表捕获人心，而是注重人物细节的刻画和情感的真情表露。这种知识分子对于底层人物个体生命及生存境遇的思考,正流露出作家敏锐的洞察力和高度的社会责任感,同时也体现了文学即为人学、且给人以温暖与希望的价值力量。

(作者系安徽大学中国现当代文学专业硕士研究生。)